Paul Voss

Mord am Kiessee

W0223712

Für meine liebe Ehefrau

Impressum
© 2020 Paul Voss
Postfach
31592 Stolzenau
www.paul-voss-buecher.de

Inhalt

1. Geister

Robert schob sein klappriges Fahrrad mit der rechten Hand. Er lief mittig auf der schmalen Gemeindestraße und gestikulierte mit dem freien linken Arm wild vor sich hin. Er war auf dem Weg nach Hause, zu seinem verfallenden Haus in Heemsche, das ihm seine Mutter hinterlassen hatte. Die Dose Bier, die er sich bei Edeka in Steyerberg gekauft hatte, war schon leer. Schuld daran war der düstere Typ, der ihm die ganze Zeit hinterherlief und auf ihn einredete. Als die Dose leer war, hatte er sie dem Kerl an den Kopf geschmissen, aber das hatte ihn nicht dazu gebracht, sich zu verziehen.

Es war sein üblicher Weg. Er war morgens losgezogen, hatte sich auf das Rad gesetzt und war durch die Felder bis hinter Schinna an die Weser geradelt. Er hatte den Auftrag, das Land zu vermessen und zu überwachen, damit sich an den Maßen nichts veränderte. Sein Weg führte ihn durch die Wesermarsch weiter über Wellie und dann über die Apfelstraße nach Steyerberg. Die Pfandflaschen und Pfanddosen, die er unterwegs auflas, setzte er dort in eine Dose Bier und, je nach Erlös, ein paar Nahrungsmittel um.

Heute hatte es nur für die Dose gereicht. Allerdings hatte er einige Veränderungen festgestellt und an seine Behörde gemeldet. Die Erde hatte sich wieder gestreckt. Der Weg bis zur Weser war etwas länger geworden. Das lag allerdings an den Erdbewegungen, nicht weil die Straßenbauer den Weg umgebaut hatten.

„Halt die Fresse!“, brüllte er den Kerl, der ihm folgte, an und drehte sich zu ihm um. „Halt die Fresse oder ich schneid‘ dir die Kehle durch!“ Der Typ sagte nichts, blieb dort stehen, wo er war und starrte Robert an. Robert ging weiter. Als er sich wieder umdrehte, war der Typ verschwunden. „Ich komme wieder“, ertönte ein Flüstern ganz nah an Roberts Ohr. Er sah sich um. Es war niemand zu sehen.

Eine Dame im Rentenalter, die gerade in ihrem Gemüsegarten arbeitete, beobachtete Robert aus der Entfernung. Sie sah, wie er mit seinem Arm gestikulierte und vor sich hinredete. Gerade hatte sie ihn jemanden anschreien gehört und deshalb von ihrem Beet aufgesehen. Es war niemand bei ihm in der Nähe. „Armer Junge“, sagte sie leise. „Ist es wieder soweit?“

Viele Leute in der Gegend kannten Robert Herken. Tagein, tagaus zog er mit seinem Rad oder zu Fuß durch die Gegend. Früher hatte er noch mit seiner kranken Mutter zusammengelebt, in einem alten Haus Richtung Ensen. Er hatte schon früh in der Jugend

angefangen, alles mögliche an Drogen zu nehmen. Das hatte sich später massiv auf sein Hirn und seine Wahrnehmungen ausgewirkt. Es hieß, dass er Stimmen hörte und Geister sah.
Das Gesundheitsamt kümmerte sich um ihn, aber viel geschah von der Seite offenbar nicht.
Über die Jahre gab es immer mal wieder Phasen von einigen Wochen, in denen man ihn gar nicht sah. Angeblich war er dann im Landeskrankenhaus. Vermutlich wurden dort seine Medikamente neu eingestellt. Wenn er wieder auftauchte, sah man ihn wieder herumstreunen, allerdings in der ersten Zeit freundlicher gestimmt und nicht so geistesabwesend.
Jetzt war Hochsommer und in diesem Jahr war er noch nicht fort gewesen. Es war wohl wieder an der Zeit. Sie beobachtete ihn, als er an ihrem Grundstück vorbeizog. Was er redete, konnte sie nicht verstehen. Er drehte sich immer wieder nach hinten um, zeigte auch einmal mit dem Finger in die Richtung hinter sich. Sie nahm er nicht wahr und nach wenigen Minuten war er wieder aus ihrem Blickfeld verschwunden.
Robert überquerte die Kreisstraße. Es war nicht mehr weit bis nach Hause. Er bemerkte nicht, dass ihm der Schweiß vom Kopf rann. Es war August und Nachmittag, draußen herrschte mit 33 Grad Sommerhitze. Robert hatte sich morgens seine schwarze Jeans, sein grünes T-

Shirt und die dunkelgraue Sweatjacke aus seinem Klamottenstapel gegriffen. Und das behielt er für den Rest des Tages am Leib.

Er näherte sich der Bank, die links vom Weg, von einer Buchsbaumhecke eingerahmt, auf Spaziergänger wartete. Die Stelle mochte er nicht, zu oft saßen dort die beiden Frauen, die vor Schmerzen so laut heulten, dass er es kaum ertragen konnte. Er kam näher und auch heute saßen sie wieder dort. Es waren Mutter und Tochter, vermutete er. Jedenfalls war es eine alte Frau mit grauen Haaren und Falten im Gesicht und eine jüngere, vielleicht in seinem Alter. Sie saßen zueinander gewandt, jammerten und stöhnten. Robert beschleunigte seine Schritte und diskutierte laut mit sich über die geänderte Wegstrecke und die Ausdehnung der Erdoberfläche. Er stellte fest, dass er morgen wieder los musste. Die Veränderungen mussten beobachtet und die Strecken genau festgehalten werden. Für die Verarbeitung nutzte er sein Arbeitsprogramm, dass er in seinem Kopf immer mit sich trug.

Schnell waren die Frauen außer Hörweite und er konnte seine Gehgeschwindigkeit wieder drosseln. In seinem Inneren spürte er die Wut aufsteigen. Warum nur mussten diese Weiber immer gerade dann dort sitzen, wenn er vorbei kam? Sie hatten es vermutlich auf ihn abgesehen. Wahrscheinlich waren sie mit denen bekannt oder gar verwandt, die nachts an

seinem Haus auftauchten und dort herumschrieen. Früher hatten die Frauen ihm leid getan. Aber irgendwann war es ihm zu viel geworden, immer diese Schmerzensschreie, das Gejammer und Gestöhne.
Er ging wieder schneller, er musste sich abreagieren. Also schmiss er das Rad in den Grünstreifen und suchte nach etwas, mit dem er auf die Büsche einschlagen konnte. Er fand einen trockenen Knüppel und drosch damit auf die Triebe eines Holunders ein. Die dünnen Zweige knickten ab, Blätter zerrissen und fielen links und rechts zu Boden. Robert spürte, wie sich der Druck in seinem Inneren abbaute. Er ließ den Stock fallen, ging zu seinem Rad, hob es auf und merkte, dass sich ein Hebel am Lenker verdreht hatte. Das störte ihn nicht weiter. Er schob das letzte Stück bis nach Hause.
Das Gebäude war verkommen. Die Tür war offen, drinnen herrschte heilloses Chaos. Robert nutzte nur einen Raum und eine Toilette, wenn man die verdreckte Latrine so nennen mochte. In seinem Wohn- und Schlafraum stand ein Bett. Auf dieser Liegestatt verbrachte er die meiste Zeit, wenn er nicht draußen war. Hinter dem Haus befand sich ein völlig verwilderter Garten. Die einzige Regulierung, die die Natur hier erfuhr, waren Roberts Wutanfälle, die er mit einem der alten Gartenwerkzeuge an den Pflanzen ausließ.

2. Vögel

Tanja stapfte mit Strohhut, kurzer Hose, T-Shirt in Tarnfarben und halbhohen Gummistiefeln über das abgeerntete Rapsfeld. Ihr Ziel war die Rückseite des großen Kiessees zwischen Anemolter und Landesbergen. Ihr großer Sitzrucksack war voll mit ihrem Equipment: Wasserflaschen, Fernglas, digitale Spiegelreflexkamera, Klemmbrett und Karten.

Tanja war Ornithologin, wohnte in Minden und hatte die Kiesseen an der Mittelweser als Forschungsrevier auserkoren. Im Bereich Stolzenau war der Ausbau der Auskiesung im Wachstum begriffen, doch es gab auch schon große Areale, die nicht mehr bewirtschaftet wurden und unter Naturschutz standen. Sie hatte eine Genehmigung des Landkreises und durfte auch die umfriedeten Gelände auf eigene Gefahr betreten.

Vor Kurzem hatte sie an diesem See die typischen Rufe der Wasserralle gehört. Sie hörten sich so ähnlich an wie das Quieken von Ferkeln und das hatte sie sofort neugierig gemacht. Die Wasserralle gehörte zu den vielen gefährdeten Vogelarten, die durch die fortschreitende Kultivierung der Landschaft in immer kleinere Lebensräume zurückgedrängt wurde.

Es wäre sicherlich keine Sensation, aber doch eine schöne Entdeckung, wenn sie die Vogelart auch hier an den Kiesseen nachweisen konnte. Die Wasserralle benötigte flache bewachsene Wasserzonen mit Schilf, Weiden und anderen Pflanzen, die ihr Deckung, Schutz und Brutmöglichkeiten boten. Zu Tanjas Freude war es den Kieswerken gelungen, beim Rückbau der Uferbereiche solche Zonen zu erschaffen. Nach und nach hatte sich die Vegetation eingestellt.
Solch ein Uferdickicht war nun Tanjas Ziel. Da Wasserrallen sehr scheu waren, musste man viel Geduld mitbringen. Und die hatte sie – sehr viel Geduld sogar. Das hatte sie besonders im Umgang mit Männern bewiesen. Seit einem Jahr war sie mit Sven verheiratet, und seit sie ihn hatte, war der Bedarf an Geduld zum Glück weniger geworden. Sven war zwar schnell eifersüchtig, aber ansonsten war das Zusammenleben mit ihm sehr schön und entspannt.
Vor ihm war das anders gewesen. Sie war viele Jahre mit Gerhard zusammen gewesen, Gerhard Freiherr von Davenstedt. Er war ein paar Jahre älter als sie und sehr anstrengend. Sie mochte ihn immer noch, aber als sie nach Jahren endlich die Beziehung beendet hatte, war eine große Last von ihr gefallen. Seine Blaublütigkeit war ihm ein wenig zu Kopf gestiegen und er hatte seine Nase sehr hoch

getragen. Tanja stammte aus bodenständigen Verhältnissen. Als sie Gerhard damals mit Mitte 20 kennengelernt hatte, war er Anfang 30, sah wirklich gut aus und hatte diese für sie außergewöhnlichen Umgangsformen. Ein wenig war sie sich wie eine Prinzessin vorgekommen, auch wenn man sie in seiner Familie anfangs eher mürrisch angeschaut hatte.

Merklich geändert hatte sich das erst, als sie ihren Doktortitel erhalten hatte. Ihre Doktorarbeit hatte sie über Wasservögel geschrieben. Gerhard hatte sich allerdings im Bett als lahme Ente entpuppt. Er war zärtlich und romantisch und konnte sie mit seinen sanften Worten immer wieder einlullen, aber wenn die Hüllen fielen, trat eher Langeweile ein. Das war mit Sven ganz anders und es hatte sich zu ihrem Glück seit dem ersten Mal mit ihm nichts daran geändert. Im Gegenteil, sie freute sich auf jeden Kontakt mit ihm.

Tanja hatte das Ufer fast erreicht. Vereinzelt hatten sich junge Weiden und Erlen einige Meter von der Uferzone entfernt angesiedelt. Hinter einigen solcher Jungbäume stellte sie ihren Sitzrucksack ab und baute das Stativ für die Kamera auf. Es war der dritte August, kurz nach 10 Uhr, und die Sonne stieg langsam höher. Sie hatte kein Thermometer dabei, aber es mochten schon gut 25 Grad sein und zum Nachmittag waren 32 Grad

vorhergesagt. Gut, dass sie den breiten Hut und ausreichend Sonnenmilch dabei hatte. Der Platz war ideal. Vor ihr lag direkt eine Stelle, die frei von Schilf und Röhricht war, sodass sie gut auf den See blicken konnte. Links und rechts war die Flachwasserzone schön breit und schon weiter als mannshoch mit Rohrkolben, Schilf und Weiden bewachsen,. Eigentlich ideal für die Wasserralle.
Auf dem See tummelten sich Scharen von Enten und Gänsen. Auch ein paar Schwäne hielten sich etwas abseits auf dem Wasser auf. Leise war es nicht gerade, musste sie feststellen. Es mochten wenigstens 200 Gänse sein, vielleicht noch wesentlich mehr, denn Tanja konnte längst nicht jeden Winkel des Gewässers überblicken.
„Eigentlich eine schöne Stelle, um heimlich ins Wasser zu springen“, dachte sie für sich. Ein Handtuch hatte sie dabei – für alle Fälle. Vielleicht brauchte sie später noch eine kleine Abkühlung. Das Stativ war perfekt ausgerichtet. Tanja setzte sich auf den ausgeklappten Sitzrucksack und begann, auf dem Klemmbrett ihre Aufzeichnungen zu führen.

3. Auf dem Bau

Ich fluchte laut. Meine Frau Britta und ich hatten uns ein älteres Haus auf dem Dorf gekauft und uns entschlossen, es komplett zu sanieren. Mein ererbtes Häuschen war uns beiden einfach zu klein und da ich auf dem Grund nicht bauen durfte, hatten wir uns so entschieden.

Jetzt befanden wir uns mitten in der Abbruchphase. Das gesamte Obergeschoss sollte neu gebaut werden, dafür musste das alte abgerissen werden. Der Dachstuhl war dermaßen marode, dass alles andere Unsinn gewesen wäre. So marode alles mögliche an dem Haus, was aus Holz bestand, war, so hart und massiv erwies sich alles, was aus Stein gemauert war.

Nun stand ich auf einer Leiter im Obergeschoss und wollte den zentralen Schornstein abbrechen. Es war kaum zu glauben: Die Hohlziegel zerbarsten unter dem Fäustelhammer zu Kleinteilen, aber der verdammte Mörtel war hart wie Granit. Am liebsten hätte ich ja ein Stahlseil um den Schlot gelegt und einfach mit dem Trecker gezogen. Aber wer weiß, was dann alles zu Bruch gegangen wäre. Und weil ich diese Frage nicht beantworten konnte, musste der Schornstein eben abgebaut werden.

Ich wechselte regelmäßig zwischen Bohrhammer und Fäustel mit Meißel und alle zehn Minuten war ich sicher, dass das jeweils andere Gerät doch die bessere Variante war. Ich hatte mir den zweizügigen Schornstein ausgesucht, der

fast in der Mitte des Hauses stand. Mein Schwager Kim durfte den einzügigen auf der anderen Seite bekämpfen. Der Schornstein war allerdings ein bisschen älter, sodass es dort etwas leichter ging.
Es war Samstag. Alle Welt fuhr irgendwo zum Baden, war im Urlaub oder döste den Tag über im Schatten. Am späten Vormittag hatte ich schon das Gefühl, das Thermometer hätte die 30-Grad-Marke geknackt. Nachdem mir nun beim Stemmen schon zweimal Mörtelkörnchen ins Auge geflogen waren, hatte ich mir eine Schutzbrille aufgesetzt. Natürlich hatte ich auch Gehörschützer im Einsatz. Egal, ob Fäustel oder Bohrhammer: Die Arbeit ging ganz gut auf die Ohren.
Jetzt lief der erste Schweißtropfen von innen auf das staubige Brillenglas. Der zweite folgte gleich hinterher. Frustriert setzte ich beides ab, wischte die Bügel und die Gehörschützer mit meinem Ärmel und die Brille mit einem Taschentuch ab. Ich sah zu Kim hinüber, weil dieser gerade einen Jubellaut ausgestoßen hatte.
„Was ist passiert?“, wollte ich wissen. „Mir ist ein Handschuh in den Schornstein gefallen“, gab er zurück. Okay, das war ungünstig, aber zum Glück hatte ich mit ausreichend Vorrat vorgesorgt. „Solange es nicht der Hammer ist oder womöglich dein

Handy“, meinte ich lachend und machte mich wieder an meine Granitsäule.

Letztlich war ich ganz zufrieden. Es ging endlich mit dem Haus voran und auch wenn der Schornstein sehr widerspenstig war, würde er doch bis zum Abend weg sein. Wenn das Wetter sich halten würde, wollten wir am nächsten Wochenende das Dach abbauen und in den Folgetagen hoffentlich den neuen Dachstuhl aufbauen. So war jedenfalls die Absprache mit dem Zimmermann.
Die Arbeit war ein guter Ausgleich zu den geistigen Strapazen der letzten Monate. Die vergangene Mordkommission hatte sich lange hingezogen und meinen Kollegen und mir einiges an Geduld abverlangt. Von mir aus durfte es in den nächsten Monaten gerne ruhig bleiben. Ich hatte nichts dagegen, zeitweise mal nur Beleidigungen und einfache Körperverletzungen zu bearbeiten. Solche Phasen boten sich besonders an, wenn man einen Berg von Überstunden angesammelt hatte und ein altes Haus umbauen wollte.
Ich ließ meine Hände arbeiten und summte vor mich hin. Den nächsten Schweißtropfen, der auf den unteren Rand der Schutzbrille tropfte, beachtete ich einfach nicht und arbeitete weiter. Nach einiger Zeit bemerkte ich, dass ich bereits auf Höhe der Dachhaut angekommen war. Ich hatte also das

schwierigste Stück geschafft. Von unten hörte ich Britta rufen. „Kommt ihr essen?“ „Jawohl, Chefin!“, rief ich zurück. Kim folgte mir über die Leiterluke in der Garage nach unten. Im Garten stand eine Bierzeltgarnitur, es gab Würstchen und Kartoffelsalat, dazu alkoholfreies Bier. Beim Essen philosophierten wir, wie wir mit dem Dach weitermachen wollten.

Anschließend mussten wir uns gegenseitig einige motivierende Sprüche um die Ohren hauen, um nicht vom alkoholfreien auf echtes Bier umzusteigen und den Rest des Tages einfach im Garten zu bleiben. Aber Britta hatte da ein Auge drauf, und so ging es direkt wieder hoch in den Steinbruch.

Am späten Nachmittag hatten wir es geschafft. Mir reichte es auch für den Tag. Ich bedankte mich bei Kim und entschied, die Restarbeiten auf den nächsten Tag zu schieben. Wenig später saßen Britta und ich in meinem alten Bulli und fuhren nach Hause.

Mein jüngster Spross Leon verbrachte seit der Erkrankung seiner Mutter vor zwei Jahren jedes Wochenende und den Großteil der Ferien bei uns. An diesen Tagen nahm sich meist meine Mutter oder meine Schwägerin seiner an und er verbrachte den Tag mit seinen Cousins. Als wir zu Hause ankamen, waren alle Kinder noch dabei, durch die Planschbecken zu toben.

Ich stieg aus meinen staubigen Klamotten, zog mir eine Badeshorts an und begab mich zu ihnen. Mit einem Gartenschlauch spülte ich mir den Dreck und Staub ab und tobte noch ein bisschen mit. Später gab es Bratwurst und wir waren zum Glück alle früh müde.

Am nächsten Tag schliefen wir erst aus, bevor ich wieder zur Baustelle fuhr und Schutt aufräumte. Zum frühen Nachmittag war ich damit fertig und nahm mir den Rest des Tages frei.

Früh startete ich am nächsten Morgen mit dem Rad zum Dienst nach Stolzenau. Ich unterhielt mich kurz mit dem Kollegen in der Wache, dann ging ich nach oben und öffnete alle Fenster, soweit Blumentöpfe und sonstiger Schnickschnack auf den Fensterbänken das zuließen. In meinem Fach lagen keine neuen Akten, was mich nicht wunderte, schließlich war ich am Freitag als letzter gegangen und hatte alles in Empfang genommen.
Ich schaute im System die Einsatzinformationen durch und fand ein paar interessante Sachverhalte, aber nichts Großes. Zwei Strafanzeigen sah ich, die dann wohl für mich sein dürften. In Nendorf hatten sich zwei Jungspunde gestritten und dann waren die Fäuste geflogen. Beide waren noch

unter 18, was hieß, dass ich auf jeden Fall beide einladen musste.
Das andere war eine Beleidigungsanzeige. Offenbar war ein örtlicher Jäger in der Nähe eines Kiessees mit einer Frau aneinander geraten. Er über 60, sie Anfang 40, wohnhaft in Minden. Der Jäger war hier aus der Nähe, ein Friedrich Groder, den kannte ich persönlich aber nicht. Erstmal abwarten, was im Text steht, entschied ich.
Mein direkter Vorgesetzter Hansi war der nächste, der zum Dienst kam. Allzu viele Kolleginnen und Kollegen sollten heute auch gar nicht erscheinenEs waren noch Sommerferien und unsere Urlaubsquote war voll ausgeschöpft. Ein Blick auf den Dienstplan zeigte mir, dass Hansi und ich bis mittags die einzigen Ermittler auf der kleinen Dienststelle bleiben würden. Wir beschlossen, uns mit einem Kaffee unten in den Besprechungsraum zu setzen und die Akteneingänge durchzusehen.

Die Kollegen des Streifendienstes kamen dazu, darunter auch die Beamtin, die die Beleidigungsanzeige am Freitag aufgenommen hatte. Sie erzählte, dass die Frau gegen Abend hier erschienen sei. Sie sei wohl nett gewesen, habe sich aber ziemlich über den Jäger aufgeregt. Sie sei Vogelforscherin und habe Betretungsrechte für die

Naturschutzgebiete an den Kiesseend. Der Herr habe sie grundlos mehr oder weniger durchgängig beleidigt. Letztlich waren die Beschimpfungen vom Unrechtstatbestand wohl kaum relevant, zumal die beiden unter vier Augen zusammengetroffen waren. Das Schlimmste was der Mann gesagt hatte, muss wohl die Bezeichnung „dumme Kuh“ gewesen sein. Es schien mir das übliche Privatklagedelikt zu sein. Das bedeutete, es bedurfte nur eines Dreizeilers und dann war die Arbeit schon erledigt.

Die nächste Akte brachte mir wohl etwas mehr Arbeit ein. Zwei große Jungs hatten sich auf einer geselligen Grillparty wegen eines Mädels gestritten. Da beide schon ein paar Mischungen intus gehabt hatten, waren ihnen offenbar die Worte schnell ausgegangen und der Konflikt wurde in der Weise der Höhlenmenschen ausgetragen, allerdings ohne den Einsatz der Keule. Zum Glück hatte man beide schnell getrennt und so gab es nur ein Veilchen auf der einen und eine dicke Lippe auf der anderen Seite. Ich fragte mich, wer von beiden wohl am Ende das Weibchen für sich beanspruchen konnte? Vermutlich keiner von beiden. So hätte ich auf jeden Fall einen guten Einstieg in die Vernehmung, die ja bei den beiden gleichzeitig als erzieherisches Gespräch zu nutzen war. Dies war in der Jugendsachbearbeitung vorgeschrieben und sinnvoll. Meistens machte es auch Spaß, denn junge Menschen sind, gerade im ruhigen Gespräch mit der Polizei oft sehr lernwillig. Dass ich mich mit den Erwachsenen aus dem Beleidigungsverfahren noch heute sehr viel intensiver beschäftigen würde, ahnte ich zu dem Zeitpunkt noch nicht.

4. Am See

Tanja hatte sich bäuchlings auf den Boden gelegt, den Kopf auf die verschränkten Arme abgestützt und den Blick auf das Dickicht am Seeufer gerichtet. Es war Mittagszeit und die Sonne stand hoch am Himmel. Plötzlich hörte sie wieder das quiekende Geräusch. Einmal, dann noch einmal. Es kam von rechts. Leise drehte sie sich auf die Seite und kramte ihr Fernglas aus dem Rucksack. Sie benötigte es nicht, um die Entfernung optisch zu überbrücken, dafür war der Vogelruf zu nahe gewesen, doch mit dem Fernglas konnte sie besser fokussieren und präziser suchen.
Sie stützte die Ellenbogen auf und begann, die Uferzone ganz langsam und genau quadratmeterweise abzusuchen. Ihre Sorgfalt hatte Erfolg: In etwa 20 Meter Entfernung entdeckte sie eine Wasserralle, gleich neben einem geflochtenen Gebilde aus Halmen

zwischen mehreren Rohrkolben. Es musste das Nest sein. Ganz vorsichtig legte sie das Fernglas beiseite und griff nach der Kamera. Sie musste sie vom Stativ lösen und ärgerte sich für einen Moment, dass sie das Gerät nicht schon griffbereit hingelegt hatte. Als sie die Digitalkamera in der Hand hielt, nahm sie wieder die Position von eben ein. Sie brauchte gefühlt eine Minute, das Nest durch die andere Sichtweise per Teleobjektiv wiederzufinden. Das erwachsene Tier war weg. Sie machte einige Bilder von dem Nest und wartete ohne die Kamera abzusetzen.
Dann hörte sie ihr Smartphone summen. Sie legte die Kamera aus der Hand und zog das Telefon aus der Seitentasche des Rucksacks. Sven rief an, sie wischte über das Display und nahm den Anruf an.
„Hey, da bin ich“, meldete sie sich grinsend.
„Hey, meine Süße, wo steckst du gerade?“, begrüßte Sven seine Frau. „Ich bin an diesem Kiessee, von dem ich dir gestern Abend zu Hause erzählt habe. Ich habe gerade das Nest von der Wasserralle entdeckt und direkt Fotos gemacht. Eigentlich wollte ich jetzt warten, dass der Altvogel zurückkommt, aber da meldete sich so ein heißer Typ am Telefon, da musste ich unterbrechen.“ Sven lachte.
„Soso, ein heißer Typ also. Der heiße Typ hätte Lust, dich auf der Arbeit zu besuchen. Das Meeting in Bremen ist schon beendet und

ich fahre jetzt zurück nach Minden. Ich muss erst am Nachmittag wieder dort sein und könnte genauso gut den kleinen Umweg fahren und mit dir eine chillige Stunde am Kiessee verbringen. Was meinst du? Soll ich vielleicht noch was mitbringen, vielleicht ein paar Oliven, Zaziki und Fladenbrot? Dann könnten wir noch ein bisschen picknicken."
Tanja wusste genau, welche Hintergedanken er dabei noch hatte, aber sie fand die Idee toll. Sie verabredeten sich und Tanja beschrieb ihm den Weg. Er würde sie anrufen, sobald er dort ankam, wo ihr Auto stand.
In freudiger Erwartung begab sie sich wieder mit dem Fernglas in Lauerstellung. Die Kamera stand griffbereit neben ihr. Ein paar Minuten suchte sie, dann hatte sie den Altvogel entdeckt. Zu ihrer Überraschung sah sie ganz in der Nähe noch einen weiteren. Sie wechselte schnell vom Fernglas zur Kamera und hatte Glück. Ohne lange suchen zu müssen hatte sie gleich die Vögel wieder im Visier und begann zu fotografieren.
Das war schon ein toller Erfolg. Damit hatte sie direkt den Nachweis, dass die Wasserralle sich hier angesiedelt hatte und auch brütete. Nun würde sie täglich wiederkommen und die Vögel beim Brüten und dann bei der Aufzucht der Jungen beobachten. Natürlich wollte sie auch mit der Unteren Naturschutzbehörde Kontakt aufnehmen. Es wäre sinnvoll, den

Bereich, in dem sie sich befand, etwas besser abzusperren, um zu gewährleisten, dass die scheuen Tiere bestmöglich geschützt wurden.
Ihr gelangen noch einige weitere gute Aufnahmen, bis ihr Handy wieder summte. Sven war angekommen und hatte sein Auto neben ihrem abgestellt. Tanja erklärte ihm, wohin er gehen musste und lief ihm entgegen. Ihr Beobachtungsposten war von der kleinen Gemeindestraße aus nicht sichtbar. Das Auto stand am Fahrbahnrand und man musste erst ein Stück weit am See entlang gehen und dann noch einem weiten Bogen folgen. Als sie am Anfang der Biegung ankam, stand Sven schon fast vor ihr.
Sie nahm Anlauf und sprang ihm auf den Arm. Er musste sie mit dem rechten Arm festhalten, in der linken Hand hatte er einen Korb. Sie drückte ihre Lippen auf seine, rutschte aber ein Stückchen herunter, wodurch er wieder sprechen konnte. „Wow, was für ein stürmischer Empfang“, sagte er mit einem breiten Grinsen. „Ich hab uns was Leckeres mitgebracht.“ Sie nahm ihn an der Hand.
„Komm, wir gehen zu meinem geheimen Beobachtungsplätzchen, das liegt gleich hinter der Biegung.“ Mit einem verschwörerischen Lächeln sah sie ihn an und fügte hinzu: „Da sind wir völlig ungestört.“ Er zog sie an der Hand an sich und küsste sie. „Ich bin gespannt“, meinte er.

Sie hatten die Stelle schnell erreicht. „Hübsch hier", bewunderte Sven die Aussicht. „Und den Vögeln scheint es hier auch zu gefallen!" „Gutes Stichwort", raunte sie ihm ins Ohr und fing an, sein Hemd aufzuknöpfen. Sie fühlte das Kribbeln im Bauch, was sie so oft spürte, wenn sie mit ihm allein war. Er verbog sich umständlich, um gleichzeitig den Korb abzustellen und ihre Taille zu umfassen. Der Korb glitt aus seiner Hand und Sven richtete sich wieder auf. Seine Hände fanden den Weg unter ihr flecktarn Shirt und knöpften geschickt den BH auf. Tanja hatte das Aufknöpfen des Hemdes beendet und schob es ihm von den Schultern, er ließ es einfach nach hinten auf den Boden fallen. Bevor er selbst weiter Hand anlegen konnte, hatte sie in einer schnellen Bewegung T-Shirt und BH ausgezogen und zu dem Rucksack geworfen. Sie pressten sich aneinander und ihre Lippen verschmolzen. Seine Hände streichelten ihren Rücken, suchten den Hosenknopf und fanden ihn. Vorsichtig löste er den Knopf und zog den Reißverschluss auf. Seine Hände glitten über ihre Beckenknochen unter ihren Slip auf ihre Hinterbacken und begannen, diese sanft zu kneten. Sie stöhnte leise auf und drückte ihre Hüfte gegen seine.

„Zieh dich aus", flüsterte sie ihm ins Ohr und schob ihn ein Stückchen weg. Binnen weniger Sekunden waren sie beide nackt. Sven

legte seine Jeans lang auf den Boden und zog Tanja mit hinunter. Er legte sich auf den Rücken und sie stieg über ihn, hockte sich hin und legte sich mit dem Bauch auf seine Brust. Langsam schob sie sich herunter, immer weiter, bis sie vollständig vereint waren. Die Welt um sie herum versank, sie gaben sich ihrer Lust hin und erreichten einen gemeinsamen Höhepunkt.
Sie verharrten noch einige Minuten in der Position, Sven kraulte ihr sanft den Rücken, an dem kleine Rinnsale aus Schweiß hinunterliefen. Tanja spürte, dass das zähe Gras in ihre Knie drückte und erhob sich langsam. „Was hältst du von einer kleinen Abkühlung?“, fragte sie. „Warum nicht?“, erwiderte Sven lächelnd. „Meinst du, man kann hier ins Wasser gehen?“ Tanja zeigte auf die Lücke im Uferbewuchs. „Da vorn sieht es so aus, ich hab es noch nicht ausprobiert. Komm, wir testen es mal!“
Sie zog ihn an der Hand hoch und hinter sich her, zu der Stelle, die sie meinte. Ein schmaler Streifen ohne Pflanzenbewuchs führte in den See hinein. Tanja hatte gar keine Berührungsängste mit der Natur und ging voran. Man konnte ein paar Meter in die Wasserfläche hineingehen, bis man an eine Stelle gelangte, an der der Boden steiler abfiel. „Hier ist die Abbruchkante“, erklärte sie Sven. „Wir sollten uns vorher noch etwas

abkühlen, aber dann können wir bestimmt ein Stück schwimmen."
Mit den Worten fasste sie mit der rechten Hand ins Wasser und spritzte ihn nass. Es ergab sich eine kurze Schlacht in dem Flachwasserbereich, dann traten sie an die Abbruchkante heran und ließen sich langsam in das tiefere Wasser gleiten. Sie schwammen eine kleine Runde. Das Wasser war kühl, aber durch die vielen sonnigen und heißen Tage nicht zu kalt zum Schwimmen.
Sven mahnte zur Vorsicht, schließlich war der Kiessee nicht zum Baden freigegeben und beide hatten keine Ahnung wie tief er sein mochte. Tanja wusste um die Gefahren des Badens in den Kiesseen. Die Seen konnten teilweise deutlich tiefer als zwanzig Meter sein und dort unten war das Wasser auch nach Wochen des Sommers sehr kalt. Geriet man an eine Stelle, an der das Wasser plötzlich deutlich kälter war, konnte sich das mitunter drastisch auswirken. Sie wusste, dass jedes Jahr Menschen, selbst gute Schwimmer, in Kiesseen ertranken, weil sie die Gefahren unterschätzten.
So kehrten sie nach einer kurzen Runde wieder zurück ans Ufer. „Jetzt habe ich richtig Hunger", stellte Sven fest, als sie wieder bei den Sachen angekommen waren. Sie setzten sich nackt auf die Hosenbeine seiner Jeans und packten den Proviant aus. Das mediterrane

Fingerfood schmeckte köstlich. Es dauerte nicht lange und sie waren wieder getrocknet. Als sie fast alles verzehrt hatten, war es kurz nach vierzehn Uhr und Sven wollte wieder los. „Ich muss um sechzehn Uhr in der Firma sein, wir wollen noch über einen neuen Auftrag sprechen. Ich glaube aber nicht, dass das lange dauert, spätestens um sechs bin ich wieder zu Hause."
„Wieder ein gutes Stichwort", meinte Tanja augenzwinkernd. „Ich denke, ich breche hier gegen siebzehn Uhr auf. Vielleicht auch noch etwas früher, ich habe heute so tolle Bilder gemacht, ich will die gleich noch auf die Festplatte ziehen und meinen Bericht weiterschreiben. Den Rest Büroarbeit erledige ich morgen früh, vielleicht fahre ich morgen erst gegen Mittag hierher und bleibe dann etwas länger. Jetzt weiß ich ja, wo das Nest ist. Ich freue mich schon auf heute Abend!"
Sven zog sich an. Dann gab er ihr einen langen Kuss, schnappte den Korb und ging.
Tanja zog sich ihre Tarnklamotten an, setzte den Hut auf und bezog wieder Beobachtungsposten. Sie genoss die innere Wärme und verlor sich in ihren Gedanken, bis sie wieder das Quieken der Wasserrallen hörte. Sie beobachtete noch eine ganze Weile geduldig weiter. Es geschah aber nichts Interessantes mehr und so packte sie kurz

nach 16 Uhr ihre Sachen sorgfältig zusammen und machte sich auf zum Auto.

Sie hatte im Kofferraum ihres Golfs einen Kasten mit gepolsterten Fächern für ihre Foto- und Fernglasausrüstung. Sie räumte den Rucksack aus und verstaute alle Gegenstände in den dafür vorgesehenen Fächern. Gerade als sie fertig war, hielt ein grüner Geländewagen neben ihrem Auto. Ein grauhaariger, hagerer Mann stieg aus, im Kofferraum des Wagens bellte ein Hund in einem Transportkäfig.
Nach dem Auto, der Kleidung und dem Aussehen zu urteilen, musste der Mann ein Jäger sein. Tanja schätzte sein Alter auf Mitte sechzig. Er schaute grimmig drein. „Suchen Sie hier was Bestimmtes?“, maulte er Tanja an, ohne ein Grußwort vorweg zu schicken. Tanja wandte sich zu ihm und sah ihm direkt in die Augen. „Schönen guten Tag“, entgegnete sie freundlich. „Ja, stimmt genau, etwas Bestimmtes. Und Sie?“
Der Mann schaute noch griesgrämiger und trat zu ihr hinter ihren Golf. Er warf einen kurzen Blick in den Kofferraum, allerdings ohne sich hineinzubeugen. „Sind Sie eine von diesen Naturschützerinnen?“, fragte er, weiterhin in einem völlig unfreundlichem Tonfall. Tanja hörte auf zu lächeln. Sie spürte, mit welcher Sorte Mensch sie es zu tun hatte. Sie kam öfter in Kontakt mit

Jägern, wobei sie mal sehr positive und mal sehr negative Erfahrungen machte. Diese würde wohl zu den negativen gehören.
Sie sah den Mann nun genauso unfreundlich an. „Nein, ich bin nicht eine von diesen Naturschützerinnen. Ich bin Ornithologin. Darf ich erfahren, mit wem ich es zu tun habe? Ich hatte Ihren Namen vorhin gar nicht verstanden.“ Der Mann trat einen Schritt zurück und sah an Tanja auf und ab. „Den brauchen Sie auch nicht zu wissen! Ich bin der zuständige Jagdaufseher und möchte wissen, was hier in meinem Revier los ist. Sie haben hier mit dem Auto gar nichts verloren, hier ist nur ‚Anlieger frei‘, das hätte Ihnen beim Herfahren schon auffallen müssen“, erklärte er in herrischem Tonfall.
Tanja holte tief Luft, in ihr baute sich bereits eine deutliche Spannung auf. „Guter Mann, ich sagte bereits, ich bin Ornithologin. Ich habe eine Genehmigung der zuständigen Naturschutzbehörde und darf die Naturschutzgebiete um die stillgelegten Kiesseen in der Samtgemeinde Mittelweser betreten und meine Arbeit dort ausführen. Da die Naturschutzgebiete von Gesetzes wegen nicht bejagt werden dürfen, stehen sie mit Sicherheit auch nicht unter Ihrer Aufsicht. Übrigens schließt meine Genehmigung auch das Anfahren der Seen mit dem Pkw ein.“

Eine Fahrradklingel ertönte, eine Frau und ein Mann hatten sich mit Fahrrädern genähert. Da der Mann mit dem Geländewagen so elegant leicht quer und mitten auf der schmalen Straße stand, mussten die Radfahrer absteigen und durch das höhere und mit Disteln und Brennnesseln verwachsene Gras im Seitenstreifen schieben.
„Muss man sich mit dem Auto hier so hinstellen?“, merkte der Mann kopfschüttelnd im Vorbeischieben kritisch an. Der mürrische Jagdaufseher beachtete das Paar gar nicht. Vermutlich betrachtete er die Radfahrer auch als unerwünschte Störenfriede. Wahrscheinlich hatte er sehr oft solche Probleme, immerhin befanden sie sich auf dem Weserradweg. Die beiden Radfahrer schoben ein paar Meter weiter und befreiten dann zunächst die Räder von trockenen Grashalmen und Pflanzenteilen, die sich beim Passieren des Geländewagens in den Speichen verfangen hatten.
Indessen herrschte der Jäger Tanja an. „Werden Sie mal nicht frech, junge Frau. Ich weiß schon, wer hier was darf und wer nicht. Sie kenne ich jedenfalls nicht. Mit Leuten wie Ihnen ist es immer dasselbe. Sie meinen, Sie müssten hier durch jedes Gebüsch kriechen, überall Ihre Nase reinstecken, das Wild aufscheuchen und am besten noch unsere Hochsitze mitbenutzen. Und am Ende sorgen Sie

noch dafür, dass die Jägerschaft noch mehr Probleme hat."
Tanja reichte es allmählich, der Kerl war offenbar ein richtiger Vollidiot. „Passen Sie auf, ich benutze weder Hochsitze, noch treibe ich mich irgendwo herum. Meine Arbeit ist wissenschaftlich und ich werde dafür bezahlt." Sie hielt ihm ihren Betretungsausweis unter die Nase. „So, damit Sie sehen, dass ich mich hier mit Recht aufhalte. Im Gegensatz zu Ihnen, kann ich wenigstens beweisen, dass ich hier herumkriechen darf. Wenn Sie meinen, ich würde mich in irgendeiner Form rechtswidrig verhalten, beschweren Sie sich beim Landkreis Nienburg, dort wird man Ihnen sicher mit Freude weiterhelfen. Ich habe keine Lust, diese Diskussion weiter zu führen. Also lassen Sie mich nun bitte zufrieden und halten sich zukünftig von mir fern!"
Mit diesen Worten griff sie ihr Klemmbrett und schloss den Kofferraum. Dann trat sie hinter den Geländewagen und notierte das Kennzeichen. Der Mann glotzte sie wütend an. „Ja, schreiben Sie sich das Kennzeichen gut auf und dann hauen Sie bloß hier ab, blöde Kuh!" Er öffnete seine Autotür und stieg ein. Tanja starrte ihn wutentbrannt an, wollte etwas sehr unfreundliches erwidern, schluckte es aber herunter.

Sie stieg in ihren Golf, ließ alle Fenster herunter und fuhr los. Sie atmete ein paar Mal tief durch. Von allen Jägern, mit denen sie bisher in ihrer Tätigkeit aneinander geraten war, war dieser Mann definitiv der unfreundlichste und vielleicht auch dreisteste gewesen. Sie erlebte es öfter, dass ihre Anwesenheit in Wald und Flur durch Jäger in Frage gestellt wurde, doch in den meisten Fällen führte ein vernünftiges Gespräch zu gegenseitigem Verständnis. Manchmal konnte sie sogar das Interesse wecken. So etwas wie heute hatte sie jedenfalls noch nie erlebt.
Sie traf auf das Paar mit den Fahrrädern und empfand das Bedürfnis, sich zu entschuldigen. Sie überholte und bemühte sich um viel seitlichen Abstand, lenkte ihren Golf dabei weit in den ungemähten Bereich des Seitenstreifens hinein. Nach einigen weiteren Metern hielt sie an und stieg aus. Die Leute schienen sie oder das Auto zu erkennen und stiegen ab. Tanja sprach die beiden an. Der Mann hatte Gepäcktaschen am Rad, die Frau nicht, vermutlich waren es keine Fernreisenden.
„Guten Tag! Ich möchte mich für die Situation eben entschuldigen. Ich muss allerdings dazu sagen, dass ich den Mann nicht kenne und ihn auch nicht veranlasst hatte, anzuhalten. Ich arbeite hier als Ornithologin und das scheint

dem Herrn, seines Zeichens Jagdaufseher, zu missfallen.“ Die beiden lächelten nun freundlich und die Frau antwortete: „Das ist nett, dass Sie angehalten haben. Wir sind aus Nienburg, den Herrn kennen wir auch nicht. Aber so ein unmögliches Verhalten, wir haben ja noch gehört, wie er mit Ihnen umgegangen ist. Wirklich unglaublich, so etwas sollte man anzeigen. Aber wir lassen uns davon unsere schöne Tour nicht verderben. Das sollten Sie auch nicht.“ Tanja nickte freundlich. „Sie haben sicher recht. Ich wünsche Ihnen noch einen schönen Tag. Auf Wiedersehen!“ Das Paar verabschiedete sich freundlich und setzte seinen Weg fort.
Die Frau hatte gesagt, man solle den Mann anzeigen. Immerhin hatte er sie ja tatsächlich beleidigt und vor allem völlig grundlos. Sie hatte sich wirklich bemüht, höflich zu bleiben. Am liebsten hätte sie ihm eine ordentliche Ladung Pfefferspray verpasst. Aber das wäre zu viel des Guten gewesen. Ihn anzuzeigen wäre hingegen doch wirklich richtig. Sie fuhr bis zur nächsten Einmündung und griff dort nach ihrem Smartphone. Sie suchte die nächstgelegene Polizeidienststelle. Das Telefon zeigte ihr die in Stolzenau an. Der Ort lag sowieso auf ihrer Route und sie entschloss sich, dort Anzeige zu erstatten.

In der Wache in Stolzenau saß eine junge Polizistin. Sie war sehr freundlich und erklärte Tanja ausführlich, welche Rechte und Pflichten sie hatte. Sie schrieb sich alles auf, gab schon eine ganze Menge Daten in den Computer ein und ließ Tanja ein Formular unterschreiben, bei dem es sich um einen sogenannten Strafantrag handelte. Das Kennzeichen überprüfte die junge Frau auch und erklärte Tanja dann, dass es sich bei dem Halter um einen Mann handele, der 64 Jahre alt sei, was zu Tanjas Einschätzung passte. Nach etwa 20 Minuten war alles fertig und Tanja setzte sich wieder ins Auto. Sie fühlte sich schon wieder viel besser und schrieb eine kurze WhatsApp-Nachricht an Sven. „Bin in 45 Minuten zu Hause, freue mich auf Dich!“ Dazu ein Küsschen-Emoji und dann machte sie sich auf den Heimweg.

Sie wohnten in Minden in einer geräumigen Wohnung im ersten Obergeschoss. In den heißen Wochen im Sommer heizte sich das Haus trotz guter Isolierung nach und nach immer mehr auf, sodass beide in dieser Zeit meist nur in Unterwäsche durch die Wohnung liefen. Oder noch leichter bekleidet. Das führte automatisch zu sehr viel körperlicher Nähe, was Tanja sehr genoss. Überhaupt war sie sehr glücklich mit Sven und so hatte sie den nervigen Vorfall von vorhin schnell verdrängt.

Als sie ankam, war Sven noch nicht zu Hause. Sie nutzte die Zeit, um die Fotos im PC zu speichern und ein paar Daten einzugeben. Um kurz vor achtzehn Uhr schaltete sie den Rechner wieder ab und ging in die Küche, wo sie Tomaten und Mozzarella aus dem Kühlschrank nahm und für das gemeinsame Abendessen vorbereitete. Sven kam erst gegen neunzehn Uhr nach Hause. Nach dem Essen gingen sie zusammen duschen und danach gleich ins Schlafzimmer. Sie gaben sich einander hin, genossen die Zweisamkeit in der Wärme und ließen erst spät in der Nacht voneinander ab, fast als sollte es ihr letzter gemeinsamer Abend gewesen sein.

5. Die blonde Hexe

Robert wachte schreiend auf. Hektisch schlug er um sich, wischte sich mit den Händen über den Bauch und verkrallte sich in seiner Sweatjacke. Das grollende Gelächter des Sensenmannes klang ihm dumpf in den Ohren, eben gerade noch hatten die knöchernen Hände des Schnitters seinen Bauch aufgeschlitzt. Ganz langsam, am Hals beginnend, hatte er seine riesige Sense über die Brust bis zum Bauchnabel gezogen. Nun war er fort. Robert sprang auf, er zitterte am ganzen Körper.

Sein geschädigtes Hirn erkannte nicht, dass er nur geträumt hatte, für ihn schien es, als habe er es lediglich geschafft, zu entkommen. Wenn er sich ganz leise verhielt, würde der Reaper ihn nicht finden. Er kauerte sich in der Ecke seines Bettes zusammen, zog alles, was auf dem Bett herumlag zu sich heran und baute sich sein Versteck. Dort würde er ihn nicht finden. So verharrte er, döste wieder ein, in Embryonalstellung inmitten muffiger Kleidungsstücke, die schon ewig keine Wäsche mehr erlebt hatten.

Er erwachte bei Sonnenaufgang. Im Sommer schien die Sonne früh durch das Fenster, es hatte weder Jalousie noch Rollo und die Scheibe war gesprungen. Langsam erhob er sich, blickte durch die verdreckte und mit Spinnweben verhangene Glas nach draußen.

„Sonnenaufgang, aufstehen, trink Wasser“, murmelte er. Es war sein morgendliches Ritual. Er begann schon nach dem Aufwachen, sich mit sich selbst zu unterhalten. Dann schlurfte er in den Raum, der früher ein Badezimmer gewesen war. Inzwischen war er etwas anderes, vielleicht konnte man es noch als Abort bezeichnen. Für Robert genügte es, dass noch Wasser aus den Leitungen kam. Er schlürfte Wasser aus dem Hahn an dem Gebilde, was vor langer Zeit als Waschbecken verbaut worden war. Andere Nahrungsmittel gab es hier nicht.

Er verließ den Raum, richtete seine Schritte wieder auf seinen Wohnschlafraum aus. Plötzlich stolperte er über etwas auf dem Boden, schlug lang hin und schnaufte, als er unten ankam. Glücklicherweise dämpfte der Unrat seinen Sturz ab. Er kroch weiter, wühlte sich durch leere Dosen, Kleidungsstücke, Plastiktüten, Zeitschriften und alte Comics. An seinem Bett zog er sich hoch und sein Gehirn registrierte, dass er unverletzt war. Robert ging zur Tür und schaute hinaus. Draußen war es hell, die Luft war noch kühl und ein Hungergefühl überkam ihn. Er schob sein Fahrrad nach draußen, kramte in seinen Hosentaschen herum, erfühlte ein Geldstück und zog es heraus. Es war ein Fünfzig-Cent-Stück. Seine Kleidung beließ er so, wie sie war und schob das Rad bis zur Straße. Dort stieg er auf und fuhr langsam los, mitten auf der Fahrbahn der schmalen Gemeindestraße.

„Wir müssen arbeiten. Dann müssen wir was kaufen“, sagte er laut zu sich. An der ersten Bushaltestelle, die er passierte, stoppte er und griff in den Mülleimer. Er hatte Glück: Unter einigen Verpackungen lag eine Pfandflasche. Er grinste und steckte sie in die Plastiktüte, die am Lenker seines Fahrrades hing. „Das war sehr gute Arbeit“, lobte er sich selbst laut. „Wir müssen die Entfernungen überprüfen.“

Er schob das Rad weiter und verfiel in ein Gespräch mit sich selbst. Langsam näherte er sich der Bank. Angestrengt blickte er dort hin. Robert wusste, dass bei der Bank ein weiterer Müllkorb stand, doch wenn dort wieder diese Frauen waren, musste er schnell weiter. Er ertrug ihre Schmerzensschreie nicht. Je näher er kam, desto deutlicher hörte er sie. Ihre Worte verstand er nicht, sie schrien so laut, hatten schreckliche Schmerzen und litten Qualen. Er fühlte, dass sie ihn anklagten. Er stieg auf und beschleunigte so schnell er konnte. Nur schnell vorbeikommen, sagte eine innere Stimme tonlos. Als er wieder eine ausreichende Distanz geschaffen hatte, ließ er das Fahrrad ausrollen.

„Lasst mich!“, brüllte er. „Laaaaasst mich!“ Er packte das Standrohr eines Vorfahrtstraßenschildes und riss aus Leibeskräften daran. Das Schild wackelte. Robert riss weiter daran, er keuchte, fühlte sich dann aber erleichtert. Schließlich erreichte er die Hauptstraße und folgte dieser nun in Richtung Steyerberg. Auf dem Weg bis zum Ort fand er noch eine große PET-Einwegpfandflasche und eine leere Energydose. Als er bei Edeka im Ort eintraf, war dort bereits geöffnet. Er schob sein Fahrrad auf den Parkplatz und stellte es in den Fahrradständer.

„Ich schließe es ab, ja, ich schließe es ab, abschließen“, sagte er laut. In seiner Welt war das Rad nun gesichert und er schlurfte zum Pfandflaschenautomaten. Der funktionierte ordnungsgemäß und kurze Zeit später hielt er den Bon in der Hand. Er konnte zwar nicht richtig rechnen, aber er wusste, dass der Bon und sein Geldstück in der Hosentasche für drei Brötchen reichten.

Zum Wohle des Befindens aller nachfolgenden Brötchenkunden sah niemand, dass er die Brötchen einfach mit der Hand aus der Auslage nahm und in eine der bereit liegenden Tüten stopfte. Zufrieden stolzierte er zur Kasse, legte die Tüte auf das Band und den Pfandbon daneben. Das Geldstück hielt er der Kassiererin wortlos hin. Er erhielt neunundzwanzig Cent Wechselgeld, welches er froh annahm.

Mit seinem Wegbrot begab er sich zu seinem Fahrrad. Eines der Brötchen stopfte er sich draußen sofort in den Mund. Kauend schob er los, seinen morgendlichen Streifzug beginnend, auf der Suche nach weiteren Pfandflaschen und -dosen. Wie so oft sollte ihn der Weg zum Freibad, zu den Mülleimern am Sportplatz und bei der Grundschule führen. Er klapperte Bushaltestellen ab und ging bis zur Auebrücke, zu dem Tisch, an dem gerne die jungen Leute saßen.

Gegen elf Uhr traf er mit achtzehn Pfandbehältern wieder bei Edeka ein, eine ordentliche Ausbeute. Er kaufte wieder drei Brötchen ein, eine Packung Salami und drei Dosen Bier zu je einem halben Liter. Den Bon legte er wieder dazu, an das Restgeld in der Hosentasche dachte er nicht.
Die Kasse zeigte 4,79 Euro. Die Kassiererin kannte ihn schon lange und wusste, was zu tun war. Es fehlten neunundzwanzig Cent, sie buchte eine Bierdose wieder aus und reduzierte den Betrag damit auf 3,83 Euro. Robert kannte es so und nahm es wortlos hin, das Wechselgeld steckte er wieder in die Hosentasche. Draußen stopfte er alles bis auf eine Dose Bier in seine Plastiktüte. Die Dose öffnete er sofort, nahm einen tiefen Schluck und schob in Richtung Wellie los.
Er redete viel und so war er schon an der Kirche vorbei, als er den letzten Rest aus der Dose trank und die Kreuzung Richtung Wellie überquerte. Robert hatte den Auftrag, die Strecke bis zur Weser hinter Wellie genau zu überwachen. Zu oft machten sich die illegalen Straßenbauer dort zu schaffen und ständig änderte sich die Erdkrümmung, was laufend zu Veränderungen in
der Vermessung führte.
An der Apfelstraße, einer holprigen Gemeindestraße, die von Steyerberg nach Wellie führt, steuerte er eine rustikale

Sitzgruppe an, packte seine Salami und seine Brötchen aus und genehmigte sich eine opulente Mahlzeit. Eins der Brötchen sparte er sich auf, die Salami verspeiste er komplett. Als er die Verpackung in dem Müllkorb entsorgte, entdeckte er zu seiner Freude vier weitere leere Dosen. Diese sammelte er ein und fügte sie dem Inhalt seiner Plastiktüte hinzu. Motiviert stieg er auf sein Rad und setzte sich in Bewegung. Sein Ziel war die Wesermarsch.

Gut gestellt kam er in Wellie an und kontrollierte auch dort alle Müllkörbe. Er nahm den nächsten Weg in die Wesermarsch und fuhr in Richtung des Wellier Kolks, eines Altarms der Weser. Sorgfältig suchte er die Straßenränder nach weiterem Pfandgut ab. In seinem Kopf lief seine persönliche Vermessungstechnik ab. Robert zählte die Spalten im Asphalt und die Aufbrüche in den Betonplatten der Gemeindestraßen.

Dann erreichte er die kleine Brücke, die den Abflussgraben des Kolks überquerte. Angst überkam ihn. Er spürte, dass Geister unter der Brücke lauerten. Sie warteten auf jemanden, der in das Wasser fiel, um sich dann auf ihn zu stürzen und sein Fleisch zu fressen. Langsam schlich er bis an die Brücke heran, verhielt sich ganz leise. Dann, mit einem Sprung, rannte er los, sprang auf das Rad und hatte die Brücke hinter sich

gelassen. Er drehte sich angstvoll um und hörte, wie die Geister kreischten - sie waren enttäuscht, keine Beute gemacht zu haben.
„Ihr kriegt mich nicht, ich hab's geschafft, hab's geschafft. Ich muss weiter vermessen“, redete er wieder auf sich selbst ein. Langsam fuhr er weiter und verlor sich in einer Diskussion über die Risse der Straße. Darunter konnten tiefe Erdspalten sein. Man musste das im Auge behalten. Wenn die Spalten zu groß wurden, konnten Menschen hineinstürzen.
Er kam an die breite Straße, die nach links zur Weserbrücke führte. Vor den großen Brücken fürchtete er sich nicht, er konnte sehen, was sich darunter verbarg. Der große Fluss schien ihm unbelebt. Zu oft waren die riesigen Frachtschiffe darauf unterwegs, die alles Leben im Fluss vernichteten. auf der Hauptstraße fuhr er weiter in Richtung Anemolter. In einer langen Rechtskurve fuhr er geradeaus und folgte dem Weserradweg. In einiger Entfernung stand ein Auto.
Robert fuhr langsam weiter. Das Auto bewegte sich nicht. Scheinbar war niemand darin. Als er näher kam, registrierte er, dass das Fahrzeug neben der Straße stand. Er schielte hinter den Wagen in der Hoffnung, dort noch Dosen oder Flaschen zu finden. Die Menschen, die mit Autos zum Fluss oder an die Seen fuhren, ließen meistens etwas herumliegen.

Für den normalen Müll interessierte Robert sich nicht, er nahm ihn nicht einmal als Müll wahr. In seinem Bewusstsein hatte Abfall keine Bedeutung mehr, das Verhältnis dazu hatte er schon lange verloren.
Er sah, dass der Zaun gegenüber von dem schwarzen Auto offen war und vermutete, dass die Leute an dem See waren. Er schob sein Fahrrad auf die Grasfläche und legte es dort ab. Dann fummelte er die Plastiktüte vom Lenker und machte sich auf den Weg zum See. In einiger Entfernung sah er etwas buntes, vielleicht war das schon eine Dose. Als er dort ankam war es irgendetwas, aber keine Dose oder Flasche. In der realen Welt war es eine Big Mac Verpackung, die Leute vermutlich im Vorbeifahren aus dem Fenster eines Autos geworfen hatten. Robert trat mit dem Fuß darauf. Er sah weiter, folgte einer Biegung um den See und spürte das Bedürfnis, sich zu erleichtern. Also öffnete er seine Hose und urinierte dort, wo er gerade stand. Als er fertig war, ging er weiter, fand einen Stock, etwa so lang wie er selbst groß war und hob ihn auf. Er stocherte im Gestrüpp herum.
Plötzlich hörte er das Wimmern einer Frau hinter sich und drehte sich um. Wieder war es hinter ihm, sie musste schnell sein. Sein Atem ging schneller und er fasste den Stock. Noch zweimal drehte er sich und immer blieb sie hinter ihm. Er holte aus und schlug auf

das Gebüsch ein, irgendwo da drin musste sie sein. Einige Triebe einer Weide brachen ab. Das Wimmern war weg. Offenbar hatte er die Geisterfrau verjagt. Nervös hin und her blickend ging er weiter, redete murmelnd auf sich ein. „Weg, sie ist weg. Wo ist sie? Ist sie weg? Ja. Muss weg sein."
Er bemerkte noch nicht, dass er beobachtet wurde. Eine blonde Frau, vielleicht fünfzig Meter entfernt, betrachtete ihn durch ein Fernglas. Langsam drehte er sich um. Nochmal drosch er auf das Gebüsch ein, dann ging er weiter, den Stock in der Hand. Er drehte sich nur halb nach hinten und brüllte über die Schulter: „Hau ab, hau ab, du Hexe! Du verdammte Hexe! Ich schneid' dir die Kehle durch!" Robert stolperte weiter in Richtung seines Fahrrades.
Am Rand der schmalen Straße stand ein schwarzes Auto. Plötzlich rauschte ein grüner Geländewagen vorbei. Als dieser das schwarze Auto passiert hatte, bremste er stark ab. Ein Mann stieg aus dem Geländewagen und starrte den schwarzen Wagen an. Panische Angst stieg in Robert auf.

6. Die Leiche am See

Es war früher Nachmittag. Im Büro wurde es schon wieder so warm, dass man es kaum ertragen konnte. Ich hatte gerade Dominik aus der Vernehmung entlassen, einen der beiden Streithähne vom Wochenende. Eigentlich ein sympathischer junger Kerl. Er und sein Kontrahent hatten schlichtweg zu viel des süßen Schnapses genossen und dann die moralische Orientierung verloren. Das Gespräch, welches wir beide soeben geführt hatten, war nach meinem Empfinden ganz gut verlaufen. Er hatte sich selbst schon mit der Sache beschäftigt und bereits versucht, persönlich Kontakt aufzunehmen. Das war allerdings missglückt, weil er nicht sicher wusste, wer der andere eigentlich war.

Ich hatte Hunger und ging rüber zu Lidl. Ich holte mir die üblichen Roggenpanini, eine Packung würzigen Esrom und einen Literbecher Erdbeerjoghurt. Als ich zurückkam, saßen die Kollegen vom Streifendienst schon am großen Tisch und machten die Übergabebesprechung für den Spätdienst. Da nichts Besonderes vorgefallen war, gab es allerdings kaum etwas zu besprechen.

Ich holte mir einen Teller, ein Messer und einen Suppenlöffel für den Joghurt und setzte mich dazu. Für mein Joghurtvorhaben erntete ich anerkennende Sprüche, erklärte aber sogleich, dass ich nicht den ganzen Pott auf einmal essen wollte. Allerdings hatte ich am Ende meine Gier fast selbst falsch eingeschätzt, denn allzu viel fand sich nach meinem Mahl nicht mehr in dem Becher. Ich nahm mir vor, das nächste Mal einen kleineren Löffel zu nehmen.

Wir quatschten noch ein wenig bis die Mittagspause vorbei war. Ich ging wieder hoch in meine Bürosauna, öffnete beide Fenster und ließ die Tür offen. Es hatte einfach keinen Zweck, die Fenster geschlossen zu halten. Trotz der heruntergelassenen Jalousien heizte sich die Hütte nachmittags dermaßen auf, dass man doch besser die Fenster öffnete und auf ein wenig Durchzug hoffte. Auf die Weise war es halbwegs erträglich und ich setzte mich wieder an den Schreibtisch. Es warteten noch einige E-Mails darauf, gelesen und beantwortet zu werden und ich hatte noch ein paar weitere Akten zu bearbeiten. Ich nahm mir zuerst die Sachen vor, die am langweiligsten waren. Zum Feierabend hin wollte ich mich der Schlägerei der Jungs widmen und die erforderlichen Berichte und Vermerke schreiben, um das in Ruhe zu Ende bringen zu können.

Ich hatte gerade den in einer Jugendsache obligatorischen Eindrucksvermerk zum vernommenen Jugendlichen fertig, als der Kollege, der heute Nachmittag die Wache übernommen hatte, in mein Büro kam. Es war kurz vor sechzehn Uhr. „Paul, hast du Zeit? Wir haben einen Leichenfund, wird wohl ein Tötungsdelikt sein. Wir haben schon in

Nienburg angerufen, aber wir müssen jetzt direkt absperren und brauchen jemanden vor Ort, der sich auskennt.“ Ich brauchte keine Bedenkzeit. „Natürlich, ich komme sofort runter. Ich muss nur eben meine Sachen holen.“
Ich ging zu Hansi ins Büro und sagte ihm Bescheid. Er wollte selbst mitkommen und so beschlossen wir, gleich zusammen loszufahren. „Wir treffen uns unten auf der Wache", sagte er zu mir. Ich packte meine Einsatztasche, ging nach unten und schnappte mir die Schlüssel für unseren Zivilwagen. Hansi kam nur einen Augenblick später. Der Kollege von der Wache wies uns, soweit er konnte, ein. „Es ist eine Frauenleiche, die Streife ist vor Ort. Rettungswagen und Notarzt sind informiert, vorsichtshalber. Es ist am Kiessee hinten am Weserradweg gegenüber vom Kraftwerk. Seht ihr ja sofort, wenn ihr hinfahrt.“ Hansi nickte. Ich schaute auf den Einsatzrechner, dann griff ich uns noch zwei Handfunkgeräte. „Wir fahren direkt hin. Ich melde mich gleich bei dir, wenn wir vor Ort sind und dann sehen wir weiter“, erklärte ich dem Kollegen.
Wir brachen auf, fuhren zügig, aber ohne Horn und Blaulicht. Knapp zehn Minuten später trafen wir vor Ort ein. Der Streifenwagen stand am Wegrand, der Notarztwagen stand davor und rechts von uns sah ich eine

Kollegin in Uniform mit einer Frau stehen. Als ich ausstieg sah ich auch den anderen Kollegen. Er hockte mit dem Notarzt neben einem reglos daliegenden Körper.
Hansi hatte mich während der Fahrt gebeten, die Koordination vor Ort zu übernehmen. Todesermittlungen waren nicht sein Gebiet. Ich bat ihn, zu der Kollegin zu gehen. Ich konnte sehen, dass die Frau, die bei ihr stand, geweint hatte. Vermutlich hatte sie die Leiche entdeckt. Hansi sollte schauen, ob die Personalien der Dame feststanden und ich erinnerte ihn vorsorglich daran, gleich noch die Schuhe zu fotografieren und wenn möglich über eine DNA-Vergleichsprobe mit der Frau zu sprechen. Es war besser, so etwas sofort zu tun, dann konnte es nicht in Vergessenheit geraten.
Ich selber ging zu dem Kollegen und dem Notarzt. Am Boden lag eine Frau. „Die Leichenstarre ist schon voll ausgeprägt“, ließ mich der Notarzt wissen. „Ich habe noch nichts weiter veranlasst, ich vermute, Sie werden die Leichenschau mit der Rechtsmedizin durchführen. Nach meinem ersten Eindruck würde ich schätzen, dass der Tod vor wenigen Stunden eingetreten sein dürfte. Ich denke, Sie brauchen mich hier nicht mehr.“ Ich bedankte mich und verabschiedete mich von dem Notarzt. Er hatte recht, die Leiche sah noch

recht frisch aus. Ich beschloss, sofort die Rechtsmedizin herzubestellen.
Wir mussten den Bereich absperren und die Kriminaltechniker anrufen. Außerdem musste ich eine Fahndung einleiten, wenn wir annahmen, dass die Tat noch nicht mehr als vielleicht drei oder vier Stunden zurücklag. Von einer Straftat musste man ausgehen. Der Leichnam der blonden Frau in sommerlicher Camouflagekleidung wies deutlich langgestreckte, gerade Kopfwunden auf. Offenbar stumpfe Traumata.
Ich nahm mein Diensthandy und begann zu telefonieren, als erstes mit dem Chef des Streifendienstes in Nienburg, damit die Fahndung nach einem möglicherweise gewalttätigen Menschen anlief. Dann ließ ich mich weiterverbinden mit dem Fachkommissariat für Todesermittlungen. Rainer, der Leiter, war sogar noch da. Er meinte, Tommi und Siggi seien auch noch im Dienst. Mit den beiden hatte ich erst im letzten Fall zusammengearbeitet. Ich hätte nichts dagegen, wenn es wieder so laufen würde. Rainer wollte beiden Bescheid sagen, damit sie noch zur Unterstützung kämen. Er sagte mir auch zu, gleich persönlich zu den Kriminaltechnikern zu gehen und ein Team für die Tatortaufnahme loszuschicken.
Und ich konnte sogar noch die Anforderung der Rechtsmediziner an ihn abgeben. Rainer wollte

damit noch jemand anderen beauftragen, wusste aber nicht spontan, wer noch im Dienst war. Ich würde es übernehmen, Herrn Dr. Gassmüller von der Staatsanwaltschaft anzurufen. Die Bürodurchwahl hatte ich im Kopf und versuchte es. Nach einmal Klingeln war Dr. Gassmüller am Apparat. Ich meldete mich ziemlich formlos.
"Hallo, Herr Dr. Gassmüller, Paul Voss hier. Ich bin in der Nähe von Stolzenau und stehe neben einer Frauenleiche, vermutlich erst vor wenigen Stunden verstorben, es sieht nach stumpfer Gewalt gegen den Kopf aus. Ich wollte Ihnen das noch mitteilen. Ich habe mit Herrn Busch vom Fachkommissariat telefoniert. Er schickt Herrn Roland und Herrn Schmäding hierher und kümmert sich um die Kriminaltechniker und die Rechtsmedizin. Es läuft gerade alles an. Wir haben nur die Zeugin vor Ort, die die Leiche entdeckt hat. Hinweise auf einen Täter haben wir noch nicht.“
Dr. Gassmüller brauchte nur eine Sekunde zum Überlegen. „Okay, das hört sich so an, als ob schon alles geregelt ist. Ich werde mir jetzt sofort einen Richter im Amtsgericht suchen und die Verkehrsdatensicherung beantragen. Wir sollten einen großen Umkreis nehmen und ausreichend weit zurück. Ich nehme mein Handy mit. Falls Sie an der Leiche ein Handy entdecken, können Sie mich direkt anrufen,

dann kümmern wir uns um die Daten auch sofort.“
Ich war mal wieder erstaunt, wie Dr. Gassmüller das machte. Wie ein Quantencomputer konnte er auf solche Situationen sofort reagieren und Maßnahmen treffen. Lange Diskussionen gab es nicht. „Ist gut, ich suche gleich selbst nach einem Telefon an der Leiche und melde mich dann nochmal. Ich brauche bitte Ihre Handynummer, die habe ich hier nicht.“ Dr. Gassmüller diktierte mir die Nummer und verabschiedete sich dann. Ich wusste, dass er direkt losgehen und einen der diensthabenden Richter aufsuchen würde.
Ich rief Hansi und erzählte ihm kurz, was in den zwei Telefonaten soeben besprochen worden war. Ich bat ihn, meine Suchaktion an der Leiche mit dem Fotoapparat zu dokumentieren. Ich lief selbst zum Auto, kramte einen weißen Tatort Overall heraus, erlaubte mir, Oberhemd und Hose hinter dem Auto auszuziehen und schlüpfte in den weißen Schutzanzug. Wahrscheinlich sollte ich Gummistiefel anziehen und die Hosenbeine hineinschieben, um den Schweiß aufzufangen, der mir in wenigen Minuten literweise am Leibe herablaufen dürfte.
Ich ertrug es. Kurz darauf hatte ich ein Smartphone gefunden, das noch angeschaltet war. Die Tastatur war gesperrt, deshalb rief

ich mit der Notruffunktion 110 an. Die Kollegin am Telefon wusste gleich Bescheid und dokumentierte den Anruf. So hatten wir die Handynummer, sie musste nur noch im System abgerufen werden. Drei Minuten später konnte ich Dr. Gassmüller die Handynummer nennen, sodass er sofort auch dafür einen Beschluss beantragen konnte.
Ich musterte nun den Leichnam. Es war eine Frau mit blondem, langem Haar. Vom Gesicht konnte ich wenig sehen, aber sie schien hübsch gewesen zu sein. Sie trug eine knöchellange, olivfarbene Hose, ein enges, flecktarnfarbenes T-Shirt und nicht weit entfernt lag ein Strohhut. An den Füßen hatte sie Gummistiefel. Zuerst wunderte mich das, aber sie sah auch weniger nach einsamer Badenixe als nach einer Jägerin aus. Ihre Figur wirkte sportlich. Sicher hatte sie lebend keine geringen Reize ausgesandt. Die Kleidung sah soweit intakt aus. Ich hatte nicht den Eindruck, dass wir hier einen Sexualmord vorfanden.
Wir mussten uns in Geduld fassen. Es war noch viele Stunden hell und deshalb gab es nun keinen Grund hektisch zu werden. Hansi und ich berieten uns, was wir während der Wartezeit tun wollten. Hansi hatte auch ein Diensthandy dabei und veranlasste, dass die Straße, die hier durch die Wesermarsch

führte, jeweils nahe ihrer Einmündungen von je einem Streifenwagen besetzt wurde.
Die Zeugin, die die Leiche gefunden hatte, kam aus Stolzenau. Sie war mit dem Rad unterwegs gewesen, hatte das Auto mit dem Mindener Kennzeichen gesehen und wollte nur schauen, ob jemand im See badete. Dabei war sie auf den Leichnam gestoßen, den man wegen des leicht abfallenden Geländes von der Straße aus kaum sehen konnte. Wir entließen sie nach dieser ersten kurzen Vernehmung nach Hause. Sie erklärte uns, dass ihr Mann inzwischen Feierabend habe und sie nicht alleine sei. Wir baten sie, von dem Vorfall zunächst nichts in der Öffentlichkeit zu erzählen. Je länger die Presse uns hier in Ruhe ließ, desto lieber war es uns.
Ich informierte die Kollegen in den Streifenwagen über Funk, dass sie die Dame nicht anzuhalten brauchten. Hansi entschied sich, die nähere Umgebung zu erkunden und nahm den Fotoapparat mit. Ich ging zum Wagen und hielt mich ein wenig im Schatten der Weidenbäume auf. Den Leichnam behielt ich im Blick. Ich öffnete die Kofferraumklappe unseres Kombis und setzte mich auf die Ladekante. Den Overall hatte ich heruntergekrempelt, sodass mein schweißnasses Trägershirt ein wenig trocknen konnte.
Ich hörte ein Handy summen. Es war das Smartphone der Toten. Hansi hatte es in einen

Spurensicherungsbeutel gepackt und auf dem Rücksitz abgelegt. Ich schaute darauf. „Sven“ leuchtete auf dem Display auf. Wer mochte das sein? Ihr Mann oder der Freund? Vielleicht ihr Sohn? Ich wurde nachdenklich. So interessant die Ermittlungen in Tötungsdelikten auch waren, die Trauer der Hinterbliebenen, die Verzweiflung und der Schrecken waren für mich immer das, was am schwersten zu ertragen war. Einen geliebten Menschen plötzlich und unerwartet zu verlieren, war und ist eine der härtesten Prüfungen für die Seele.

Ich konnte das Alter der Frau schlecht schätzen, vermutlich war sie zwischen 30 und 40 Jahre alt. Vielleicht hatte sie junge Kinder? Wir mussten uns darauf einstellen, dass ihre Angehörigen viel Hilfe benötigen würden, was auch für unsere Arbeit eine große Last werden konnte.

Ich kramte mein privates Smartphone aus meiner Einsatztasche heraus und schrieb Britta eine Nachricht. Sie solle nicht auf mich warten, wir hätten eine Leichensache und es könne spät werden. Danach steckte ich das Handy wieder weg. Hansi kam zurück. Ich wartete am Auto, ich hatte bei der Hitze keine Lust, mehr als nötig in der Sonne herumzulaufen, erst recht nicht in dieser weißen Plastiktüte, in der ich steckte.

Hansi erzählte mir, was er alles gesehen hatte. „Die Frau muss Vogelkundlerin sein. Da hinten steht ein Sitzrucksack und daneben jede Menge Ausrüstung. Sieht aber nicht so aus, als hätte das jemand durchsucht. Da liegt auch noch eine richtig teure Digitalkamera. Ich schätze mal, die hat da Vögel beobachtet. Ich wollte auch nichts zertrampeln, glaube aber nicht, dass da hinten bei dem Rucksack etwas passiert ist."
Ich stutzte. War nicht die Frau in der Anzeige wegen Beleidigung Ornithologin?
„Du hast mir doch heute morgen eine Anzeige gegeben. Die Frau, die dort beleidigt wurde, war doch Ornithologin, oder? Am Ende ist sie das." Hansi setzte seine Brille ab und rieb sich die Augen, er schwitzte auch schon ganz gut. „Du hast recht. Ich habe die Anzeige gelesen und die Dame hatte Streit mit einem Jäger gehabt. Aber so heftig war der Streit in meiner Erinnerung nicht. Meinst du, es gab hier eine Fortsetzung?" Ich zuckte mit den Schultern. „Wer weiß? Ich habe die Akte nur überflogen, hab das gleich wie üblich für die Privatklage abgetan. Aber die Akte liegt noch oben bei mir im Büro. Das wäre ja was, wenn wir den Täter gleich hätten."
Ich überlegte. Hätte ich doch diese Anzeige wenigstens einmal gelesen. Aber an und für sich war das so ein banaler Fall, das Verfahren würde sowieso eingestellt werden.

Das war bei Beleidigungsanzeigen fast immer so, erst recht, wenn es an abgelegenen Orten dazu kam. Es nützte nichts zu grübeln, das mussten wir später abklären.
Auf der Straße näherte sich ein dunkler Pkw, es schien ein Golf Kombi zu sein. Das würden Siggi und Tommi sein. Sie waren es. Siggi schaute mich mit gerunzelter Stirn an, Tommi grinste breit. Wir begrüßten uns freudig per Handschlag. Siggi schaute sich um. „Da drüben liegt sie? Gehen wir rüber? Die Kriminaltechniker haben wir eben getroffen, die wollten auch gleich starten."
Wir gingen zu viert rüber zu der Leiche, blieben aber einige Meter entfernt stehen. Ich hatte mit der Schuhsohle ein paar Stellen im Gras als Pfad markiert, an den wir uns halten wollten, um nicht überall herumzulaufen. Ich erzählte, was ich am Telefon alles besprochen hatte und was die Zeugin gesagt hatte. Siggi hatte auch schon einen Anruf von Dr. Gassmüller erhalten. Wir diskutierten noch ein wenig über die Verletzungen, die wir am Kopf erkennen konnten. Tommi und Siggi waren der gleichen Meinung wie Hansi und ich: Es musste zumindest ein stumpfer, aber länglicher Gegenstand gewesen sein. Vielleicht hatte jemand ein Rohr oder einen langen Stock benutzt. Dazu mussten wir auf die Begutachtung in der Rechtsmedizin warten.

Ich sprach Siggi darauf an. „Hat Rainer dir etwas davon gesagt, ob er die Rechtsmedizin erreicht hat?“, fragte ich ihn. „Er hat gesagt, dass er das delegieren und meine Handynummer angeben wollte. Ich verlasse mich darauf, dass das funktioniert. Wenn die sich bis 16.30 Uhr nicht gemeldet haben, hake ich nach.“ Ich war überzeugt, dass das klappen würde, ich wüsste nicht, dass es mal nicht funktioniert hätte. Auf die Rechtsmediziner war normalerweise immer Verlass.
Jetzt fiel mir der Anrufer wieder ein. „Vorhin hat das Telefon geklingelt, auf dem Display stand der Name Sven. Ich hatte vorhin mit dem Handy die 110 gewählt, damit wir gleich die Nummer kriegen. Ich werde mal eben die Kollegen in der Leitstelle anrufen.“
Das tat ich und hatte auch gleich die Kollegin dran, mit der ich schon geredet hatte. Sie hatte bereits die Daten zum Anschlussinhaber der Handynummer. Es handelte sich um eine Frau. Tanja Schirtek aus Minden. Die Adresse war vollständig. Ich bat die Kollegin, bei der Dienststelle in Minden anzurufen, um dort über den Fall zu informieren und darum zu bitten, dass die Adresse aufgesucht wurde. Ich bat sie auch, die Anschrift im Melderegister abzufragen und zu schauen, ob dort auch ein Sven wohnte.
Kurz darauf trafen die Kollegen von der Kriminaltechnik ein. Wir übergaben den Tatort

und sprachen ab, wie wir weiter verfahren wollten. Die Kollegen meinten, es sei besser, eine großflächige Absperrung aufzubauen und den Bereich über Nacht zu bewachen. Am besten wäre es, morgen noch eine Suche auf dem Gelände durchzuführen, wenn möglich mit einem größeren Aufgebot.
Unser Teamwork lief sofort an. Siggi übernahm die Führung und wir teilten die Aufgaben auf. Da einiges zu regeln war, fuhr Hansi mit Siggi und Tommi zur Dienststelle nach Stolzenau. Ich blieb mit unserem Dienstwagen vor Ort bei der Spurensicherung. Erfahrungsgemäß würde das länger dauern, vielleicht sogar mehrere Stunden. Die Kollegen von der Spurensicherung arbeiteten äußerst genau. Die anderen waren gerade außer Sichtweite, als Siggi anrief.
„Ich habe eben einen Anruf von der Rechtsmedizin Hannover erhalten. Frau Dr. Gorssen sitzt schon im Auto und ist auf dem Weg. Sie ist wohl schon eine gute Viertelstunde weg und fährt zügig. Vielleicht ist sie schon in einer halben Stunde da."
Frau Dr. Gorssen kannte ich schon und freute mich. Sie war auch hoch engagiert und würde am liebsten die Fälle komplett begleiten und auch mit ermitteln. Zumindest würden ihr sicher keine entscheidenden Indizien entgehen. Ich ging zu den Kriminaltechnikern und teilte ihnen die Nachricht mit. Beide

waren erleichtert, dass man nicht noch stundenlang warten musste, bis die Leiche bewegt werden konnte.
Die beiden hatten zügig Stangen aufgestellt und Bänder gespannt. Der Kollege machte Übersichtsfotos, während die Kollegin schon auf allen Vieren die Leiche umrundete und kleine Schilder mit Nummern aufstellte. Die beiden hatten noch einige Fragen, zum Beispiel, ob wir etwas verändert oder ob wir eine Tatwaffe gefunden hätten. Bis auf die Suche nach dem Smartphone, das wir direkt gefunden hatten, hatten wir jedoch nichts verändert.
Ich ging zum Auto und holte mein Diktiergerät. Ich wollte die Zeit bis zum Eintreffen von Frau Dr. Gorssen für meinen ersten Bericht nutzen. Inzwischen war schließlich einiges geschehen und ich wollte nicht am Anfang etwas vergessen. Als ich das Diktiergerät aus der Tasche zog, summte das Handy der Toten wieder. Wieder stand „Sven“ auf dem Display. Wie so oft verspürte ich den Drang, das Gespräch anzunehmen. Üblicherweise taten wir so etwas nicht. Ich wusste ja schließlich nicht, wer dieser Sven war.
Wenn er ein ahnungsloser Angehöriger war, erlitt er einen Schock, wenn ich mich als Polizist meldete. Wenn niemand abnahm, machte er sich nur Sorgen, vielleicht auch große Sorgen, doch zumindest musste man nicht mit

Kurzschlussreaktionen rechnen. Wenn er etwas mit dem Tod zu tun hatte und ich das Gespräch annahm, würde ich wohl gar nichts gewinnen. Vermutlich würde er einfach auflegen und die Flucht antreten. Es konnte ja sein, dass er hier gewesen und ein Streit zwischen den beiden eskaliert war. Vielleicht war sie gar nicht gleich gestorben, sondern erst später zusammengebrochen. Noch wussten wir nicht viel.

Vorhin hatte ich kurz die Hoffnung aufkeimen gefühlt, dieser Fall könnte sich schnell aufklären lassen. Immerhin war die Frau noch nicht lange tot, sodass die Natur noch nichts an ihr verändert hatte, wie es bei Leichen geschah, die schon länger irgendwo gelegen hatten. Es war zu früh, darüber zu spekulieren. Sicherlich würden wir wieder als Mordkommission zusammentreten, selbst wenn es nur ein paar Tage dauerte. Auf jeden Fall mussten wir uns sofort mit allem Elan in die Arbeit knien. Die Tat war heute geschehen. Wer konnte garantieren, dass es die einzige bleiben würde?

Ich schlenderte die Straße entlang und suchte die Randbereiche ab. Das war zum einen sowieso notwendig, zum anderen verging so die Zeit etwas schneller, bis Frau Dr. Gorssen eintraf. Bei der Spurensuche um die Leiche herum konnte ich jetzt sowieso nicht helfen. So arbeitete ich zunächst die ersten knapp

500 Meter in Richtung Landesbergen ab. Danach startete ich am Auto in die andere Richtung. Als ich etwa 50 Meter gegangen war, klingelte mein Handy, eine nicht gespeicherte Nummer. Ich meldete mich mit meinem Namen. Es war eine Anruferin.

„Ja, hallo Herr Voss, Nina Gorssen hier von der Rechtsmedizin. Herr Roland hat mir eben Ihre Nummer gegeben. Ich fahre gerade durch Stolzenau und brauche eine kurze Wegbeschreibung, ich habe ja keine Straße, die ich ins Navi eingeben konnte."

Ich beschrieb ihr den Weg, sie musste nur bis nach Schinna weiterfahren, dort rechts abbiegen auf die Panzerstraße und am Ende wieder links, bis sie auf uns traf. Wenige Minuten später kam ein Porsche Boxster Cabrio angerauscht und hielt direkt hinter dem Dienstwagen. Es war Frau Dr. Gorssen - wie immer zügig unterwegs.

Ich begrüßte sie und erklärte ihr alles, soweit ich es konnte. Sie meinte, wir sollten gleich den Bestattungsdienst zwecks Transport in die Pathologie bestellen. Die Untersuchung wollte sie morgen früh in Nienburg im Krankenhaus durchführen. Ich begleitete sie zu den Kollegen der Kriminaltechnik und ließ sie dann ihre Arbeit machen.

Sofort schnappte ich mir das Telefon und kontaktierte als nächstes Siggi. Der sagte zu, den Bestatter zu informieren und erklärte

mir, dass der Polizeihubschrauber unterwegs sei. Die Kollegen sollten vom Hubschrauber aus Luftbilder machen und die Umgebung absuchen. Wir wollten ganz sichergehen, dass nicht noch in irgendeiner Hecke oder einem Gestrüpp jemand saß und uns beobachtete.
Außerdem hatte er einen Rückruf aus Minden bekommen. An der Anschrift, die auch zu dem Handyanschluss gehörte, waren die Eheleute Sven und Tanja Schirtek gemeldet. Die Mindener Kollegen wollten die Adresse aufsuchen. Ich berichtete Siggi, dass das Handy nochmal einen Anruf von dem Sven angezeigt hatte.
Gerade als ich das gesagt hatte, rief Frau Dr. Gorssen nach mir. Ich lief hin und sie wedelte mit einem Personalausweis. Ich nahm ihn an mich. Darauf stand der Name Tanja Schirtek, 41 Jahre alt. Die Adresse war die, die Siggi eben genannt hatte. Ich teilte ihm das mit. Mehr Informationen gab es nicht, also beendeten wir das Telefonat. Ich ging zu den anderen und hörte zu, was Frau Dr. Gorssen in ihr Diktiergerät sprach.

7. Sven

Sven war etwas müde. Sein Büro in Porta Westfalica war zwar klimatisiert, aber die Luft war irgendwie verbraucht. Er war

Informatiker und arbeitete in einem Team an neuer Software für verschiedene Industriemaschinen. Sein Fachgebiet waren Steuerprogramme für Maschinen mit hydraulischen Mehrgelenkarmen. Das waren zum Beispiel Geräte, die einen Gegenstand auf einem Fließband greifen und auf ein anderes hinüberstellen konnten, natürlich viel schneller und präziser, als das Menschen können. Das diente in manchen Betrieben zum Sortieren von verschiedenen Waren.

Sein Job machte ihm Spaß, weil er nicht nur im Büro saß, sondern auch viel unterwegs war. Oft fuhr er zu den Firmen, um bei der Einrichtung zu helfen oder Mitarbeiter einzuweisen. Das Team gefiel ihm auch super, er verstand sich mit allen, was im Berufsleben bei ihm nicht immer so gewesen war. Er hatte früher mit seiner Ex-Lebensgefährtin in einer anderen Firma zusammengearbeitet. Die Beziehung hatte nicht lange gehalten, aber keiner von beiden wollte später den Rückzieher aus der Firma machen und damit vor dem anderen zurückweichen.

Als er Tanja kennengelernt hatte, hatte er die Chance gehabt, zu seinem jetzigen Arbeitgeber zu wechseln und er hatte es bis heute nicht bereut. Steffi, seine Ex, hatte ihn darauf hin verspottet. Sie schrieb sich das als Sieg auf die Fahne, zumindest hatte sie so getan. In Wahrheit hatte es ihr gar

nicht gefallen, Sven aus den Augen zu verlieren. Sie war immer extrem eifersüchtig gewesen. Sven hatte kaum mit anderen Kolleginnen sprechen dürfen, geschweige denn in der Freizeit in irgendeiner Form Kontakt mit anderen Frauen haben dürfen.
Als sie spitzgekriegt hatte, dass er mit Tanja zusammen war, hatte sie versucht, eine Intrige zu schmieden. Sie hatte sich sehr oft bei ihm gemeldet und gegenüber Tanja immer so getan, als sei dies geschäftlich notwendig. Auch wenn Svens alter Arbeitgeber und die Firma, in der er jetzt war, in einigen wenigen Projekten kooperierten, hatten Steffi und Sven nie wieder beruflichen Kontakt haben müssen. Tanja nahm das gelassen, sie hatte selbst Erfahrung mit einem extrem eifersüchtigen Ex.
Sven dachte an letzte Nacht. Tanja und er hatten ihre Beschäftigung aus der Mittagspause am See zu Hause nach Feierabend fortgesetzt. Es war sowieso zu heiß zum Schlafen gewesen, da hatte es nicht geschadet, noch mehr Hitze zu erzeugen. Sie hatten erst spät in den Schlaf gefunden und pünktlich um 5.30 Uhr hatte schon wieder der Wecker geklingelt. Tanja war ganz euphorisch wegen ihrer Entdeckung, dieser Wasserralle. Sie war morgens schon früh losgefahren, um dort zu sein, bevor die Hitze zu groß wurde.

Er schaute auf die Uhr an der Wand, es war kurz nach 16 Uhr. Er griff sein Smartphone. Am Vormittag hatte Tanja noch eine WhatsApp-Nachricht geschickt, sie hatte gesehen, dass die Alttiere Futter zum Nest brachten. Sie hatte ihm erklärt, dass das ein eindeutiges Zeichen wäre, dass sie Küken im Nest hätten. Das war ihm auch so klar gewesen, aber er genoss ihre Lebhaftigkeit, wenn sie von ihren Entdeckungen berichtete.
Tanja war es gelungen, wieder Schwung in sein Leben zu bringen, nicht nur im Bett, sondern unter vielen Gesichtspunkten. Sie waren nun fast ein ganzes Jahr verheiratet, aber er fühlte bei jedem Wiedersehen noch die Schmetterlinge im Bauch. Er beschloss, sie anzurufen. Vielleicht würde sie ja auch schon Feierabend machen. Es war auch möglich, dass sie bereits unterwegs war. Er tippte auf ihren Kontakt und wartete. Der Anruf kam durch, aber sie nahm das Gespräch nicht an. Vielleicht packte sie gerade zusammen oder hatte es aus irgendeinem Grund nicht mitbekommen, manchmal stellte sie das Handy auf lautlos. Er würde warten und es später noch einmal versuchen.
Gegen 16.30 Uhr versuchte er es erneut. Tanja nahm wieder nicht ab. Das war seltsam. Meistens rief sie zurück, wenn sie bemerkt hatte, dass er angerufen hatte. Er wischte den Gedanken beiseite, sie würde schon einen

Grund haben. Wer weiß, was die Vögel da heute zustande gebracht hatten. Er lächelte, doch das leicht flaue Gefühl im Bauch wollte nicht ganz weichen.
Er beschloss, Feierabend zu machen und nach Hause zu fahren. Er könnte das Durcheinander von gestern Abend aufräumen und etwas zu Essen machen. Er hatte gestern Nachmittag noch eingekauft und Gurken, Salat und Dressing mitgebracht. Er fuhr den PC herunter und trat den Heimweg an.
Im Feierabendverkehr lief es wie üblich schleppend und er brauchte für den kurzen Weg von Porta bis nach Hause in Minden fast 20 Minuten. Er überlegte, ob er vielleicht wieder öfter das Rad nehmen sollte, zumindest wenn er das Auto nicht für den Außendienst brauchte. Wenn er morgens losfuhr, bevor es richtig warm wurde, wäre das eigentlich angenehm. Er war nicht so entspannt wie sonst, es beunruhigte ihn, dass Tanja sich nicht zurückgemeldet hatte. Er redete sich ein, dass es an seiner eigenen Eifersucht liegen musste. Ein wenig hatte er von dieser Eigenschaft auch selbst abbekommen.
Als er zu Hause ankam, war Tanjas Auto nicht zu sehen. Hektisch ging er in die Wohnung und sah sich um. Es war alles unverändert, sie war nicht zwischendurch hier gewesen. Er nahm sich noch einmal das Handy und betätigte die Wahlwiederholung. Er ließ es eine gefühlte

Ewigkeit klingeln, doch sie meldete sich nicht. Sein Bauch zog sich zusammen, er fühlte, dass etwas absolut nicht stimmte. Das war überhaupt nicht Tanjas Art. Sie hätte niemals zwei Anrufe völlig ignoriert. Wenn ihr etwas dazwischengekommen wäre, hätte sie wenigstens eine kurze Nachricht geschrieben.
Er schnappte sich die Autoschlüssel und lief die Treppe herunter. Ihn überkam der Drang, zu dem Kiessee zu fahren. Irgendetwas musste er tun. Herumzusitzen und zu warten, würde er nicht aushalten. Es fiel ihm spontan auch nichts anderes ein, als dort nachzuschauen.
Er wurde hektisch, fuhr zu schnell und überholte einige Male auf eine Art, die eigentlich nicht seine war. Trotzdem hatte er das Gefühl, die Strecke bis hinter Stolzenau zöge sich endlos hin. Unterwegs fiel ihm nichts weiter auf. Es gab weder eine große Unfallstelle noch Nachrichten im Radio, dass vielleicht in der Gegend etwas vorgefallen sein könnte.
Endlich erreichte er Stolzenau. Vor ihm fuhr ein Getränkelaster mit exakt 50 Stundenkilometern. Sven wurde fast irre im Auto. Am Ortsausgang überholte er, obwohl ein Wagen entgegenkam, dessen Fahrer auch gleich die Lichthupe benutzte. Er raste bis zum Ortseingang von Schinna, bog in die langgezogene breite Straße Richtung Weser ab und beschleunigte auf 120. Fast verpasste er,

am Ende der Straße links abzubiegen. Als er in Sichtweite der Stelle kam, wo sie gestern ihre Autos abgestellt hatten, sah er, dass dort mehrere Fahrzeuge standen. Hinter Tanjas Auto standen ein dunkler Kombi und ein Porsche Cabrio. Versetzt, auf der anderen Seite stand ein weißer Transporter und vor dem Transporter stand ein dunkelgrauer Hochkombi mit grauen Vorhängen an den langen Seitenfenstern.
Sven stieg auf die Bremse, stoppte den Wagen, sprang heraus und erbrach sich auf die Straße. Er hustete und spuckte. Dann taumelte er los, in Richtung der Leute, die er dort sah, von denen drei weiße Overalls trugen. Einer der Overallträger hatte seinen halb heruntergezogen und in der Taille mit den Ärmeln verknotet.

8. Überbringen einer Todesnachricht

Frau Dr. Gorssen hatte die Leichenschau beendet. Die Verstorbene hatte mehrere starke Verletzungen im Bereich des gesamten Schädels und auch am Oberkörper. Die genaue Todesursache konnte sie hier nicht feststellen, möglicherweise hatte es eine Hirnblutung gegeben, die zum Kreislaufstillstand geführt hatte. An den Armen des Leichnams waren einige deutliche

Prellungen zu erkennen. Offenbar waren es Abwehrverletzungen. Scheinbar hatte es einen kurzen Kampf gegeben, aber der Angreifer musste schnell einen Treffer erzielt haben, der die Gegenwehr soweit gestoppt hatte, dass er mehrere massive Schläge direkt gegen den Kopf führen konnte. Der Verlauf der Verletzungen ließ den Schluss zu, dass das Opfer noch mit bereits gesenktem Kopf oder beim Zusammenbrechen weitere Schläge bekommen hatte.

Inzwischen war der Bestatter eingetroffen. Der Leichnam sollte möglichst zügig in die Kühlung kommen. Er hatte einen Helfer mitgebracht und der Sarg stand neben der Leiche bereit. Plötzlich hörte ich ein Auto stark bremsen. Das Fahrzeug war aus Richtung Panzerstraße gekommen und hielt jetzt einige Wagenlängen hinter dem Porsche von Frau Dr. Gorssen. Ein Mann sprang heraus, sah uns, blieb stehen und beugte sich rasch nach vorn. Ich hörte ein Würgen, offenbar erbrach er sich. Der Mann richtete sich auf und ganz langsam, wie in Zeitlupe, kam er in unsere Richtung. Ich zog den Knoten, den ich mit den Ärmeln meines Einwegoveralls gemacht hatte, noch strammer. Das weiße Ding hatte ich wieder heruntergekrempelt und trug nun am Oberkörper nur mein Trägershirt.

Ich kann nicht sagen warum, aber innerhalb Sekunden wurde mir klar, wer da auf uns zukam

und dass ich entscheiden musste, was ich ihn sehen lassen wollte. Ich ging ihm entgegen und sprach ihn an. „Herr Schirtek?“ Er blieb stehen. „Ja, ich...“, sagte er stockend. Man sah ihm an, dass für ihn gerade die Welt langsam zerbrach. Ich musste mich um ihn kümmern. Was nun richtig und was falsch war, konnte ich selbst nicht sagen. Mich überkam plötzlich grenzenloses Mitleid.
„Ich heiße Paul Voss, Kriminalpolizei. Es tut mir unendlich leid. Möchten Sie sie sehen?“ Er blickte mich mit seinen aufgerissenen Augen an. „Ist das da Tanja. Ist sie...?“ Ich nickte nur. Tränen traten in seine Augen. „Kann ich zu ihr?“
Ich musste entscheiden. Sollte ich ihm das verwehren? Seine Bestürzung war absolut ehrlich und echt, daran bestand kein Zweifel. Ich konnte es ihm nicht abschlagen und fasste ihn sanft am linken Oberarm, mehr um ihn zu stützen. „Kommen Sie. Wir gehen zu ihr. Sie sieht nicht gut aus, sie hat starke Verletzungen.“
Ich wandte mich an die anderen. Der Leichnam lag bereits im Sarg, doch dieser war noch offen. Der Bestatter hatte gut reagiert und ihr Haar ein bisschen geordnet und etwas von dem Blut im Gesicht abgewischt. „Ich komme mit Herrn Schirtek, er ist der Ehemann. Wir sollten ihm die Möglichkeit geben.“

Am Sarg ging er in die Knie. Er strich ihr über das Gesicht und begann zu weinen. Dann nahm er ihre Hand und begann leise mit ihr zu sprechen. Ich nahm ein paar Schritte Abstand und griff mein Diensthandy. Ich bestellte über die Leitstelle einen Rettungswagen, nur zur Sicherheit, falls Herr Schirtek zusammenbrach. Doch das geschah zum Glück nicht. Nach einigen Minuten erhob er sich, ganz langsam, als müsste er eine zentnerschwere Last auf seinen Schultern anheben. Er wandte sich mir zu. „Danke, dass Sie mir diese Zeit gelassen haben, ich weiß, dass Sie das nicht müssen. Sie müssen nun Ihre Arbeit tun. Wohin werden Sie sie bringen?“

„Nach Nienburg, ins Krankenhaus. Frau Dr. Gorssen", ich wies auf die Rechtsmedizinerin, „wird Ihre Frau dort rechtsmedizinisch untersuchen.“ Er nickte. „Weiß man schon, wer ihr das angetan hat?“ „Nein“, antwortete ich. „Herr Schirtek, ich muss Ihnen erläutern, was nun geschehen wird. Ich muss dazu offen mit Ihnen sprechen, das ist leider nicht anders möglich. Bitte haben Sie Verständnis und sagen Sie mir, wenn wir unser Gespräch unterbrechen müssen. Ich hatte vor einigen Minuten vorsorglich den Rettungsdienst angefordert, da ich nicht wusste, wie Sie auf die Situation reagieren würden. Ich denke, ich kann das abbrechen, dafür müsste ich nur kurz telefonieren.“

„Tun Sie das, ich schaffe das schon", erklärte er mir glaubhaft. Ich rief die Leitstelle an und blies den Einsatz ab, die Kollegin in der Zentrale vom Rettungsdienst hatte volles Verständnis und bedankte sich freundlich.

„Herr Schirtek, ich würde jetzt gerne mit Ihnen sprechen. Vorab ist es meine Pflicht Sie zu belehren. Nach dem, was wir bis jetzt sagen können, müssen wir annehmen, dass Ihre Frau ermordet wurde. Deshalb befinden Sie selbst sich in dem Verfahren im Status eines Zeugen und haben Rechte und Pflichten, die ich Ihnen jetzt erklären möchte.“ Ich belehrte Sven Schirtek als Zeugen und erläuterte ihm auch, wie er als Ehemann überhaupt zu diesem Status kam.

Mein Bauch wehrte sich nicht dagegen, ihn als Zeugen anzusehen, wenngleich wir nicht wussten, was er im Tagesverlauf getan hatte. Grundsätzlich hatte er noch kein Alibi, was ihn aber nicht automatisch zum Verdächtigen machte. Die Art und Weise wie er hier angekommen war, wie er reagiert und wie er sich am Sarg verhalten hatte, veranlassten mein Herz, ihn als unschuldig anzusehen. Eine leise Stimme meines Verstandes erinnerte mich daran, dass er auch eine Schau abziehen konnte. Ich selbst war zweimal in meinem

Leben mit einer erstklassigen Schauspielerin liiert gewesen. Ich hatte daraus gelernt, dass sich mein Herz täuschen ließ, auch wenn es meistens richtig lag.
Er nahm die Belehrung schweigend hin. Ich bot ihm an, dass wir uns irgendwo in Ruhe unterhalten oder auch zur Dienststelle fahren konnten. Er entschied sich gegen die Dienststelle und wir beschlossen, zunächst hierzubleiben. Etwa zehn Minuten später waren wir allein. Die Spurensicherung war vorläufig beendet, der größere Bereich von der Straße über die Freifläche zum See hin war mit Trassierband abgesperrt. Die Ausrüstungsgegenstände waren durch die Spurensicherung sichergestellt worden. Herr Schirtek hatte bestätigt, dass die Sachen seiner Frau gehörten. Ich zog mich zwischendurch am Auto um, in dem weißen Einwegoverall wollte ich nicht eine Minute länger herumlaufen.
Wir gingen langsam die Straße entlang, in Richtung Landesbergen. Herr Schirtek erzählte mir von seiner Tanja. Sie war Ornithologin und seit einiger Zeit in dieser Gegend unterwegs. Als er von ihrer neuesten Entdeckung, den Wasserrallen an diesem See, berichtete, musste er sogar lächeln. Er erzählte, wie er sie kennengelernt hatte und wo sie wohnten. Ich ließ ihn reden und mein Diktiergerät in der Hosentasche stecken denn

spürte, dass es ihm gut tat, von ihr zu reden und deshalb stellte ich nur wenige Fragen. Zwischendurch rief ich Siggi an und erklärte ihm, was ich aktuell tat. Siggi hielt es für eine günstige Fügung, dass der Ehemann selbst erschienen war, so musste man sich über die Kontaktaufnahme keine Gedanken mehr machen. Er erinnerte mich daran, eine Speichelprobe zu erbitten. Ich hatte daran bereits gedacht, wollte aber warten, bis wir wieder zurück bei den Autos waren. Ich wollte wissen, was Herr Schirtek nun tun wollte, ein bisschen besorgt war ich schon um ihn.

„Ich werde zu Vanessa und Jörg Polenski fahren. Jörg ist mein bester Kumpel, die beiden wohnen nur ein paar Straßen weiter von uns. Von mir...“, verbesserte er sich mit zitternden Lippen. „Sind Sie sicher, dass dort jemand zu Hause ist?“, erkundigte ich mich. „Ja. Jörg und ich waren heute sowieso bei ihnen verabredet.“

„Möchten Sie begleitet oder vielleicht gefahren werden?“, fragte ich ihn. „Danke, das ist nett von Ihnen, aber nein. Ich werde das schon hinkriegen. Machen Sie sich um mich keine Sorgen.“

Wir waren inzwischen umgedreht und nicht mehr weit von den Autos entfernt. Ich sprach ihn vorsichtig auf die Speichelprobe an und erklärte ihm, wozu wir die benötigten. Und ich fragte ihn auch, ob es in den letzten 48

Stunden Geschlechtsverkehr gegeben hatte, was er offen bejahte. Er war mit der Probe einverstanden. Ich holte die Utensilien und Formulare aus meiner Tasche, füllte alles aus und nahm dann die Abstriche aus seinem Mundraum.

„Wie ge2ht es nun weiter? Was geschieht mit Tanja?", fragte er mich und sah mich mit vom Weinen geröteten Augen an. „Nun, Ihre Frau wird eingehend untersucht, wie es auch geschehen würde, wenn sie noch am Leben wäre. Man wird die Verletzungen genauestens untersuchen, unter anderem werden auch eine MRT und eine CT gemacht. Wie ich Ihnen bereits sagte, muss dann vom Staatsanwalt entschieden werden, wann der Leichnam freigegeben wird. Ich darf mich da nicht festlegen, werde aber darauf hinwirken, dass es schnellstmöglich geschieht. Dann kann Ihre Frau beigesetzt werden. Ich gebe Ihnen meine Karte mit. Sie dürfen mich jederzeit anrufen, meist werden Sie mich über die Handynummer erreichen. Scheuen Sie sich nicht, sich zu melden. Sollte ich aus irgendeinem Grund nicht abnehmen, rufe ich Sie auf jeden Fall schnellstmöglich zurück."

Damit war zunächst alles gesagt. Ich spürte, dass Herr Schirtek zurechtkommen würde, deshalb ließ ich ihn ohne weitere Verzögerung abfahren. Er fuhr gemächlich, nicht so, wie er vorhin erschienen war.

Ich atmete tief durch. Mir wurde bewusst, dass eine der schwersten Hürden in so einem Fall bereits genommen war. Der Ehemann war informiert und ich hatte ihn sogar schon ein erstes Mal vernehmen können. Ich hatte das gute Gefühl, einen Draht zu ihm gefunden zu haben, was sich später als nützlich erweisen konnte. Und ich war überzeugt, dass er sich nicht als Täter erweisen würde.

Ich lehnte mich an die Autotür und ließ meinen Blick über den See gleiten. Alle waren bereits gefahren. Vom See hörte ich das Geschrei und Geschnatter von Hunderten von Wasservögeln. Wie viele von ihnen wohl stumme Zeugen der Tat waren? Ich öffnete alle Türen und die Kofferraumklappe des Kombis. Drinnen war es jetzt bestimmt sechzig Grad heiß. Ich ließ den Wagen einige Minuten durchlüften, setzte mich mit meinem Klemmbrett auf die Ladekante des Kofferraums und schrieb die wichtigsten Sachen auf. Außerdem notierte mir auch die Namen Vanessa und Jörg Polenski. Das waren schon einmal die ersten Ansprechpartner im Hinblick auf das soziale Umfeld des Opfers. Vielleicht würden wir schon morgen hinfahren.

Ich hörte ein Auto herannahen. Es war ein Streifenwagen, besetzt mit zwei Kollegen der kleinen Station in Uchte, der nächsten Nachbargemeinde von Stolzenau Richtung Westen. Die beiden hielten hinter mir und stiegen aus. Es waren Hinni und Wolfi, die eigentlich Heinrich und Wolfram hießen. Wir begrüßten uns mit Handschlag. Die beiden Frohnaturen machten anlassbezogen ernste Gesichter.

„Tach Paul, wir sind deine Ablösung und sollen hier den Bereich verposten, jedenfalls zunächst bis 0 Uhr. Dann werden wir von einer Besatzung aus Nienburg abgelöst. Siggi hat uns an dich verwiesen, du müsstest uns ein bisschen einweisen.“ Ich erklärte den beiden, was wir hier vorgefunden hatten und was bis jetzt passiert war. Und ich bat beide darum, von einzeln erscheinenden Männern auf jeden Fall die Personalien festzuhalten und vergatterte sie dazu, über alle Umstände Stillschweigen zu bewahren. Ich wusste, dass Dr. Gassmüller als zuständiger Staatsanwalt darauf höchsten Wert legte.

Im Hinblick auf eventuell auftretende Journalisten bat ich die beiden um folgende Vorgehensweise: „Wenn Presseleute aufschlagen, haltet bitte die Personalien vom Presseausweis fest. Fragt bitte nach, woher sie die Info haben und was ihnen gesagt wurde. Wenn sie dann ehrlich antworten, könnt ihr ihnen die Eckdaten nennen. Dass hier eine Frau, Anfang 40, tot aufgefunden wurde, dass wegen Mordes ermittelt wird und dass die Polizei um Hinweise bittet. Wenn sie nichts sagen, kriegen sie auch keine Info.

Vielleicht wird es noch wichtig werden, zu wissen, wer wann wem etwas mitgeteilt hat."
Die beiden stellten mir noch ein paar Fragen zu der Toten, die ich ihnen auch beantwortete. Wir philosophierten ein wenig, was wohl passiert sein konnte. Wirklich gute Hypothesen hatten wir alle nicht.
Anschließend verließ ich den Tatort und fuhr zur Dienststelle. Tommi und Siggi hatten ein Zweierbüro beim Streifendienst im Erdgeschoss zugewiesen bekommen. Ich holte mir eine kalte Cola light aus dem Automaten und setzte mich zu den beiden.

9. Aufruf der Moko

Rainer Busch hatte sich ins Zeug gelegt. Er hatte alle meine Bitten innerhalb kürzester Zeit umgesetzt und machte sich nun daran, die Truppe für die anstehende Mordkommission, kurz Moko, zusammenzustellen.
Siggi und Tommi waren schon in Stolzenau. Siggi würde zunächst die Leitung übernehmen. Nun müssten noch Angela Siebenstein und Jan Falkenhalter informiert werden. Dazu hatte Rainer noch Andre Schneider auserkoren, einen Kollegen vom Wasserschutz, der aber eigentlich ein Mann der Kripo war. Siggi sollte etwas in den Hintergrund treten und Jan und Tommi in die Leitung der Moko

einweisen. Rainers Plan war, dass die beiden sich die Leitungstätigkeit teilten und Siggi als Berater zur Verfügung stand. Das Aufteilen der Leitung sollte in dem Team kein Problem sein, die Kollegen kannten sich schon gut.

Rainer hatte das ziemlich schnell auf dem Papier zu einer Verfügung zusammengestrickt. Er erreichte auch noch Andre Schneider. Der war zwar zunächst sehr überrascht, freute sich aber auf die Arbeit in der Moko.

Rainer rief Siggi in Stolzenau an. Siggi war mit allem einverstanden. Was bisher bekannt war, konnte mit dem geplanten Personal zunächst gut bearbeitet werden. Würden es später zu viele Spuren werden, müsste man aufstocken. Außerdem war der Plan, die Ermittlungen in Stolzenau aufzuziehen. Das war vermutlich eine gute Idee, denn das Opfer und der Ehemann kamen aus Minden, der Tatort war nur etwa drei Kilometer von der Dienststelle Stolzenau entfernt und Stolzenau lag dichter an Minden als Nienburg. Rainer hatte bereits mit Cord Breitscheidt telefoniert, dem Dienststellenleiter in Stolzenau. Diesem war das soweit recht gewesen. Es gab noch einen Raum, der von den externen Moko-Kräften genutzt werden konnte und ich hatte sowieso ein Doppelbüro, in dem Andre Schneider sitzen konnte.

Mir gefiel das gut. Ich konnte auf meiner Heimatdienststelle bleiben, das machte logistisch einiges leichter. Auf Andre war ich gespannt, ich konnte mich gar nicht erinnern, ihn schon einmal getroffen zu haben.
Ich war überrascht, wie schnell sich der geregelte Moko-Betrieb einstellte. Es musste wohl daran liegen, dass wir in den letzten Jahren schon mehrmals in fast genau dieser Konstellation zusammengearbeitet hatten.
Tommi hatte schon mit den anderen telefoniert und den Dienstbeginn für den nächsten Tag, 7 Uhr, in Stolzenau angesetzt. Die Beschlüsse zu den Handyverkehrsdaten waren bereits da und Tommi hatte alles Nötige in die Wege geleitet. Heute würde sich nicht mehr viel ereignen. Frau Dr. Gorssen hatte mitgeteilt, sie würde Röntgen, CT und MRT veranlassen und außerdem die notwendigen Proben und Abstriche nehmen, jedoch die weitere Obduktion auf morgen früh verschieben. Sie war schon seit 6 Uhr morgens unterwegs gewesen und hatte die Befürchtung, am Ende aus mangelnder Konzentration etwas zu übersehen. Ich hatte Respekt vor dieser Berufsauffassung, zumal sie die Obduktion für 8 Uhr ansetzte. Ich nahm mir vor, daran teilzunehmen.
Ich mochte Obduktionen nicht. Es lag weniger am Ansehen des Menschen, der Stück für Stück geöffnet, eingeschnitten und aufgesägt wurde.

Mich stieß der Geruch ab. Ich muss wohl eine recht empfindliche Nase haben, die Ausdünstungen von Innereien des Säugetiers konnte ich schlecht ertragen. Ich kannte es von der Jagd. Wenn ich beim Aufbrechen von erjagten Tieren oder beim Ausnehmen von geschlachtetem Vieh dabei war, überkam mich immer Übelkeit durch den Geruch der Innereien, auch wenn diese unbeschadet waren. Wenn diese dann beim Tier entfernt waren, hatte sich das mit dem Geruch erledigt. Ich wusste also, dass es nicht am Fleisch oder am Blut lag.

Im Sektionssaal stand normalerweise die Luft und deshalb roch es bei der Obduktion besonders intensiv. Ich fragte mich schon, warum man in den Räumen nicht über dem Tisch eine Absaugung der Luft installierte und Zuluft über den Boden einströmen ließ. So würden die Gerüche abgesaugt und man könnte sich besser konzentrieren. Andererseits hatte ich auch schon erlebt, dass der Obduzierende manche Proben einem Geruchstest unterzog. Vielleicht musste die Luft deshalb auch stehen. Ich wusste auch nicht, wie es bei Tanja ablaufen würde, ob Frau Dr. Gorssen alle Körperteile untersuchen würde oder ob der Bauchraum eventuell verschlossen blieb. Vermutlich würde es darauf ankommen, wie die Oberfläche des Rumpfes aussah. Letztlich

würde ich es so oder so überstehen, es war nicht das erste Mal.
Mir fiel die Anzeige wegen Beleidigung ein und ich rannte hoch in mein Büro. Als ich mit der Akte wiederkam, schauten Tommi und Siggi mich verständnislos an. Siggi blickte wie üblich über die Gläser seiner Lesebrille hinweg und runzelte die Stirn.
„Ist alles okay bei dir, Paul?“, fragte er.
„Ja“, antwortete ich lächelnd. „Ich hatte gerade einen Geistesblitz. Ich habe hier eine Akte.“ „Sensationell“, unterbrach mich Tommi. „Eine Akte. Wozu dient sie?“ Er grinste breit.
„Schweige er ergebenst und lasse er mich ausreden“, wies ich ihn augenzwinkernd zurecht. Ich musste erst einmal durchatmen, hatte ich doch gerade einen neuen Rekord für den Hin- und Rückweg zwischen dem hintersten Büro des Streifendienstes und meinem im OG hingelegt.
„Das hier ist eine Beleidigungsanzeige von gestern, gestellt von unserem Opfer. Ich habe sie selbst noch nicht gelesen, eigentlich hätte ich wie üblich auf Privatklage verwiesen. Ich schlage vor, ich lese den Text für alle vor, das ist nämlich bestimmt nicht uninteressant.“ Die beiden pflichteten mir bei. Es gelang mir, trotz Aufregung, den mir noch unbekannten Anzeigentext fließend zu verlesen.

Tanja war gestern verbal ziemlich heftig mit einem Jägersmann aus der Umgebung aneinandergeraten. Offenbar einer dieser Jagdinhaber, die jeden, der sich aus anderen Beweggründen in der Natur aufhielt, verabscheuten. Außerdem ein Choleriker, wie es schien. Jedenfalls musste er ausfallend geworden sein. Dem Mann hatte es offenbar nicht gepasst, dass Tanja dort am See arbeitete.

Es gab noch einen wichtigen Aspekt: Tanja hatte berichtet, ein älteres Paar wäre mit Fahrrädern vorbeigekommen. Sie hatte diese sogar angesprochen, aber nicht nach Namen gefragt. Allerdings hatte sie sich das Kennzeichen des Fahrzeugs notiert. Die Kollegin, die die Anzeige geschrieben hatte, hatte den Halter des Wagens als Tatverdächtigen erfasst. Der Mann war 64 Jahre alt und hieß Friedrich Groder, er wohnte in Schinna, also in der Nähe des Tatortes.

Das war zumindest eine Spur. Heute war Tanja wieder an derselben Stelle gewesen und hatte ihre Arbeit fortgesetzt. Was, wenn er wieder dort gewesen war, sie wieder erblickt und dann noch stärker reagiert hatte?

Wir sprachen darüber. Die Leiche wies stumpfe Verletzungen auf, nach der Leichenschau hatte Frau Dr. Gorssen gesagt, es habe den Anschein, als sei die Frau totgeprügelt worden. Genauer konnte sie es vor Ort nicht beurteilen, aber äußerlich wies sie massive Schlagverletzungen am Kopf auf. Diese Anzeichen erinnerten an einen Wutausbruch. An einen geplanten Mordanschlag wollte ich hier nicht denken, er würde nicht zu der vorgefundenen Situation passen. Hätte jemand geplant töten wollen, hätte er sie auf ihrem Beobachtungsposten überraschen , sie dort erschießen oder erstechen und dann ohne weiteres die Leiche im See versenken können. So etwas war nicht geschehen. Ein Jäger hatte vielleicht neben einem Gewehr auch noch andere Gerätschaften dabei, vielleicht einen Zielstock, einen Spaten, eine Astschere oder sonstige Werkzeuge, vielleicht für Reparaturen an Hochsitzen.

Wir beschäftigten uns noch eine Weile mit diesem Gedanken. Als Tommi anmerkte, dass es inzwischen 20 Uhr durch sei, beschlossen wir, Feierabend zu machen. Es war alles geregelt, Daten waren angefordert und morgen würden wir schon als Moko zusammentreten. Außerdem hatte sich Dr. Gassmüller für morgen Mittag angekündigt.

Ich zog mir im Büro meine Radklamotten an. Als ich nach draußen kam, wurde es bereits einen Deut kühler. Ich kündigte meinen Feierabend per WhatsApp bei Britta an. Ich bemerkte, dass ich langsam hungrig wurde. Ich radelte gemächlich und ließ mir den heutigen

Tag durch den Kopf gehen. Wir würden ab morgen schon wieder als Moko antreten, die letzte Moko war erst seit wenigen Wochen vorbei.

Im Hinblick auf meinen persönlichen Alltag bedeutete der neue Fall vor allem eins: Es gab wenig Aussicht auf Freizeit, zumindest in den nächsten Wochen. Gut, die Sommerferien waren seit einigen Tagen beendet. Mein ältester Sohn Toby hatte nun, mit etwas Verspätung, die 10. Klasse angetreten und wollte diese auch im ersten Anlauf abschließen. Außerdem musste er sich bald entscheiden, was er nach der Schule machen wollte. Er redete von einer Ausbildung zum Kfz-Mechatroniker.

Ich hatte Schwierigkeiten, mir das bei Toby vorzustellen. Ich hatte ihn noch nie so wirklich bei einer handwerklichen Tätigkeit erlebt, mit Ausnahme des Holzhackens. Und dabei stellte er sich reichlich ungeschickt an, hatte sogar schon die Klinge der guten Spaltaxt ziemlich demoliert, weil er mehrfach auf den Betonboden abgeglitten war, obwohl ich ihm einen ziemlich optimalen Hackklotz hergerichtet hatte. Ich musste mich wohl damit abfinden, dass er das Holzhacken innerlich ablehnte. Warum, wusste ich nicht.

Ich hatte mit ihm einen fairen Lohn abgesprochen. Außerdem hatte er selbst bestätigt, dass es ein gutes Körpertraining

sei. Er hatte auch eine ordentliche Ausrüstung erhalten und arbeitete unter einem Dach. Aber es war noch nie sein Ding gewesen, anderer Menschen Erwartungen zu erfüllen. In diesen Tagen war er meist nach der Schule schnell wieder mit dem Rad verschwunden. Wo genau er sich mit seinen Kumpels herumtrieb, wusste ich nicht, mir war nur wichtig, dass er pünktlich nach Hause kam.
Als ich Daheim ankam, war er schon im Bett verschwunden. Irgendwas bahnte sich da auch mit einem Mädchen an. Aber da gestattete Toby mir sowieso keinen Einblick. Ich hatte ihn vorsorglich mit einem guten Vorrat von diesen Dingern, die man auch toll aufblasen konnte, ausgerüstet und ihn gebeten, mir bei weiterem Bedarf einfach zu sagen, dass er Nachschub brauchte. Bislang hatte er nichts gesagt.
Britta lag auf dem Sofa und schnarchte. Im Fernsehen lief mal wieder irgendein Schwachsinnsbericht über das Leid und Elend von verwahrlosten Sozialhilfeempfängerinnen mit zu vielen Kindern. Irgendwie überkam mich immer gleich so eine Art Zorn, wenn ich diese Hirnzellenkiller im TV erblickte. Ich weiß nicht, was Menschen daran finden. Kann es sein, dass man sich einfach besser fühlt, wenn man diesen Bekloppten zusieht, weil man erkennt, wie viel intelligenter man selbst ist? Außerdem wird einem dann vielleicht auch

klar, in welch tollen Verhältnissen man lebt. Das Schöne ist, dass man in Büchern hemmungslos über diese Reality-Darsteller herziehen kann. Die allermeisten von denen können vermutlich gar nicht lesen und die wenigen, die es können, haben schon mit Dreiwortsätzen in WhatsApp zu kämpfen.
Jedenfalls führte das Wahrnehmen solcher Darstellungen bei mir zu sofortiger selbstherrlich-autoritärer Machtergreifung an der Fernbedienung, um dem das Hirn verseuchenden Angriff sofort mit Infrarotbefehlen entgegenzutreten. Eine interessante Beobachtung, die ich dabei schon mehrfach gemacht habe, ist die, dass meine Frau jedes Mal wach wird, sobald ich diesen Mist wegschalte. Ich kann vorher ruhig lärmend hereinkommen, aus Versehen die Tür zuknallen oder das Deckenlicht anschalten - das ruft keinerlei Reaktion hervor, jedenfalls wird laut und deutlich weitergeatmet. Auch ein fürsorgliches Überstrecken des Kopfes, um ein Ersticken der auf dem Sofa Ruhenden zu verhindern, führt nicht zum Erwachen. Aber wenn die Hintergrundbeschallung vom Streitgespräch zwischen der magersüchtigen Mandy und der Zwei-Zentner-Sandy zur sanften Stimme von Ranga Yogeshwar mit Quarks & Co wechselt, wird prompt aufgewacht. So auch heute.

„Ey, Mann, ich wollte das sehen“, tönte es vorwurfsvoll vom Sofa. Ich starrte meine Frau an. Sind es Kontaktlinsen mit Lidimitation oder waren die Augen nach wie vor geschlossen? „Hallo Süße, aber du schläfst“, merkte ich irritiert an. „Ich schlafe nicht, ich hab nur mal kurz die Augen zugemacht.“ „Natürlich, liebe Frau. Möchtest du, dass ich zurückschalte? Ich würde jetzt duschen gehen. Ab morgen sind wir wieder eine Moko.“ „Nein. Ich gehe auch ins Bett. Ich will anbucken.“ Anbucken ist eine Bezeichnung des gemeinsamen Herumliegens, vorzugsweise im Bett. Ziel ist es dabei, möglich viel Kontakt herzustellen, ohne dass der Kontakt einen sexuellen Hintergrund haben soll. Wesentlich weiter verbreitet ist nach meinem Wissensstand die Aussage: „Ich will (nur) kuscheln.“

Für mich bedeutete das nun, das Bad nicht abzuschließen, denn meine Frau würde in wenigen Minuten ihre aktuelle Liegestatt verlassen, mit griesgrämigem Gesicht ins Bad kommen, die Zähne putzen und dann im Bett verschwinden. Dass ich etwas von einer neuen Moko gesagt hatte, war ihr komplett entgangen. Mich störte es weniger, eine größere Fragestunde wurde dadurch zumindest bis morgen vertagt.

Ich begab mich nach einer ausgiebigen Dusche ebenfalls ins Bett, nahm eine anbuckbare Postion ein und versuchte dann, mein iPad so zu drehen, dass ich mit der Ebook-App lesen konnte, ohne dabei zu verspannen. Das gelang vortrefflich, wie mir später in der Nacht klar wurde, als ich mal musste. Ich hatte immerhin drei Seiten gelesen und war dann umringt von iPad und Ehefrau tief und fest eingeschlafen. Als morgens um 5 Uhr der Wecker klingelte, fühlte ich mich absolut fit und motiviert.

So war ich schon startklar für den Weg zum Dienst, als Tobys Wecker um 6 Uhr klingelte. Wie üblich brummte er gefühlte zwei Minuten und wenn ich es nicht gewohnt gewesen wäre, hätte ich mir wohl Sorgen gemacht und in sein Zimmer geschaut. Aber Tobys derzeit sehr ausgeprägte Gleichgültigkeit ließ ihn sogar das Dröhnen des Weckers ungewöhnlich lange ertragen. Manches Mal hätte ich mir gewünscht, bei meinem ältesten Sohn von 5.50 bis 6.03 Uhr ein EEG aufzeichnen zu können. Wie das wohl ausgesehen hätte?

Vermutlich nicht so flach und geradlinig, wie ich es mir gehässiger Weise vorstellte, eher mit sehr vielen starken Ausschlägen. Nur hatten diese starken geistigen Aktivitäten eben weder etwas mit der Schule noch dem häuslichen Alltag zu tun. Während ich selbst über diesen Gedankengang grinsen musste, tat sich etwas in dem Zimmer nebenan. Der Wecker ging aus und das Wesen im Zimmer erhob sich von der Liegestatt.

Ich beschloss, noch zu warten, bis er aus dem Bad zurückkam, um ihm nicht das Gefühl zu geben, ich würde mich möglichst früh davon machen, um ihm nicht begegnen zu müssen. So war es ja nicht, ich freute mich ehrlich ihn zu sehen und genoss jede Minute, die er für eine Unterhaltung mit mir opferte. Es fällt einem als Vater eines 17-jährigen Sohnes eben manchmal schwer zu erkennen, dass der Sohn sein Desinteresse nicht böse meint. Er hat es einfach von der Pubertät auferlegt bekommen. Genau wie die Pickel, die Überaktivität hormonproduzierender Drüsen und das ständige Verlangen nach Nahrung. Interessanterweise scheint ja der Pubertierende nicht sich selbst als das sich verändernde Subjekt wahrzunehmen, sondern alles um ihn herum ist plötzlich ganz anders.
Er kam aus dem Bad zurück und setzte sich an den Tisch. Wie üblich wollte er keinen Kaffee, sondern mischte sich Kakao. Auch das fand ich interessant. Er konsumierte bei jeder Gelegenheit Energydrinks, führte sich also viel mehr Koffein zu, als es für Menschen in seinem Alter gut war, aber an einem morgendlichen Kaffee hatte er kein Interesse, nicht mal mit Zucker gesüßt. Ich mutmaßte, er lehnte Kaffee ab, weil Britta und ich jeden Morgen welchen tranken. Das war eines der weiteren Prinzipien der Pubertät: Alles musste man anders machen als die

Eltern. Ich grinste ihn an, weil es mir natürlich Spaß machte, hellwach und voller Tatendrang zu sein, während er absolut keinen Bock auf irgendwas verspürte, was ihm der Tag verhieß.

„Guten Morgen, der Herr. Wünsche wohl geruht zu haben! Was liegt heute an?“ Er blinzelte mich an. „Mh, Papa, ist es okay, wenn ich heute mit dem Rad zur Schule fahre?“ Ich stutzte. Toby mit dem Rad zur Schule? Das waren zehn Kilometer, er musste ja ebenfalls nach Stolzenau.

„Klar“, entgegnete ich. „Du darfst überall mit dem Rad hinfahren. Ich freue mich, wenn du es tust. Ich fahre ja auch fast täglich mit dem Rad zum Dienst. Wir sind übrigens wieder eine Moko. Am Kiessee bei Schinna wurde eine tote Frau gefunden. Bevor ihr jetzt fragt, mehr erzähle ich noch nicht. Wir bleiben mit der Truppe in Stolzenau, aber es kommen mit Sicherheit wieder Überstunden auf uns zu.“ „Okay“, kam Tobys übliche Bestätigung.

„Eine tote Frau?“, hakte Britta neugierig nach. „Ist sie ertrunken? Und wieso Moko? Ist sie denn ermordet worden?“ Ich lächelte sie an, gab ihr einen Kuss und blickte sie danach schweigend an. „Ja, du hast gesagt, mehr sagst du noch nicht, ich hab es ja verstanden“, bemerkte sie. Ich gab ihr noch

einen Kuss und zwinkerte Toby zu. Auch der musste grinsen.
„Die Neugier ist eine wichtige Eigenschaft des Menschen! Ohne sie lebten wir noch heute wie die Höhlenmenschen. Nur die Neugier hat uns dazu gebracht, immer mehr und mehr zu lernen und uns immer weiterzuentwickeln." Ich sah Toby an. Er war gerade dabei, sich Nougat-Bits in eine Müslischale zu füllen. „Oder Toby? Was sagst du dazu?"
„Wozu?", wollte er wissen und sah mich mit großen Augen an. Ich winkte ab. „Ist schon um die Ecke." Er hatte den Wink mit dem Zaunpfahl nicht mal als sanften Windhauch gespürt. Britta grinste jetzt ebenfalls. „Wolltest du nicht zum Dienst?", erinnerte sie mich und stand auf. Ich bestätigte das, verneigte mich tief und verabschiedete mich.
„Weißt du schon, wie lange du heute arbeitest und was wir heute Abend essen wollen?", fragte Britta. „Zu Eins Nein und zu Zwei irgendwas", erwiderte ich, gab ihr noch einen schnellen Kuss und floh dann aus dem Haus.
Ungefähr eine halbe Stunde später war ich auf der Dienststelle. Ich ging kurz zur Wache, um die Frühdienstkollegen zu begrüßen. Der ältere Kollege wollte mir direkt einen Handzettel übergeben und mir etwas erzählen. Ich vertröstete ihn darauf, dass ich mich erst umziehen und dann den Dienst beginnen wollte. Mit den Worten ging ich zu meinem

Büro und schnappte mir das Handtuch und mein Waschzeug. Ich ging nach oben in die Dusche, sprang kurz unter kaltes Wasser und zog mir dann meine Ermittlerkluft an. Cargo Jeans und Polohemd waren heute angesagt, obwohl Badeshorts und Trägershirt besser gepasst hätten, wie die Wettervorhersage vermuten ließ.

Ein bisschen ärgerte ich mich schon wieder über den Wachhabenden. Ich hasste nichts mehr, als irgendwelche handschriftlichen Zettel. In aller Regel waren das Hinweise, Telefonnotizen oder andere kurze Vermerke, die einen Bezug zu einer Ermittlungssache hatten. Insofern waren sie grundsätzlich nicht als Haftnotiz sondern korrekterweise als schriftlicher Vermerk für die jeweilige Akte zu schreiben. Eigentlich wusste das jeder genau, aber häufig war es gerade den älteren Kollegen einfach zu mühselig, dafür extra die Tastatur und den Drucker zu bemühen. Interessant war auch, dass verschiedene Mitarbeiter einfach nichts dazu lernten. Wenn es nämlich auch nur in dem kleinsten Zusammenhang in eine Akte gehörte, verlangte ich sowieso, dass das schriftlich verfasst wurde.

Einmal wollte es ein Kollege ganz genau wissen: Er sah es partout nicht ein, warum er einen Vermerk schreiben sollte. Ich schlug ihm vor, dass er auch warten könnte, bis er

vom Staatsanwalt zur Vernehmung geladen würde oder von dort die schriftliche Stellungnahme verlangt würde. Aber dazu hatte der Gute dann doch keine Lust.
Einige Minuten später betrat ich wieder die Wache und wandte mich an den Kollegen am Pult. „So, Peter, was hast du denn für mich?“, fragte ich ihn. Er schob den Zettel in meine Richtung, was ich geflissentlich ignorierte. „Da hat jemand von der Presse angerufen und wollte was über die Leiche am Kiessee wissen. Ich habe gesagt, ihr ruft zurück. Die Nummer steht da.“ Er wies auf den Zettel. „Dann hat die Mutter von Dominik angerufen. Die wollte Bescheid sagen, dass Nico sich gemeldet hat. Das soll der sein, mit dem Dominik sich geschlagen hat.“
Ich blickte einige Sekunden auf den Zettel und sah die Aktennummer von der Jugendsache dort stehen. „Gut. Schreibe mir bitte zu dem Anruf einen Vermerk für die Akte, die Nummer hast du ja bereits herausgefunden. Zu dem Journalisten vielleicht ein Hinweis: Ich werde ihn nicht zurückrufen. Wenn die Presse etwas will, soll sie sich zur normalen Werkzeit hier melden und dann entscheiden wir, ob wir Auskünfte geben oder nicht. Grundsätzlich ist das eine Sache für die Pressestelle der Staatsanwaltschaft.“ Ich deutete auf eine Rufnummernliste, die an der Pinnwand neben diversen anderen Listen hing.

Sie hing dort schon mindestens seitdem ich Angehöriger der Dienststelle war.
Ich klärte den Wachhabenden darüber auf, dass sich ab heute Morgen eine Mordkommission auf der Dienststelle einrichten würde und die Verfahrensweise im Hinblick auf Räumlichkeiten und Nutzung von Gerätschaften bereits mit der Dienststellenleitung besprochen sei. Im Laufe des Tages würde es sicher per Rundmail eine Anweisung dazu geben. Mit den Worten ließ ich ihn mit seinem Zettel allein. Mir war klar, dass das wieder arrogant geklungen hatte. Es fiel vermutlich wieder in das Klischee, dass sich die Typen von K wie Kripo für etwas Besseres hielten. Tatsächlich war das Blödsinn, denn wenn ich noch im Streifendienst gewesen wäre und ein Kollege von K hätte Dienst auf der Wache versehen und versucht, mir eine Aktennotiz per Handzettel zu übergeben, hätte ich es nicht anders gemacht.
Ich verzog mich zunächst in die Küche und räumte die Spülmaschine aus. Die war sauber, aber schon kalt. Leider hatte zwar jemand die Klappe geöffnet, aber nicht die großen Wasserlachen von den Tassenböden getupft. So musste ich auch noch zum Handtuch greifen. Manche Dinge sind einfach überall gleich.
Britta ärgerte sich über die gleichen Sachen wie ich, wenn sie auf der Arbeit war. Es gab Kolleginnen und Kollegen die benahmen sich

sehr fürsorglich und bemühten sich, stets ein wenig Ordnung zu halten und sich um soziale Kleinigkeiten, wie eine fertige Spülmaschine, zu kümmern. Dann gab es einige, die eine über-soziale Ader hatten und solche Dinge täglich übernahmen. Und es gab die, von denen man vermutete, dass sie zu Hause weder über eine Klobürste noch eine Spüle oder Spülmaschine verfügten. Und wenn doch, kannte vermutlich nur der Partner die Bestimmung der jeweiligen Gerätschaften. Oder die Eltern. Aber so sind wir Menschen eben, es gibt solche und solche. Und wenn wir nicht die faulen, egoistischen und chaotischen Menschen unter uns hätten, wüssten wir Engagement, Hilfsbereitschaft und Ordnung auch nicht zu schätzen. Wir sollten also den Vollpfosten dankbar sein, anstatt uns immer wieder über sie aufzuregen.

Ich setzte gerade eine Kanne Kaffee auf, als Tommi hereinkam. Wir begaben uns mit einem Pott Kaffee bewaffnet in unseren neu zugewiesenen Arbeitsraum. Tommi fuhr seinen Rechner hoch. Ich schaute ihn fragend an. „Hast du schon wieder Bock?“, wollte ich wissen. Er verstand mich sofort. „Die Frage habe ich mir gestern Abend zu Hause auch gestellt. Ja, habe ich. Und jetzt sitzen wir in Stolzenau, das ist doch mal etwas anderes. Die Truppe ist jedenfalls kleiner und ich habe ein gutes Gefühl.“

Das klang gut. Ich sah das ähnlich. Es klopfte an der Tür. „Herein.“ Angela und Jan steckten die Köpfe durch die Tür. „Oh nein, ihr schon wieder, habt ihr kein zu Hause?“, fragte ich lachend. Beide grinsten. Angela deutete auf den leeren Schreibtisch. „Asyl?“, fragte sie. „Okay“, meinte ich. „Ihr erhaltet einen Aufenthaltstitel. Genau genommen hat Rainer den schon ausgestellt. Das wird jetzt unser neues Zentrum. Hier wird die Denkfabrik sitzen.“

„Spinner“, benannte Angela mich, wie so oft. „Ist ja ganz gemütlich hier“, meinte Jan. Mir fiel etwas Wichtiges ein. „Wenn ihr vorn aus dem Eingang geht und dann dem Fußweg nach rechts folgt, ist gleich hinter dem Nachbarhaus ein Lidl. Der Weg ist also noch kürzer als in Nienburg.“ Ich fragte mich manchmal, ob es Zufall war, dass die Lidl-Filialen in Nienburg und Stolzenau in direkter Nachbarschaft zur Polizei gebaut worden waren.

Als es an der Tür klingelte, machte mich auf den Weg zur Wache. Andre war da. Ich begrüßte ihn und nahm ihn direkt mit in den Arbeitsraum. Passenderweise kam auch Siggi gerade herein und so waren wir schon komplett. Wir setzten uns in unseren neuen Raum und hielten eine kurze Besprechung ab. Heute Morgen stand die Obduktion an. Wenn wir pünktlich dort sein wollten, mussten wir in einer guten Viertelstunde losfahren. Letztlich wollten neben mir noch Andre und Tommi mitfahren. Wir beschlossen, alles Weitere nach unserer Rückkehr zu regeln.

10. Büsche und Hecken

Robert saß auf seinem Fahrrad und fuhr durch Anemolter. Anemolter ging direkt in Schinna über und war nördlich davon gelegen. Er klapperte die Bushaltestellen ab. In Anemolter lebten einige Leute, die er kannte. Besser gesagt, hatte er sie früher gekannt, als sein Bewusstsein noch klarer gewesen war. Er wusste, dass er die Wege kannte, die ihn auch abseits der Hauptstraßen wieder nach Steyerberg führten. Warum er dies wusste, war ihm nicht klar. Er fand noch einige Pfanddosen, die er seiner Tüte hinzufügte. So war es für ihn ein guter Tag, denn er konnte nochmal zum Laden fahren und sich etwas zu Essen besorgen. Die letzte Dose Bier hatte er sich inzwischen einverleibt.
Ein bisschen half es, die Sinne zu betäuben, doch die Stimmen in seinem Kopf konnte er damit nicht zum Schweigen bringen. Er fuhr aus dem Dorf hinaus. Auf einem Feld arbeitete ein Mähdrescher und zog eine große Staubwolke hinter sich her. Robert fürchtete sich vor der riesigen Maschine, die gleichmäßig

dröhnend immer mehr von dem gelben Getreide in sich hineinschlang. Er musste an dem Feld vorbei, wenn er nicht umdrehen wollte. Der Mähdrescher fuhr parallel zu dem Weg. Immer auf und ab, minutenlang in die eine, dann ebenso lange in die andere Richtung.
Zwischendurch fuhr ein Schlepper mit einem Anhänger zu der Großmaschine. Dann fuhr der Drescher ein Rohr heraus und eine dunkle Masse floss auf den Wagen. Robert wusste nicht mehr, dass es sich lediglich um das ausgedroschene Korn handelte, welches der Mähdrescher von Zeit zu Zeit abgeben musste. Für ihn war das ganze Szenario sehr unheimlich.
Er spürte eine Präsenz hinter sich und drehte sich hastig um. Da war nichts, doch jetzt fühlte er es von vorn. Wieder sah er nichts. Etwa 50 Meter vor ihm hatte ein Holunderbusch es geschafft, sich gegen die Ackermaschinen und den Verkehr auf dem Weg zu behaupten. Robert stieß sich ab und spurtete mit dem Rad zu dem Busch. Er brach einen Ausläufer ab und schlug damit auf die Zweige ein. Die Blätter flogen umher, während sein frischer Trieb immer wieder auf das Grün einschlug. „Hau ab, hau ab, hau ab", kam es halb stöhnend, halb rufend immer wieder von seinen Lippen.
Es half. Das, was eben noch hinter, dann vor ihm gewesen war, war nun fort. Dafür kam der Mähdrescher jetzt auf ihn zu. In das Dröhnen

des Motors mischte sich das Zischen des Strohhäckslers, dann das Klingeln und Klappern des Schneidwerks. Panik stieg in Robert auf. Die Maschine war so nah, gleich würde sie ihn mit ihrem riesigen breiten Maul verschlingen, ihn fressen und wenige Sekunden später seine blutigen Reste auf dem Feld verteilen. Er rannte los. Rannte der Maschine auf dem Weg entgegen, bis er auf gleicher Höhe war. Dass die Maschine in gleichem Tempo ihre Arbeit fortsetzte und nur der Drescherfahrer ihn beobachtete und im Vorbeifahren die „Scheibenwischergeste" vor dem Gesicht machte, bemerkte Robert in seiner Panik nicht.

Erst als er registrierte, dass die Geräuschkulisse sich änderte, dass das Klingen und Klappern leiser wurde und dass das Monstrum ihn nicht beachtete, atmete er durch. Er stieg auf sein Rad und fuhr weiter. Robert blickte sich noch viele Male um, bis das Geräusch des Dreschers endlich leiser wurde. Der Schweiß lief ihm in Strömen von der Stirn, sein Kapuzenpullover zeigte eine von Nässe dunkle Brust. Als er wieder an der Straße ankam, sah er noch einmal zurück. Die Maschine hatte ihn nicht verfolgt. Nun, da er sich beruhigt hatte, konnte sein Gehirn sich wieder auf das konzentrieren, was er in seinem Bewusstsein als seine Verpflichtung ansah: Er hatte den Weg von der Weser aus zu

vermessen. Sein Verstand schwenkte auf die Ebene ein und plötzlich konnte er auf alle Daten zugreifen. Er hatte sie unbewusst gesammelt.
Robert fuhr noch bis zur nächsten kleinen Kreuzung und besprach dann mit sich selbst die veränderten Entfernungen. „Es sind heute zwei Meter mehr. Wie soll man das erklären? Es hat eine Verschiebung gegeben. Ja. Tragen Sie das bitte ein. Ich habe es heute gemessen. Nein. Es sind Aktivitäten zu verzeichnen. Melden Sie das. Es muss gemeldet werden."
Er setzte sein Gespräch fort, auch wenn da niemand sonst war. Sein Fahrrad schob er nun wieder und redete konzentriert weiter. Erst als der Edeka in Sichtweite kam, schwenkte sein Verstand um und erinnerte sich an die leeren Pfandflaschen. Einem automatisierten Ablauf folgend, ging er schnurstracks zum Leergutautomaten. Die junge Frau, die ihm im Eingangsbereich begegnete, nahm er nicht wahr. Sie bemerkte ihn jedoch nicht nur ob seines seltsamen, nicht angepassten Outfits, sondern vor allem wegen seiner Ausdünstungen: Er stank nach altem und neuem Schweiß. Wann sein Kapuzenpullover das letzte Mal eine Wäsche erlebt hatte, wusste das Kleidungsstück vermutlich selbst nicht mehr.
Robert erledigte seine Einkaufstätigkeiten, unbeeindruckt von der Außenwelt. Er kaufte

sich einige Laugenstangen und drei Dosen Bier. Die Kassiererin versuchte, flach zu atmen und ihn bei der Rückgabe des Wechselgeldes nicht zu berühren. Es gelang ihr. Robert ging wieder zu seinem Fahrrad, packte sein Essen und zwei Dosen in seine Tüte und öffnete die dritte Dose sofort. Er hielt in der linken Hand die Bierdose und schob mit der rechten sein Rad. Als er am Sparkassenbrunnen vorbei schob, bemerkte er die vier Jugendlichen, die extra laut über ihn lachten, gar nicht. Er vertiefte sich in das Gespräch mit sich selbst: Die neuen Vermessungsdaten mussten weiter besprochen werden. Sein Heimweg dauerte lange, denn er stieg nicht wieder auf das Rad und hielt zwischendurch neben einem Baum an einer Ackerfläche an, um sich seinen Laugenstangen zu widmen. Als er in Sichtweite seiner Behausung kam, setzte bereits die Dämmerung ein. Er beeilte sich, ins Haus zu kommen und stellte sein Fahrrad in den Flur, also in den Bereich zwischen der demolierten Haustür und seinem Wohn- und Schlafzimmer.
Robert nahm die Tüte vom Lenker und bemerkte erst jetzt wieder den Stock, den er am Gepäckträger und vorn am Rahmenrohr provisorisch angeklemmt hatte. Er zog ihn hervor. Plötzlich machte ihm der Stock Angst und er warf ihn in eine Ecke des Raumes und ließ ihn dort liegen.

Er nahm sich die letzte Bierdose und setzte sich auf sein verdrecktes Bett. Von draußen hörte er den Ruf eines Waldkauzes, ein helles „Huhuuu“. Er erschrak. Sein beschädigter Verstand wusste nicht mehr, dass es nur der Ruf eines kleinen nachtaktiven Greifvogels war, den er da hörte. Robert griff nach seiner Decke und versteckte sich. Wieder hörte er das Käuzchen. Kurz danach hörte er etwas anderes, etwas das klang wie ein gellendes „Ja! Ja! Ja!“. Es war der Ruf des Waldkauzweibchens, das auf den Ruf des Männchens antwortete. Für Robert waren es Gespenster. Er war vor Angst wie gelähmt, saß unter seiner Decke und zitterte. Vermutlich waren sie auf der Suche nach ihm, wollten ihn zu sich in ihr finsteres Reich holen oder ihn einfach nur quälen. Er legte sich hin, zog Arme und Beine an und versuchte, keinen Laut von sich zu geben. Zum Glück blieb die angefangene Bierdose stehen.
Später in der Nacht erwachte er und musste sich erleichtern. Dazu stolperte er in den Raum, der früher mal ein Bad gewesen war. Anschließend trank er aus dem Wasserhahn ein paar Schlucke Wasser. Er war noch halb in einem Alptraum gefangen , in dem er einer Frau begegnet war, vor der er sich sofort gefürchtet hatte. Sie hatte ihm eine magische Schlinge um den Hals geworfen. Dann hatte sie ihn hinter sich hergezogen, in einen großen

See hinein, immer weiter hinein, immer tiefer in den schwarzen nassen Abgrund. Er konnte nicht atmen, nichts mehr sehen, nichts mehr fühlen und war hilflos, dachte, er müsse ertrinken, doch das geschah nicht. Das Wasser drang in seinen Mund, in die Nase, in seine Lungen, doch er erstickte nicht. Reglos musste er verharren.
Als er erwachte, schnappte er nach Luft. Er kam aus dem ehemaligen Bad zurück und stieß gegen die Bierdose. Sie wollte umfallen, doch er hielt sie fest und trank sie in tiefen Zügen leer. Die Wirkung setzte sogleich ein, sein Verstand machte eine Pause und er legte sich wieder hin. Nach einigen Minuten war er eingeschlafen.
Als er wieder erwachte, war es bereits hell. Er wachte auf, weil er Schreie hörte, durchdringende Schmerzensschreie einer Frau. Sie kamen aus dem verwilderten Garten hinter seinem Haus. Er sprang auf, rannte hinaus und griff sich den alten Spaten, der draußen an der roten Ziegelwand des Hauses lehnte. Im Garten war niemand zu sehen, doch die Stimme kam eindeutig von dort. Er hörte sie aus der dichten Kirschlorbeer-Hecke , nahm den Spaten in beide Hände und schlug wie ein Berserker auf die Büsche ein. Blätter spritzen zu beiden Seiten, Zweige knackten und brachen unter seinen Schlägen. Die Schreie verstummten.

11. Der Jäger

Die Obduktion war beendet. Die Todesursache stand mit ziemlich hoher Sicherheit fest: Die massiven Schläge gegen den Kopf hatten eine Hirnblutung ausgelöst, die wiederum zu einem Kreislaufstillstand geführt hatte. Die stumpfen Traumata fanden sich vorwiegend am Kopf, aber auch am Rumpf und an den Armen, was auf Abwehrverletzungen hindeutete. Offenbar hatte Tanja noch versucht, die Schläge abzuwehren. Der Täter musste wie wild auf sie eingeprügelt haben. Im Bereich der Beine und des Unterleibes war sie unverletzt, allerdings hatte ein Schnelltest Spermien im Vaginaltrakt nachgewiesen. Geschlechtsverkehr hatte der Ehemann eingeräumt, es war davon auszugehen, dass die Spermien von ihm stammten, was allerdings geprüft werden musste.
Alles in allem schien es sich hier nicht um einen Sexualmord zu handeln. Der Eindruck ließ eher den Rückschluss auf eine Bestrafung zu. Sollte sich hier jemand an dieser Frau für irgendetwas gerächt haben?

Wir hatten bereits über den Konflikt mit dem Jäger gesprochen. Ich hatte den anderen die Akte gezeigt. Siggi wollte die Kollegin

kontaktieren, die die Anzeige aufgenommen hatte. Wir wollten noch Eindrücke von ihr erfragen. Sie hatte die Anzeige für einen solchen Beleidigungsfall sehr ausführlich geschrieben, was schon recht hilfreich war.
Andre, Tommi und ich überlegten, ob wir schon zeitnah zu diesem Friedrich Groder fahren wollten, um ihn zu vernehmen. Wir entschieden uns dagegen, denn Dr. Gassmüller würde mittags bereits sein erstes Statement abgeben und vielleicht würde er entscheiden, dass die ersten Anhaltspunkte sogar ausreichten, um Herrn Groder in Untersuchungshaft zu nehmen.
Ich beschloss, die Zeit bis zu Dr. Gassmüllers Eintreffen zu nutzen, um Andre in mein Büro einzuweisen. Zum Glück verfügte das Büro über einen freien Arbeitsplatz, der normalerweise für Praktikanten gedacht war.
Nach unserer Rückkehr regelten wir allerdings zunächst einige logistische Dinge, unter anderem den Einkauf von Kaffee und Keksen. Andre und ich verstanden uns auf Anhieb sehr gut, was mich für die zukünftigen Ermittlungen positiv stimmte. Ich räumte ein bisschen in meinem Regal auf, sodass wir uns beide gleichermaßen ausbreiten konnten. Ein wenig belustigte es mich, dass Andre zu den Kollegen gehörte, die sich bislang erfolgreich gegen ein Diktiergerät gewehrt hatten. Ich zeigte ihm die Funktionen des inzwischen digitalen Hilfsmittels und wir

philosophierten ein wenig über Sinn und Unsinn des Diktats.
Meiner Ansicht nach gab es bei Außenermittlungen gar keine Alternative. Ein Verhör, wie man es aus Kriminalfilmen kennt, gibt es nun einmal bei der echten Polizei nicht. Da muss man schon zusehen, dass man alle Formvorschriften beachtet und genau protokolliert. Ich freute mich schon auf unsere erste gemeinsame Vernehmung.
Dr. Gassmüller traf pünktlich ein. Wie üblich holte Siggi ihn am Nienburger Bahnhof ab. Tommi hatte als Hauptermittler die Ehre, den Sachstand vorzutragen. Dr. Gassmüller war zufrieden, es war alles offenbar ohne zu stocken angelaufen. Mein Bericht über die Beleidigungsanzeige ließ ihn nachdenklich werden. Ich hatte den Mann bereits überprüft. Es hatte schon einmal eine Anzeige wegen Beleidigung gegen ihn gegeben, zudem zwei weitere Einträge wegen Streitigkeiten, also Konflikten, die keinen Anlass zu strafrechtlichen Ermittlungen gaben. Das war wenig, doch für einen friedlichen Bürger auch schon wieder zu viel. Mehr wussten wir bisher nicht über den Mann.
Ich hatte auch die Kollegen in Minden um Auskunft zu ihm gebeten, denn das EDV-System in Nordrhein-Westfalen war nicht direkt mit unserem verknüpft. Es konnte sein, dass der Jäger dort schon vielfach polizeilich

aufgefallen war, ohne dass wir als Niedersachsen davon wussten. Eine Rückmeldung hatte ich aber noch nicht. Wir mussten auch unbedingt Kontakt zu dem radfahrenden Paar bekommen, das das Streitgespräch zwischen Tanja und Herrn Groder beobachtet hatte. Bisher gab es dazu keinerlei Personalien.

Es ging also nicht ohne Presseaufruf. Ich sprach diesen Punkt an und Dr. Gassmüller beauftragte mich direkt, eine entsprechende Meldung zu verfassen. Er wollte diese dann über die Pressestelle der Staatsanwaltschaft noch heute weitergeben.

Wir beschlossen, Herrn Groder in den nächsten Tagen zu observieren, um mehr über ihn in Erfahrung zu bringen. Außerdem mussten wir seine Telefonnummern herausbekommen. Darüber hinaus mussten wir Sven Schirtek aufsuchen und vernehmen, zumindest so weit, wie er dazu im Stande war. Das war dringend nötig, vielleicht ergaben sich aus seiner Aussage noch ganz andere Ansätze.

Gegen 14 Uhr brachte Siggi Herrn Dr. Gassmüller wieder zum Bahnhof. Ich versuchte, Sven Schirtek anzurufen. Er nahm nicht ab. Andre und ich saßen wieder in unserem Büro. Ich machte mir Gedanken, ob wir einfach zu Herrn Schirtek fahren sollten. „Was denkst du?“, wollte ich von Andre wissen. „Ich glaube, wir sollten noch ein bisschen warten, er ist vielleicht unterwegs“, war seine Antwort.

Ich fasste mich in Geduld und machte mich an die Pressemeldung. Dass gestern die Leiche einer Frau an einem Kiessee gefunden worden war, hatte die Presse schon mitgekriegt. Nun warteten die Medien auf die erste offizielle Stellungnahme. Sie musste also wohl formuliert sein und durfte auf keinen Fall zu viel verraten. Ich begann zu schreiben, schaute mir den Text an, löschte wieder einige Zeilen und formulierte um. Nach einer halben Stunde war die Meldung fertig.

Am 04.08.2016 wurde die Leiche der 41-jährigen Tanja S. an einem Kiessee bei Stolzenau gefunden. Polizei und Staatsanwaltschaft gehen von einem Verbrechen aus und haben die Ermittlungen aufgenommen. Es werden Zeugen gesucht, die am 03.08. in der Wesermarsch ein Streitgespräch zwischen einer Frau und einer männlichen Person beobachtet haben.

Das war zwar ziemlich deutlich und könnte Herrn Groder zeigen, dass man in der Sache auch an ihn dachte, wenn er sich denn überhaupt in der Meldung erkannte.

Mein Telefon klingelte. Es war Sven Schirtek.

„Vielen Dank, dass Sie zurückrufen, Herr Schirtek. Hätten Sie heute noch für uns Zeit? Mein Kollege Herr Schneider und ich würden gerne noch mit Ihnen sprechen, gerne bei

Ihnen zu Hause oder in der Nähe." „Ich bin bei Freunden. Zu Hause kann ich im Moment nicht sein, aber hier könnten wir in Ruhe sprechen", erklärte er mir. Wir verabredeten uns für 16 Uhr in Minden.
Andre und ich gingen nach unten zu den anderen. Jan und Tommi wollten schon einmal zu der Adresse von Herrn Groder fahren und sich anschauen, um welche Art Anwesen es sich handelte. Außerdem wollten sie noch zum Tatort fahren. Die Kriminaltechniker hatten schon früh angefangen, den gesamten Bereich abzusuchen. Jan hatte gegen Mittag mit ihnen telefoniert, es dauerte wohl länger, weil das Gelände unübersichtlich war. Es waren zwei Blut-Suchhunde hinzugerufen worden, um den Uferbereich nach einer Tatwaffe abzusuchen. Der aktuelle Stand war, dass nichts von Relevanz gefunden wurde. Man hatte einige herumliegende Knüppel asserviert, allerdings war an keinem davon etwas Verdächtiges auszumachen gewesen.
Gegen 15.20 Uhr fuhren wir los. Herr Schirtek hielt sich bei den Freunden auf, die er gestern schon genannt hatte, Vanessa und Jörg Polenski. Während der Fahrt nutzten wir die Zeit für ein paar Gedankenspiele. Ich war neugierig, wie Andre die Sache beurteilte. Er hatte bereits einige Erfahrung in Todesermittlungen, allerdings noch nicht in

solchen Kapitalfällen. Ich fragte ihn direkt, was er sich vorstellte.

„Ich glaube, es wird nicht so einfach. Ich frage mich, wer ein Motiv haben könnte, die Frau umzubringen. Nach einer Vergewaltigung sieht es ja nicht aus. Auf mich wirkt das eher wie eine Bestrafung. Die Sache mit dem Jäger finde ich nicht uninteressant, aber selbst wenn der Mann ein Choleriker ist, so extrem auf eine wirklich hübsche Frau einzuschlagen ist nach meinem Empfinden kaum denkbar. Unmöglich ist es natürlich nicht, wer weiß, was sie ihm vielleicht an den Kopf geworfen hat. Sie ist Ornithologin und ich weiß, dass gerade Jäger schnell mal den Konflikt mit Leuten suchen, die aus anderen Gründen als sie selbst, längere Zeit am selben Platz in der Natur verweilen.

Vielleicht ist es auch eine Beziehungssache. Ich habe sie ja nicht lebend gesehen, aber sie hatte mit Sicherheit ihre Reize. Wer weiß, was da noch dranhängt, vielleicht ein eifersüchtiger Ex oder ein Stalker? Im Grunde ist ja der Tatort ziemlich abgelegen. Wenn jemand wusste, wo sie sich tagsüber aufhält, wäre der Platz eigentlich ideal für ein Verbrechen. Dabei stört mich wieder, dass die Leiche einfach so liegengelassen wurde. Gut, vielleicht wäre der Täter wiedergekommen, wenn die Tote nicht so früh bemerkt worden wäre. Muss man eigentlich davon ausgehen,

dass sie an der Stelle erschlagen wurde, wo sie lag?“
„Davon müssen wir wohl ausgehen“, meinte ich. „Die Kollegen der Spurensicherung haben die Stelle akribisch untersucht. Brauchbare Schuhabdrücke waren wohl nicht zu erkennen, dank der wochenlangen Trockenheit hat sich da kein Profilabdruck gehalten. Aber es sah zumindest so aus, als ob der Kampf, wenn man es so nennen will, dort stattgefunden hat. Wenn es doch bloß einen Zeugen gäbe, es ist schließlich nah am Weserradweg und dort sind viele Leute unterwegs. Ich weiß auch nicht, schon komisch, dass eine Frau so totgeschlagen wird. Wer weiß, was für ein Irrer da am Werk war. Ich bin gespannt, was Sven Schirtek erzählen wird.“ Andre nickte. „Wir sollten uns auf jeden Fall immer alle Telefonnummern geben lassen, ist ja auch begründet, falls es Rückfragen gibt.“
Ich pflichtete ihm bei. „Zum Glück haben wir ganz früh die Verkehrsdaten sichern können. Da ist Dr. Gassmüller immer extrem schnell. Er hat gestern am späten Nachmittag schon die Beschlüsse gehabt, Tommi konnte direkt die Daten anfordern. Hast du schon mal mit Dr. Gassmüller zusammengearbeitet?“ Andre schüttelte den Kopf. „Nein, bislang nicht. Mit der Staatsanwaltschaft in Verden hatte ich als Schaumburger ja eigentlich nie etwas

zu tun. Hört sich nach einem engagierten Mann an."
Ich musste grinsen. „Ja, sehr engagiert und absolut kompetent. Nur zwischen die Mühlsteine seiner Vernehmungsmethodik möchte ich nicht geraten. Da bin ich etwas skeptisch, weil er die Leute richtig hart vernimmt. Die meisten werden vermutlich hinterher keine Straftaten mehr bezeugen oder sich als Tatverdächtige sofort einen Anwalt nehmen. Da denke ich manchmal, die etwas sanftere Methode hilft vielleicht eher, die Menschen gesprächig zu machen. Ich kann mich auch gut mal blöd stellen, bin zwar kein Inspektor Columbo, aber ein bisschen Naivität weckt nach meiner Erfahrung gerne mal den Oberlehrer beim Gegenüber."
Jetzt grinste Andre. „Jau, das wirkt manchmal Wunder, mache ich gelegentlich auch so. Für manche Leute gibt es doch nicht Tolleres, als einen Polizisten zu belehren. Aber was anderes, du hast doch Herrn Schirtek schon gesehen, was denkst du über ihn?" „Ich halte ihn für authentisch. So, wie er da gestern auftrat, schon von seinem ersten Erscheinen mit dem Auto her betrachtet. Von meinem Bauchgefühl her kann niemand so schauspielern. Aber zu hundert Prozent schließe ich ihn natürlich trotzdem nicht aus."

Wir fielen in ein nachdenkliches Schweigen. Kurz vor Minden aktivierte Andre unser Navigationsgerät, denn besonders gut kannte sich keiner von uns dort aus. Bereits fünf Minuten später trafen wir an der Adresse ein. Es handelte sich um ein schickes Einfamilienhaus, sicher keine ganz günstige Immobilie in der Gegend. An der Tür befand sich nur eine Klingel, darauf stand Polenski. Ich klingelte. Die Tür wurde von einer Frau geöffnet, vielleicht Mitte Dreißig, dunkle längere Haare, zu einem Pferdeschwanz gebunden, etwa 165 Zentimeter groß mit einer rahmenlosen Brille auf der Nase.
Ich trat einen Schritt zurück und sprach die Dame an. „Guten Tag, Voss ist mein Name, mein Kollege ist Herr Schneider, wir kommen von der Kripo aus dem Kreis Nienburg. Sie sind Frau Polenski?“ Sie nickte und bat uns herein.
„Hallo, ja, ich bin Vanessa Polenski. Sven ist hier und hat uns gesagt, dass Sie kommen. Er sitzt mit meinem Mann im Wohnzimmer. Kommen Sie herein.“ Ich bedankte mich und wir folgten ihr in das Haus in einen geräumigen Flur. Gleich links führte eine Treppe in das OG. Wir gingen geradeaus in ein lichtdurchflutetes großes Wohnzimmer. Sven Schirtek saß auf einem Sessel, ein sportlich aussehender, großgewachsener dunkelhaariger

Mann von vielleicht Ende Dreißig saß ihm gegenüber.
Herr Schirtek sah nicht gut aus, sein Gesicht schien aufgequollen, so, als hätte er sehr viel geweint. Die Männer erhoben sich und begrüßten uns per Handschlag. Wir stellten uns gegenseitig vor. Frau und Herr Polenski überließen uns freundlicherweise das Wohnzimmer und wollten noch mit den Fahrrädern an die Weser fahren, sodass wir in Ruhe mit Sven Schirtek sprechen konnten. Wir nahmen auf dem Ledersofa Platz. Ich hatte mit Andre abgemacht, dass ich das Protokoll diktieren würde, auch wenn er Fragen stellte.
Ich begann das Gespräch. „Herr Schirtek, ich denke es gibt sehr viel zu besprechen, einige Dinge wollen wir nicht warten lassen. Sicher haben Sie auch Fragen an uns, deshalb möchten wir Ihnen zunächst die Gelegenheit geben, sie zu stellen. Ich muss Sie allerdings um Verständnis bitten, dass ich Ihnen keine Auskünfte über den Stand der Ermittlungen geben darf. Ich verrate jedoch nichts, wenn ich Ihnen sage, dass wir bisher keine sogenannte heiße Spur verfolgen. Wir gehen von einem Gewaltverbrechen aus und ermitteln wegen Mordes. Ich möchte Ihnen an dieser Stelle auch persönliche Unterstützung anbieten, soweit wir das von unserer Institution aus in die Wege leiten können.

Natürlich nur, sofern Sie dies überhaupt wünschen."
Er schüttelte den Kopf. „Vielen Dank, das ist nett, aber nicht nötig. Ich kann ein paar Tage hier bei meinen Freunden bleiben. Ein weiterer Freund von mir ist Psychiater. Normalerweise nehme ich seine Hilfe privat nicht in Anspruch, jetzt habe ich ihn aber danach gefragt und wir werden uns morgen treffen. Können Sie mir schon sagen, wie es mit Tanja weitergeht?"
„Noch nicht genau. Ich weiß von Frau Dr. Gorssen, dass die Untersuchungen insgesamt beendet sind. Es müssen aber einige Laborbefunde abgewartet werden, ohne die der Leichnam nicht freigegeben werden darf, weil eventuell einige Folgeuntersuchungen anfallen. Detaillierter kann ich Ihnen das nicht erklären. Wir wissen, dass Sie dringend darauf warten, dass der Leichnam freigegeben wird, doch es wäre fatal, wenn Fragen offen blieben, weil eine Untersuchung nicht in ausreichender Intensität durchgeführt wurde. Ich gehe aber davon aus, dass wir morgen am späten Nachmittag mehr wissen. Darf ich Sie fragen, wie Sie sich fühlen?"
Seine Mundwinkel begannen ein wenig zu zucken, man konnte merken, dass er mit den Tränen kämpfte. „Was soll ich Ihnen sagen?", fragte er. „Ich fühle mich leer, haltlos. Mein Verstand weiß, dass sie nicht

wiederkommen wird, aber mein Inneres hat das noch nicht begriffen. Ich bin heute Nacht ein paar Mal aufgewacht und dachte für einen Moment, sie wäre wieder da. Das ist heftig."
Er schluchzte und zog eine Packung Taschentücher aus der Hosentasche. Ich ließ ihn durchatmen. Ich wusste nie, wie ich in einer solchen Situation am besten agieren sollte. Im Grunde war es ja klar, dass Polizisten nicht unbedingt die Menschen waren, nach denen sich ein Hinterbliebener wie Sven Schirtek sehnte. Andererseits war mir bewusst, dass wir und unsere Arbeit in den nächsten Wochen, vielleicht Monaten, ein wichtiger Haltepunkt in seinem Leben sein würden. Auch wenn wir ihm seine Tanja nicht wiedergeben konnten, so konnten wir wenigstens alles menschenmögliche tun, um den Grund ihres Todes zu erforschen. Auch wenn das Ergebnis der Ermittlungen vielleicht einen brutalen, sinnlosen Mord enthüllen würde, so gäbe es zumindest eine Gewissheit bezüglich dessen, was passiert war.
Dies schien nach meiner Erfahrung notwendig, um das Leid verarbeiten zu können. Angehörige von Mordopfern oder von dauerhaft Vermissten, die keine Gewissheit über einen Tathergang hatten, fanden in den meisten Fällen bis zum Ende des eigenen Lebens keine Ruhe. Woran das liegt, weiß ich nicht. Ich vermutet, dass dahinter die tiefgreifende Frage nach dem

steht, was man als Hinterbliebener anders, vielleicht besser, hätte machen können. Diese Frage stellten sich Menschen sicher auch in aufgeklärten Fällen, doch dann konnten sie darauf klare Antworten finden, die es möglich machen, mit dem Geschehenen Frieden schließen zu können.

Ich beugte mich nach vorn und stützte meine Ellbogen auf den Knien ab. „Herr Schirtek, ich weiß, dass Sie nach Antworten suchen. Ich möchte Ihnen anbieten, soweit es möglich ist, bei der Suche nach diesen Antworten zu helfen. Denken Sie, wir können Ihnen einige Fragen stellen?“ Er nickte und putzte sich die Nase. Dann sah er auf. „Ich denke schon. Ich möchte Ihnen helfen wo ich kann.“

Ich erläuterte ihm noch, dass wir unser Gespräch als Zeugenvernehmung protokollieren würden und dass ich alles auf mein Diktiergerät sprechen würde. Dann begann ich. „Mögen Sie uns erzählen, was Tanja in den letzten Tagen gemacht hat und auch was Sie gemeinsam erlebt haben?“

Er holte tief Luft, schaute einen Moment an die Decke und begann zu erzählen. „Am Wochenende hatten wir beide frei. Wir waren viel mit dem Rad an der Weser und in der Gegend hier unterwegs. In unserer Wohnung ist es im Sommer ab mittags immer ziemlich heiß. Tanja hat viel von ihrer Arbeit erzählt. Sie ist Ornithologin und seit einiger Zeit in der

Gegend bei Stolzenau an den Kiesseen unterwegs. Sie erforscht Wasservögel. Sie hatte gerade eine tolle Entdeckung gemacht: Wasserrallen. Das sind wohl ziemlich seltene Vögel, aber ich verstehe nicht so viel davon.“ Bei dem Satz lächelte er ein wenig.
„Tanja erzählte sehr viel darüber, sie hatte wohl sogar ein Nest entdeckt. Am Montag hab ich sie mittags am See besucht, als Überraschung. Als sie am frühen Abend nach Hause kam, erzählte sie mir von einem älteren Mann, der sie dort verbal angegriffen hatte. Es war offensichtlich ein Jäger, dem es absolut nicht zu passen schien, dass Tanja sich dort am See mit ihrem Beobachtungsstand aufhielt. Am Ende wurde er sehr laut und beleidigend, sie hat das dann auch angezeigt. Davon wissen Sie doch, oder?“
Ich nickte ihm zu. „Ich habe die Anzeige vorliegen und hätte Sie auch noch darauf angesprochen. Wir werden dem auf jeden Fall nachgehen, natürlich müssen wir den Mann überprüfen. Was hat Tanja Ihnen von dem Vorfall berichtet?“
„Sie ist am Ende weggefahren. Da war noch ein älteres Paar mit Fahrrädern, das einiges von dem unverschämten Verhalten mitbekommen hat. Tanja hat sogar noch ein paar Worte mit ihnen gewechselt. Viel mehr haben wir nicht darüber gesprochen, ich hielt es auch nicht mehr für wichtig, mit solchen Cholerikern hatte ich

auch schon zu tun. Gestern morgen sind wir ziemlich früh aufgestanden. Wir wollten früh Feierabend machen, weil wir uns mit Jörg und Vanessa treffen wollten. Dann habe ich versucht sie zu erreichen und...“
Er fing an zu weinen. Wir ließen ihm die Zeit, die er brauchte. Ich diktierte leise zu Ende und sprach ihn dann wieder an. „Lassen Sie uns ein Stückchen in die Vergangenheit zurückgehen. Gab es einen Ex-Freund, der ihr nachtrauerte oder eben jemanden vor Ihnen, mit dem es vielleicht Probleme gab?"
Er schnäuzte sich, trocknete seine Tränen und räusperte sich. „Ja, da gibt es einen Ex, Gerhard Freiherr von Davenstedt aus Bielefeld. Mit dem war sie jahrelang liiert, ein blasierter Affe. Entschuldigung, dass ich das hier so sage.“
„Ist schon in Ordnung“, warf ich ein. „Was war mit dem?“ „Er stammt, wie man ja schon hört, aus dem Landadel und bildete sich ziemlich was darauf ein. Tanja hatte irgendwann die Nase voll und hat sich von ihm getrennt. Sie war fast ein Jahr Single, als wir uns kennenlernten. Der Typ suchte aber immer mal wieder Kontakt. Hier mal zufällig vorbeischauen, da mal nach einem kurzen Treffen auf einen Kaffee fragen, Sie wissen schon, was ich meine. Als wir dann zusammen waren ging das weiter. Ich gebe zu, ich bin auch ein bisschen eifersüchtig und mir gefiel

das nicht besonders. Ich habe mal mit Tanja darüber geredet und ihr ganz ehrlich gesagt, wie wir Männer so ticken. Ich weiß, dass sie sich das auch mal von Jörg bestätigen ließ.“ Ein leises, zartes Lächeln stahl sich bei den Worten in sein Gesicht. Er fuhr fort. „Sie hat sich dann noch einmal mit ihm getroffen und direkt gefragt, was er eigentlich will. Er hat dann um den heißen Brei geredet und das Gespräch endete ergebnislos. Tanja hat danach allerdings einige seiner Anfragen abgelehnt und einige Zeit war Ruhe. Ich weiß aber, dass er ihr vor einigen Wochen, können auch schon Monate sein, mal wieder per WhatsApp geschrieben hat. Sein Vorwand war eine Nachfrage zu einem ihrer Ausrüstungsgegenstände, ich glaube es ging um die Kameraausrüstung, er wollte da angeblich einen Tipp haben. Ein Treffen gab es nicht, aber sie haben dann mehrmals geschrieben. Ich war dann schon ein wenig angefressen, habe aber keinen großen Wind darum gemacht, weil Tanja das albern fand. Sie sagte immer, ich könne mir ihrer doch sicher sein. War ich ja eigentlich auch. Ich weiß noch, dass sie mir mal erzählt hat, dass er ihr vor ein paar Jahren, da war schon mal eine Beziehungspause, ziemlich nachgestellt hat. Das weiß ich aber auch nur aus ihrer Erzählung, sie hat das ziemlich verharmlost, kam dann ja auch wieder mit ihm zusammen. Wer

weiß, vielleicht ist der jetzt durchgedreht? Montag hatte Tanja in ihrem Status bei WhatsApp ein Foto von uns beiden am Kiessee."
„Haben Sie das Bild noch?", wollte ich wissen. „Ja, ich zeige es Ihnen."
Er wischte auf seinem Smartphone herum und zeigte uns das Foto. Es war sicher geeignet, jemanden eifersüchtig zu machen. Tanja hatte ihren Hinterkopf auf Svens nackte Schulter gelegt und den Arm unter seinem Kinn hindurch in seinen Nacken gelegt. Beide hatten nasse Haare und strahlten wie die Sommersonne im Hintergrund. Man erkannte hinter den beiden etwas Ufervegetation und den Rand des Sees. Ein Betrachter des Fotos mochte schon eine Idee bekommen, weshalb die beiden so strahlten. Mithin wäre es geradezu ideal gewesen, Eifersucht zu wecken.
Ich beschrieb das Bild kurz für das Protokoll und bat Herrn Schirtek, es nicht zu löschen. Die Schilderungen machten uns neugierig. Ich sah Andre an, der offenbar etwas fragen wollte. „Herr Schirtek, können Sie uns die Telefonnummer von Herrn von Davenstedt geben?" Er überlegte kurz. „Ja, warten Sie. Tanja hat ihre Kontakte auf ihrem Tablet gespeichert. Ich habe das hier, im Gästezimmer."
Er stand auf und ging es holen. Als er zurückkam, öffnete er die App und wir konnten zwei Nummern abfotografieren. Es gab eine

Festnetz- und eine Handynummer. Ich ergriff wieder das Wort. „Ich möchte noch einmal auf andere Bekanntschaften von Tanja zurückkommen. Was können Sie uns dazu sagen?“ Er legte die Stirn in Falten. „Nicht viel. Sie hat nur sehr wenige noch lebende Verwandte. Tanja war Einzelkind und ihre Eltern waren bei ihrer Geburt schon um die Vierzig. Ihre Eltern sind beide schon verstorben. Ihr Freundeskreis ist relativ überschaubar. Es gibt einige wenige Freundinnen von früher, mit denen sie sich alle paar Monate trifft und zu ihren Kollegen hat sie auch ein gutes Verhältnis. Sie arbeitet ja eigentlich für das zoologische Institut der Uni Hamburg, aber da fährt sie nicht oft hin, manchmal nur einmal im Monat. Das meiste läuft online über Home-Office. Ich weiß, dass sie noch eine gewisse Zeit nach der Trennung von dem Adligen Kontakt zu dessen jüngerer Schwester hatte, aber das hörte meines Wissens auch schon auf, bevor wir verheiratet waren. Sie hat sich hier mit Vanessa angefreundet. Ich bin schon seit der Kindheit mit Jörg befreundet und zum Glück haben unsere Frauen sich gut verstanden. Aber wenn wir was gemeinsam gemacht haben, waren wir eigentlich immer zu viert.

Ich weiß nicht, was ich noch sagen soll. Tanja hatte immer mal etwas Stress mit irgendwelchen Leuten. Mal mit einem Landwirt, wenn sie auf einer Grünlandfläche etwas zu tun hatte, manchmal eben auch mit einem Jäger. Aber da kam nie was nach. Ich glaube, der Vorfall vorgestern war einer der heftigsten."

Er verstummte. Ich kam mit dem Diktieren kaum nach, wollte ihn aber auch nicht unterbrechen und schaute Andre an. „Hast du noch was?“, wollte ich wissen, weil mir spontan keine Fragen mehr einfielen. „Nein, keine Fragen, nur eine Bitte an Herrn Schirtek. Wir müssten wissen, mit wem Ihre Frau im Internet, zum Beispiel in sozialen Netzwerken oder auch per E-Mail, Kontakt hatte. Können Sie uns entsprechende Zugriffsmöglichkeiten gewähren? Vielleicht Zugangsdaten und Passwörter? Das würde uns sehr weiterhelfen.“

Er nickte mehrfach leicht wippend mit dem Kopf. „Natürlich, die muss ich aber suchen. Tanja hatte immer im Schreibtisch ein Blatt mit allen möglichen Passwörtern. Sie hatte auf jeden Fall einen Account bei Facebook, aber ich glaube, sie hat ihn nur selten benutzt. Mehr wüsste ich jetzt nicht. Ob sie vom Job her noch irgendwo aktiv war, kann ich nicht sagen, ich hab sie da ja nicht kontrolliert.“

Ich nickte Andre zu und erhob mich. Andre reichte Herrn Schirtek die Hand und verabschiedete sich. Ich tat es ihm gleich, bat um eine kurze Rückmeldung, wenn er die

Daten gefunden hatte und bot ihm an, dieses Blatt auch scannen und per E-Mail schicken zu können. Das sagte er mir zu.
Kurz darauf saßen wir in einem äußerst warmen Auto und fuhren zurück. Wir machten einen kleinen Zwischenstopp und besorgten ein paar Flaschen Radler und alkoholfreies Weizenbier. Es ging auf 18 Uhr zu und als ich auf der Dienststelle anrief, war nur noch Tommi dort. Auf der Dienststelle setzten wir uns kurz zusammen und ließen den Tag Revue passieren. Die Informationen hatten sich ordentlich vermehrt und wir hatten bereits Daten von den Telefonnetzbetreibern bekommen, was außergewöhnlich schnell war. Wir beschlossen, Freiherr von Davenstedt die höchste Priorität zuzuschreiben und den Jäger Friedrich Groder als zweiten in den engeren Kreis der zu überprüfenden Personen aufzunehmen.
Für den ersten vollen Tag in der neuen Mordkommission waren wir mit den Ansätzen zufrieden. Die Kollegen hatten sich den Namen „Moko Kiessee" ausgedacht. Nicht sehr kreativ, aber passend, wie ich fand. Als wir unsere Kaltgetränke geleert hatten, machten wir Feierabend.
Ich schwang mich auf mein Fahrrad. Obwohl die Hinweislage nach einem Tag alles andere als schlecht war, wollte bei mir keine gute Stimmung aufkommen. Ich wusste nicht recht warum, aber offensichtlich hatte mich die

Trauer von Sven Schirtek ein wenig mitgenommen. In meinem Inneren war ich mir sicher, dass er nicht der Täter sein konnte. Ich trat in die Pedale und entschloss mich den kleinen Umweg durch die Wesermarsch zu nehmen, am Tatort vorbei. Wer konnte wissen, wem ich vielleicht begegnete?

Ich sog in tiefen Zügen die sich langsam abkühlende Luft ein und merkte, wie sich meine Gedanken vom Tag lösten. Ich begegnete nur einer älteren Dame und zwei Kindern mit Fahrrädern, von den Autos auf der Hauptstraße abgesehen. Als ich zu Hause ankam, war ich dann doch recht entspannt.

Es war nach 20 Uhr. Toby war schon ins Bett gegangen und Britta schaute wie üblich im Fernsehen „Gute Zeiten, schlechte Zeiten“. Sie hatte einen leckeren Salat gemacht. Davon füllte ich mir eine Tupperschale voll und setzte mich zu ihr. Die Soap war so spannend und geistreich wie immer, deshalb verschwand ich zunächst im Bad und ließ meinen Salat auf dem Wohnzimmertisch stehen. Als ich fertig war, lief bereits eine andere Serie auf einem Privatsender, die zeigte, wie herzlich und rhetorisch gestochen scharf, angeblich normale Arbeiterfamilien miteinander den Alltag verbrachten. Spontan verflog meine gute Laune und ich kam nicht umhin, ein paar böse Sprüche über das Fernsehen und den geistigen Anspruch zu klopfen. Damit hatte

ich es innerhalb von wenigen Minuten geschafft, schlechte Stimmung einkehren zu lassen, was eigentlich gar nicht mein Ziel gewesen war. Ich kann nicht sagen, was mich an diesen Fernsehsendungen so sehr stört. Ich denke, es liegt daran, dass ich aus dem Dienst weiß, dass die Leute aus dem Format tatsächlich genau so leben und miteinander umgehen, wie es dargestellt wird. Und mir reicht es schon im Dienst, mit diesen Idioten Umgang haben zu müssen.
Meine Frau konnte mir auch niemals erklären, was sie an diesen Fernsehsendungen reizt. „Du warst doch bis eben gar nicht da, ich hab einfach irgendwas angemacht. Wir können ja jetzt umschalten."
Das beruhigte mich allerdings nicht, ich musste mich dann fragen, warum sie bei den unzähligen Sendern des modernen Digitalfernsehens immer ausgerechnet bei solchen Sendungen hängenblieb. Ich hatte es noch nie erlebt, dass sie mal einfach so irgendetwas angeschaltet hatte und dann ARTE oder 3sat lief. Das musste wohl Zufall sein.
Tatsächlich hatte ich in früheren Beziehungen auch schon ähnliche Erfahrungen gemacht und stellte mir wieder einmal die Frage, was manche Menschen daran reizt, sich diese beknackten Leute anzusehen, die sich gegenseitig anpöbeln und ganz ohne Schamgefühl solch einen geringen geistigen

Horizont offenbaren. Kommt dabei Dankbarkeit auf, weil man selbst nicht so ist? Fühlt man sich besser, weiß man das eigene Leben mehr zu schätzen, wenn man sich Leute anschaut, die kaum mit der Realität des normalen HartzIV-Lebens in irgendeinem Ghetto klarkommen?

Ich weiß es bis heute nicht, wahrscheinlich werde ich nie dahinter kommen. In keiner Beziehung, in der ich den Fernsehkonsum dieser geistigen Umweltverschmutzung kritisiert habe, wurde mir dazu mal etwas wirklich substanziell Geistreiches erklärt. Meistens war es eben doch nur das Argument, dass man sich ausruhen und deshalb nichts allzu anspruchsvolles ansehen wollte. Mich konnte das jedenfalls rasend machen. Wenn ich dann zur Ruhe kam, fragte ich mich, ob ich mich völlig zu Unrecht aufregte. Dann keimte ein wenig die Erkenntnis, dass es mehr eine Art Enttäuschung war, die mich innerlich aufwühlte. Eine Enttäuschung, dass meine Partnerin für diese Sendungen empfänglich war und damit offensichtlich in dieser bestimmten Hinsicht völlig andere Interessen und Vorlieben hatte, als ich selbst.

Das wiederum hatte für mich eine tiefere Bedeutung, denn in meinem Inneren wünschte ich mir wenigstens für die wenige Zeit, die wir wirklich gemeinsam verbringen konnten, möglichst ähnlich gelagerte Interessen und

Ansichten. Insofern gelang es mir tatsächlich an diesem Abend, auf der Grundlage einer Uneinigkeit über das gewählte Fernsehprogramm, unsere Beziehung in Frage zu stellen.
Das wiederum führte dazu, dass ich mich nicht sofort wieder einkriegen konnte und deshalb das Wohnzimmer verließ und mich mit der Salatschüssel in die Küche setzte. Als ich alles verzehrt hatte, räumte ich die Sachen weg und begab mich wieder in unser Wohnzimmer. Britta lag mit grimmigem Gesicht auf dem Sofa, hatte den Fernseher ausgeschaltet und spielte auf ihrem iPad „HayDay“. Ich konnte nicht ruhig bleiben. „Na, reicht es für heute mit Verblödung?“ Sie warf mir einen sehr bösen Blick zu und zischte. „Ich hab es doch ausgemacht. Was ist denn jetzt noch?“ Ich atmete tief durch.
„Ich habe dir das schon tausendmal erklärt: Ich weiß nicht, was an diesen Vollidioten so toll ist, dass du dir das immer wieder reinziehen musst. Warum kannst du dich nicht mit irgendetwas anderem beschäftigen? Warum müssen es immer diese Assis sein? Das ist Assi-TV und es ist für genau solche Leute gemacht. Für Menschen, die man in der heutigen Zeit für nichts mehr gebrauchen kann, weil sie zu dumm und zu faul für jede ehrliche Arbeit sind. Aber egal. Wenn dir diese Leute so am Herzen liegen, bewirb dich

doch beim Sozialamt. Dann hast du jeden Tag mit denen zu tun und wir können abends friedlich im Wohnzimmer ein Programm auswählen, was ganz ohne diese ekelhaften Geschöpfe auskommt."
Ich grinste sie an, gab ihr einen Kuss auf die Stirn und legte mich neben sie, wobei ich sie absichtlich ein wenig zur Seite schob.
„Eyyyy", quietschte sie, allerdings schon in versöhnlicher Stimmlage.
„Hast du deine Schweine schon gefüttert?", lenkte ich spontan auf ihr Tablet-Spiel um.
„Ja und die Kühe habe ich auch schon gemolken und Korn gemäht. Jetzt brauche ich Fisch."
Die Ablenkung war mir gelungen. Zu meinem Glück konnte sich meine Frau genau so schnell wieder abregen, wie ich mich selbst. Ich schaute ihr ein wenig beim Angeln zu. „HayDay" ist ja irgendwie ganz niedlich, so ein bisschen einer Bauernhofidylle nachempfunden, die sich moderne Stadtbewohner wahrscheinlich in einem hübschen Biobetrieb mit breitem Produktionsspektrum vorstellten. Da wurde eben auch geangelt, weil man schließlich Fisch brauchte. Auf jeden Fall war es recht entspannend, da ein paar Minuten zuzuschauen.
Als ich genug zugesehen hatte, ging ich in die Küche und füllte mir eine ordentliche Portion Vanilleeis in eine Glasschale und ging damit wieder in meinen Sessel. Während

ich meine Zuckerrezeptoren befriedigte schaute ich mir Videos von verschiedenen Forstmaschinen an. Da ich selbst Wald und ein paar Gerätschaften habe, faszinieren mich die Maschinen immer wieder aufs Neue.
Manchmal dachte ich darüber nach, wie es wäre, jeden Tag auf dem Holzvollernter zu sitzen, irgendwo im tiefen Wald, ohne andere Menschen, die mir auf den Geist gingen. Ich konnte mich in diesen Gedanken verlieren, aber ob das auf Dauer wirklich erfüllend war? Jeden Tag das Gleiche tun. Die einzige Veränderung wären der Waldbestand und das Gelände. Wahrscheinlich würde auch das irgendwann eintönig.
Britta klappte den Deckel ihres Tablets zu und stand auf. „Wo gehst du hin?“, wollte ich wissen. „Ich möchte ins Bett, mir fallen die Augen zu.“ Ich sah auf die Uhr, es war kurz nach 22 Uhr. „Ja, ich glaube, es ist Zeit“, meinte ich und stand ebenfalls auf. Im Bett machte ich mein Hörbuch an, „Bobby Dollar, die dunklen Gassen des Himmels“ von Tad Williams. Britta schlief quasi sofort und ich hörte auch nur noch die ersten Minuten.
Am nächsten Morgen waren wir wie üblich pünktlich wach. Ich fühlte mich gut und wollte früh los. Britta hatte es nicht ganz so eilig, ihr stand der „Schlado“ bevor, der „scheiß lange Donnerstag“. Ich bezeichnete meinen Arbeitstag nicht so, obwohl ich nicht

davon ausging, vor 18 Uhr Feierabend zu haben.
Ich saß schon auf dem Rad bevor Tobys Wecker klingelte. Man merkte, dass noch Hochsommer herrschte. Selbst zu Hause, wir wohnten ziemlich abseits und mehr oder weniger am Waldrand, war das Thermometer nur knapp unter 20 Grad gefallen. Es war fast windstill, wie meistens frühmorgens an den heißen Sommertagen. Ich fuhr gemächlich, um nicht schon vor dem Dienst zu sehr ins Schwitzen zu kommen. Nach knapp 30 Minuten traf ich auf der Dienststelle ein, es war kurz vor 7 Uhr. Von den anderen war noch niemand da, auch von den Kollegen im K-Dienst nicht. Ich riss erst mal alle Fenster auf, um ein wenig Durchzug zu ermöglichen. Dann schnappte ich meine Klamotten und ging zur Dusche. Als ich wieder nach unten kam, blubberte unsere Kaffeemaschine, Angela war schon da.
„Guten Morgen“, sagte ich. „Konntest du auch nicht mehr schlafen?“ Sie grinste. „Guten Morgen! Doch, ich hätte noch schlafen können, aber mein Mann hat Frühschicht und ist schon um 4 Uhr aufgestanden. Eigentlich wollte ich noch früher anfangen, aber ich hab dann Wäsche gemacht. Was liegt denn heute an?“
Ich überlegte kurz. „Ich glaube, wir knöpfen uns gleich mit Tommi die Verkehrsdaten vor. Wir haben jetzt bestimmt die Rufnummern von dem Jäger und wir haben gestern auch noch

verschiedene Telefonnummern von Sven Schirtek zum Überprüfen mitgebracht. Tanja muss einen eifersüchtigen Ex gehabt haben, einen Adligen."
„Okay. Tommi wollte auch früh kommen, eigentlich wollten alle früh da sein, bestimmt kommen sie gleich." Ich schaute nach draußen. Wie auf Bestellung kamen drei Autos angefahren, Siggi und Jan zusammen, Tommi und Andre alleine. „Die haben sich wohl abgesprochen", sagte ich zu Angela. „Sind gerade alle auf den Hof gefahren. Ich gehe mal neue Becher und Milch holen."
Mit den Worten begab ich mich nach nebenan in die Küche. Die Spülmaschine war fast leer und so konnte ich unsere benutzten Becher hineinstellen. Siggis Spezialbecher von „Sheepworld", mit dem charmanten Aufdruck „Lächle, du kannst sie nicht alle töten!", wusch ich manuell ab. Fünf Minuten später saßen wir im Moko-Raum. Andre berichtete, was wir gestern von Sven Schirtek erfahren hatten und dass wir der Auffassung waren, dass er mit recht hoher Wahrscheinlichkeit als Täter ausfiel. Tommi hämmerte nebenbei schon auf die Tasten ein, er bereitete die erste Überprüfung der Handynummern vor. Jan erklärte, dass keine potentielle Tatwaffe gefunden worden war, wobei man davon ausging, dass es ein Holzknüppel, ein Gerätestiel oder eine Metallstange gewesen sein müsste.

Es war für heute geplant, die schmale Straße, die am Tatort entlang führte, in beide Richtungen mit Hunden abzusuchen. Außerdem war abgeklärt worden, dass in der Rechtsmedizin auch die weitere Untersuchung von Tanjas Kleidung auf fremde Haare, Fasern und DNA erfolgen sollte. Dadurch sollte jeder Zeitverzug vermieden werden. Ich fand das gut. Die Pressemeldung war gestern schon online freigegeben worden, sodass man mit etwas Glück schon heute etwas in den Printmedien lesen konnte. Siggi fügte noch hinzu, dass Dr. Gassmüller bereits gestern am späten Nachmittag mit der Lokalredaktion der Nienburger Zeitung telefoniert habe. Tommi meldete sich zu Wort.

„Paul, kannst du mir die Telefonnummern auf einen Zettel schreiben?“ „Sofort“, erklärte ich und klappte mein Klemmbrett auf. Ich schrieb die Handynummern von Sven und Freiherrn von Davenstedt auf. Dann setzte ich mich selbst an einen freien Rechner und loggte mich ein, um die Auskunft über die Handynummer des Jägers Friedrich Groder übergeben zu können. Die Auskunft war erteilt worden und es gab tatsächlich eine Handynummer. Ich schrieb sie ebenfalls auf und legte Tommi das Blatt hin. Er gab die Nummer in die Datei ein und startete die Suche. Wir sahen ihn gespannt an.

„Sooo", meinte er gedehnt, „das ist die Handynummer von Sven. Am Montag am späten Vormittag haben Tanja und er knapp drei Minuten telefoniert. Da ist er aber noch nicht in der Nähe. Erst eineinhalb Stunden später taucht er hier in der Funkzelle auf."
Er schaute mich an. „Das passt exakt zu dem, was er gesagt hat. Am Montag hat er Tanja mittags am See besucht", warf ich ein.
„Okay, am Dienstag taucht seine Nummer wieder auf. Mehrmals am Nachmittag, aber immer mit Abstand. Das sind seine Anrufversuche bei Tanja. Später ist sein Handy wieder hier in der Funkzelle. Das passt dann zu seinem Erscheinen am Tatort. Jetzt wissen wir allerdings nicht, wo er mittags war. Zumindest war sein Handy da nicht in der Funkzelle. Jetzt bin ich gespannt auf die Nummer vom Jäger."
Die Tasten klackten, offenbar baute Tommi etwas an der Datentabelle um. Das dauerte vielleicht zwei Minuten, in denen wir uns kurz über die Uhrzeiten von Sven Schirteks Anrufen unterhielten. Dann war Tommi soweit.
„Hier ist es. Er war die ganze Zeit in der Funkzelle und hat zweimal telefoniert, allerdings nicht mit Tanja. Gut, ist auch kein Wunder, er wohnt ja hier. Nun noch die Nummer von dem Adligen."
Er bearbeitete wieder die Tastatur. Dann stutzte er. „Der Typ war hier in der

Funkzelle. Am Dienstag um die Mittagszeit. Über eine Stunde lang."
Wir versammelten uns hinter seinem Stuhl. Ich sah es in der Tabelle. Freiherr von Davenstedt war über 60 Minuten im Sendebereich von dem Funkmast bei Landesbergen gewesen. Ausgerechnet am Dienstag, als die Tat passierte. Siggi war der erste, der etwas dazu sagte.
„Das ist sehr interessant. Natürlich kann es ein Zufall sein, vielleicht ist er nur durch den Sendebereich gefahren?", mutmaßte er.
Tommi schüttelte den Kopf. „Unwahrscheinlich. Dann wäre er nicht so lange eingeloggt. Selbst wenn der Mast weit reicht, spätestens nach zehn bis 15 Minuten müsste er wieder raus gewesen sein. Was wir hier nicht erkennen können, sind genauere Details über die Zelle, die muss das Auswerteprogramm hergeben. Das müssen die Spezialisten in Nienburg für uns auswerten. Wir müssen auch unbedingt in die Daten von Tanjas Telefon schauen, ob es da Kontakte zu ihm gab. Vielleicht auch über Internet."
„Ich rufe in Nienburg an", erbot sich Siggi. Das war eine gute Idee. Wenn Siggi sich dahinterklemmte, hatte das den meisten Nachdruck. Auf jeden Fall war das sehr spannend. Schließlich wohnte der Kerl in Bielefeld. Was er beruflich machte, hatten wir Sven Schirtek gar nicht gefragt. Ich

beschloss, ihn nachher einfach anzurufen und nachzufragen. Ich grübelte darüber nach. Was könnte den Typen hierher treiben, zufälligerweise genau zu der Zeit, als Tanja umgebracht wurde? Wir würden ihn letztlich einfach fragen müssen, wo er zur Tatzeit war und dann schauen, was er uns erzählte. Danach müssten wir weitersehen.
Tommi schloss die Datei wieder und wandte sich zu uns. Jan hatte ein Flipchart aufgestellt, um unsere nächsten Maßnahmen aufzuschreiben und alles einzuteilen. Er erzählte von der kurzen Observation bei Friedrich Groder am gestrigen Nachmittag. Der Mann wohnte auf einem Bauernhof, auf dem auch seine Frau, sein Sohn, seine Schwiegertochter und drei Kinder gemeldet waren. Auf dem Hof war Erntebetrieb gewesen. Mehrfach fuhren Trecker mit Wagen auf das Gelände und wieder herunter. Der Hyundai Geländewagen stand die gesamte Zeit unter einem Vordach. Einmal war ein älterer Mann von einem Trecker gestiegen, ins Haus gegangen und mit einer Wasserflasche wieder herausgekommen. Er soll ein mürrisches Gesicht gemacht haben, vermutlich war es eben jener Friedrich Groder. Etwas von Belang hatten Tommi und Jan jedenfalls nicht beobachten können.
Eines unserer Telefone klingelte, Angela nahm das Gespräch an. Sie sah auf das Display, bevor sie den Hörer abhob. „Oh, die Wache.

Siebenstein, guten Morgen. Ja? Das ist gut, ja, stell mal bitte durch. Siebenstein, Polizei Stolzenau, guten Tag. Was kann ich denn für Sie tun?! Sie stellte den Lautsprecher an, sodass wir mithören konnten. Es erklang die Stimme einer älteren Dame. „Ja, schönen guten Morgen, hier spricht Helma Schönfeld. Bin ich richtig bei der Mordkommission?" „Ja genau, die Mordkommission Kiessee, wie kann ich Ihnen weiterhelfen?"

„Mein Mann und ich haben eben die Zeitung gelesen. Ich glaube, Sie suchen nach uns. Wir waren am Montag mit dem Rad an der Weser unterwegs und da haben wir etwas beobachtet."

„Mögen Sie mir sagen, was Sie beobachtet haben?", Angela lächelte freundlich, obwohl die Dame sie gar nicht sehen konnte.

„Na, den Streit. Diesen Jäger, der die junge Frau da so heruntergeputzt hat. Das haben wir gesehen. Die war doch so nett und hat sich hinterher bei uns entschuldigt." Angela zückte einen Kugelschreiber und fing an zu notieren. Sie erfragte die Adresse und wann die Herrschaften zu Hause erreichbar wären. Sie erklärte, dass baldmöglichst, auf jeden Fall heute noch, jemand zwecks einer Vernehmung bei ihnen erscheinen würde. Dann bedankte sie sich und legte auf.

Das hatte also auch spontan geklappt. Irgendwie ging alles ziemlich reibungslos, jedenfalls erschien es mir so. Wir hatten sofort Verkehrsdaten zur Verfügung, ein potentiell Verdächtiger war mit seinem Handy ausgerechnet zur Tatzeit in der Funkzelle, zwei per Zeitung gesuchte Zeugen meldeten sich unmittelbar nach dem Erscheinen der Zeitung. Es lief wie am Schnürchen. Wo war der Haken?

Siggi erreichte die IT-Spezialisten in Nienburg, dort sagte man uns zu, dass wir bis mittags die Auswertung des Smartphones von Tanja zur Verfügung hätten. Außerdem wollten die Kollegen sofort die Funkzellendaten für uns aufbereiten. Ich sprach an, dass es gut zu laufen schien, wollte aber gleichzeitig die Kollegen sensibilisieren, offen zu bleiben.

„Das sieht auf den ersten Blick alles ganz gut aus, aber auf den zweiten Blick sehe ich das ehrlich gesagt schon wieder anders, vor allem, wenn ich auf die Motivlage gucke. Der Groder ist vielleicht ein Choleriker, aber es liegt kein Motiv auf der Hand. Die Seen, die nicht mehr ausgekiest werden, stehen sowieso schon unter Naturschutz, da ändert das Anschnauzen einer Ornithologin gar nichts. Außerdem ist Erntezeit, die Beleidigungssache ereignete sich am späten Nachmittag und ich gehe nicht davon aus, dass der Typ vorgestern Mittag direkt wieder nach Tanja gesucht hat. Wie gesagt, da fehlt doch das Motiv. Und der

Adlige? Selbst wenn er noch was von ihr will, warum sollte er sie totprügeln? Sven und Tanja Schirtek haben vor fast einem Jahr geheiratet. Er hätte ihr doch schon längst etwas tun können. Im Grunde doch schon, als sie etwas mit einem anderen angefangen hatte. Warum jetzt? Okay, dass sein Handy hier in der Funkzelle war, ist auffällig, aber seltsame Zufälle kennen wir ja zur Genüge, oder?"

Alle nickten. Andre pflichtete mir bei. „Jedenfalls sollten wir uns vielleicht nicht nur auf diese beiden Männer einschießen, sondern die Augen gut offenhalten. Wollen wir jetzt die Schönfelds vernehmen?" „Macht ihr das", meinte Siggi. „Hier gibt es noch ziemlich viel zu regeln. Ich glaube bis zum Mittag haben wir alle genug zu tun und dann dürfte es nahtlos weitergehen. Mit etwas Glück bekommen wir heute die Blutspürhunde, dann können wir mit ihnen die Straßenränder absuchen. Jan, hast du da schon eine Rückmeldung?"

Jan schaute auf den Bildschirm. „Ich muss mal eben in meine E-Mails gucken. Nein, ich habe keine von den Hundeführern bekommen, aber ich kann da gleich mal anrufen. Meistens ist dort jemand ab acht Uhr zu erreichen."

So hatten wirklich alle genug zu tun. Angela musste die Spuren- und Hinweisdatei für das neue Verfahren einrichten. Es musste alles

erfasst werden, was die Kriminaltechniker eingesammelt hatten. Außerdem würden sicher noch eine ganze Menge Dinge dazukommen, wenn Frau Dr. Gorssen ihre Spurensicherung an der Leiche beendet hatte. Je nachdem, was dann noch an der Kleidung und sonstigen Sachen gefunden wurde, konnte es schnell eine große Menge an Spuren geben.
Andre und ich schnappten uns den Autoschlüssel und wollten nach Nienburg starten. In dem Moment fiel mir ein, dass wir noch gar keinen Termin mit dem älteren Ehepaar vereinbart hatten. Außerdem wollte ich Sven Schirtek anrufen und nach dem Beruf von dem Adligen fragen. Wir verzogen uns also nochmal kurz in das Büro. Andre übernahm die Rücksprache mit den Schönfelds und ich rief Herrn Schirtek an.
Er nahm das Gespräch an und ich begrüßte ihn. „Hallo, Herr Schirtek. Ich habe gestern eine Kleinigkeit vergessen zu fragen. Ich erfasse routinemäßig bestimmte Daten zu Personen, die für die Ermittlungen von Relevanz sind. Ich würde gerne noch wissen, wie Herr von Davenstedt beruflich tätig ist. Wissen Sie das?“
Er räusperte sich. „Tanja hat mal erzählt, dass die Familie einen sehr großen landwirtschaftlichen Betrieb hätte, wohl als Firma aufgezogen. Gerhard ist der Geschäftsführer und auch öfter in ganz

Norddeutschland unterwegs. Was er da zu tun hat, weiß ich aber nicht genauer. Ist das denn wichtig?“
„Hmm, nein, ich denke nicht. Aber wenn wir ihn überprüfen und vernehmen ist es gut, vorher schon Informationen wie diese zu haben. Dann können wir besser erkennen, ob das, was gesagt wird, tatsächlich der Wahrheit entspricht. Für uns ist es immer von Bedeutung, wie offen jemand mit uns umgeht. Das war es auch schon. Vielen Dank, dass Sie sich die Zeit genommen haben. Auf Wiederhören.“
So war das Gespräch schnell beendet. Also war der Adlige Großlandwirt, wie viele andere Adlige auch. Auch bei uns im Landkreis gab es Adelsgeschlechter und da die Familien in der Regel größere Ländereien besaßen, hatte sich naturgemäß die Landwirtschaft dort gehalten. Im Gegensatz zu früheren Zeiten arbeiteten die Freiherren und Grafen allerdings heute meistens selbst auf ihren Feldern und in den Ställen.
Andre hatte Herrn Schönfeld erreicht und dieser hatte angegeben, dass er und seine Frau zu Hause seien. Sie wohnten am südlichen Stadtrand und würden uns erwarten. Eine halbe Stunde später trafen wir an dem kleinen Einfamilienhaus ein und wurden von Herrn Schönfeld hereingebeten. Er lotste uns in ein kleines Wohnzimmer. Ich fühlte mich spontan

wohl, es erinnerte mich an die kleinen Stuben, wie man sie früher hatte und die für die abendlichen Stunden im Alltag gedacht waren. Oft gab es dann noch die guten Stuben, in die man sich nur an Feiertagen setzte und die meistens in den kalten Monaten unbeheizt blieben. In der kleinen Stube saß Frau Schönfeld auf einem grauen Sofa mit hoher Sitzhöhe und einer hochgezogenen gepolsterten Lehne. Sie wies uns zwei gepolsterte Stühle zu und erkundigte sich, ob wir eine Tasse Kaffee trinken würden. Die nahmen wir gerne an. Wir hatten auf der Anfahrt abgesprochen, dass wir uns nicht zu hundert Prozent an die Formvorschriften halten und die Eheleute gemeinsam befragen würden. Ich hatte das in der Vergangenheit schon öfter so gehandhabt und damit gute Erfahrungen gemacht.

Wenn wir die Leute zu Hause aufsuchen, sind sie in der Regel deutlich gelassener und freier in dem, was sie zu sagen haben. Auf der Dienststelle können wir zwar die Vernehmung besser leiten und der Respekt ist größer, gerade ältere Menschen jedoch schüchtert die Atmosphäre häufig ein und es ist dann schwieriger, ein wirklich offenes Gespräch zu führen.

Letztlich hatten die beiden die Situation sowieso gemeinsam erlebt, bereits mehrfach darüber gesprochen und es ging auch nicht um die Tathandlung an sich, sondern nur um einen

anderen Sachverhalt, an dem ein möglicher tatverdächtiger Mann beteiligt war.
Andre begann die Vernehmung und diktierte frei auf sein Gerät. Ich wunderte mich, entweder hatte er noch heimlich geübt oder er hatte das Prinzip spontan verinnerlicht. Mir gefiel das, denn viele Kollegen taten sich selbst nach der soundsovielten Vernehmung immer noch sehr schwer.
Wie es oft bei älteren Herrschaften der Fall war, wollten die beiden gerne wissen, worum es denn ging und was wir schon wüssten. Das führte schnell zu einer Ernüchterung, denn wir erklärten so freundlich wie möglich, dass wir keine weiteren Informationen über den Fall nach außen geben würden. Letztlich waren sie aber trotzdem bereit, uns Auskunft zu erteilen. Die Informationen waren schließlich sehr übersichtlich. Beide hatten am Montag eine Radtour gemacht, waren am rechten Weserufer nach Stolzenau gefahren und wollten auf der linken Seite des Flusses wieder nach Nienburg zurückkehren. Am späten Nachmittag, es sollte gegen 16 Uhr gewesen sein, kamen sie an dem Kieswerk vorbei und trafen dort auf eine junge Frau und einen Mann mittleren Alters, die sich offenbar stritten. Der Mann war der Kleidung nach Jäger und es schien nicht so, als ob er die junge Frau kannte.
Viel hörten die beiden von dem Streit nicht, betonten aber, dass der Mann sich schon

deshalb unmöglich benommen hatte, weil er sein Auto so auf die Straße gestellt hatte, dass sie mit den Fahrrädern durch die Brennnesseln schieben mussten. Die junge Frau hatte sie kurze Zeit später noch mit dem Auto überholt und sich dann entschuldigt. Den Jäger hätten sie nicht mehr gesehen. Beide waren sich sicher, den Mann und sein Auto auf jeden Fall wiederzuerkennen.

Das war dann leider auch schon alles. So, wie die beiden es darstellten, hatte es kein übersteigertes Geschrei gegeben. Es war scheinbar lediglich zu einer verbalen Konfrontation gekommen, von der keiner der Beteiligten einfach zurücktreten wollte.

Als wir wieder zur Dienststelle zurückkamen, stand ein dunkelblauer Geländewagen von Hyundai vor der Dienststelle. In der Eingangsschleuse saß ein etwas betreten dreinblickender älterer Mann. Sollte das Friedrich Groder sein? Wir entboten den Tagesgruß und gingen erst einmal in die Dienststelle hinein. Ich fragte auf der Wache nach, was der Mann wollte. Die Kollegin dort erklärte mir, dass er Jäger sei und wohl wegen der getöteten Frau von uns gesucht wurde. Ich bedankte mich bei ihr und sagte ihr zu, dass wir uns seiner gleich annehmen würden. Andre war schon im Moko-Raum verschwunden, ich folgte ihm.

Tommi, Angela und Jan saßen auf ihren Plätzen. Ich musste grinsen. „In der Eingangsschleuse sitzt Friedrich Groder. Hattet ihr das schon mitbekommen?“, fragte ich. Jan schüttelte den Kopf. „Nee, uns hat noch keiner was gesagt. Wie kommt's?“
Ich zuckte mit den Schultern. „Keine Ahnung. Als wir eben reinkamen, saß er da. Macht ein ziemlich betretenes Gesicht. Bestimmt hat er die Zeitung gelesen und will jetzt ein Geständnis ablegen“, erklärte ich im Brustton der Überzeugung. „Ja, nee, ist klar“, meinte Tommi.
„Wollen wir uns den gleich mal vorknöpfen?“, hakte Andre ein. „Was die Radfahrer uns erzählt haben, gibt ja nicht viel her, jedenfalls begründet es keinen Tatverdacht.“
Tommi nickte. „Macht das. Wenn er nun sowieso schon da ist, wäre es auch blöd, ihn wieder wegzuschicken. Schaut doch einfach mal, was er sagt.“

Andre ging schon in unser Büro und ich holte Herrn Groder. Er stellte sich ziemlich kleinlaut vor. Ich bat ihn, mir erst ins Büro zu folgen, auf dass wir dort weiterreden konnten.
Im Büro belehrte ich ihn, bevor ich meine Fragen stellte. „Herr Groder, Sie haben uns ja gerade erklärt, dass Sie heute die Zeitung gelesen haben. Das las sich in Ihren Augen

vielleicht so, als hegten wir einen Tatverdacht gegen Sie, dem ist allerdings nicht so. Dennoch müssen wir Sie zumindest überprüfen und befragen. Mein Kollege Schneider und ich werden das gemeinsam tun. Sinnvoll wäre es, wenn Sie uns erst einmal erzählen, was am Montag vorgefallen ist."

Er holte tief Luft und atmete hörbar durch. Dann fing er an zu erzählen. „Ich bin Jäger und dort, wo die junge Frau ihren Beobachtungsstand hatte, bin ich Jagdaufseher. Wir haben in den vergangenen Jahren einige Probleme mit Vogelkundlern und Naturschützern. Jeder Kiessee wird sofort nach der Nutzung unter Schutz gestellt, damit dort alle Wasservögel brüten und sich fortpflanzen können. Ich weiß nicht, ob Sie wissen, dass wir als Landwirte erhebliche Probleme mit Graugänsen haben, die fressen uns ganze Felder kahl. Wir sind zur Zeit in der Getreideernte und haben wieder dank der Gänse auf einigen Flächen ernste Einbußen hinzunehmen. Am Montag fuhr ich zufällig an dem Auto vorbei, als die Frau wohl Feierabend machen wollte. Ich hatte dieses Auto schon mehrfach an derselben Stelle gesehen. Ich war einfach wütend und als ich sie dort sah, hielt ich an."

Er ließ den Kopf hängen. „Ich fuhr sie ziemlich an und sie gab gleich Kontra. Dann gab ein Wort das andere. Am Ende schrieb sie

mein Kennzeichen auf, das störte mich aber nicht weiter. Sie stieg dann in ihr Auto und ließ mich stehen. Am Dienstag um die Mittagszeit bin ich wieder da vorbeigefahren. Ich sah ihr Auto dort stehen, gab dann aber lieber Gas. Das ist alles. Stehe ich nun unter Verdacht?“
Er sah mit gerunzelter Stirn erst zu mir, dann zu Andre. Andre fand spontan eine Antwort. „Nein, Herr Groder, Sie stehen nicht unter Tatverdacht. Natürlich haben wir an Sie gedacht, was daran lag, dass uns der Ehemann der Verstorbenen von dem Vorfall berichtete und weil sie am Montagabend tatsächlich noch die Anzeige erstattet hatte, wegen Beleidigung, wie wir Ihnen ja vorhin erläutert hatten. Aber für einen Tatverdacht ist das viel zu wenig. Ich möchte aber an einer Stelle noch einmal einhaken. Sie sagten, Sie seien am Dienstag gegen Mittag wieder an dem Auto der Frau vorbeigefahren. Sind Ihnen dort Personen auf der Strecke begegnet? Autos, Fahrräder, Fußgänger?“
Herr Groder legte die Stirn zwischen Daumen und Mittelfinger und dachte nach. „Ich kann es Ihnen nicht sicher sagen. Ich glaube, mir ist ein Radfahrer begegnet, aber vielleicht auch mehrere. Auf jeden Fall musste ich einmal für ein entgegenkommendes Auto an die Seite fahren. Das kommt auf dem Weg ja

ständig vor, ich kann Ihnen aber nicht sagen, was für ein Wagen das war."
Ich nickte ihm verständnisvoll zu, auch wenn ich mir nicht sicher war, ob er die Wahrheit sagte. Erfahrungsgemäß bewährte es sich, den Leuten zunächst mit Verständnis entgegenzutreten, umso eher erhielt man später weitere Informationen. Ich war sogar der Ansicht, dass es leichter war, Leute später ihrer Lügen zu überführen, wenn man ihnen zuvor suggeriert hatte, dass man alles glaubt und auf ihrer Seite steht.
„Herr Groder, wir freuen uns, dass Sie von sich aus zu uns gekommen sind. Ich möchte Sie bitten, sich zu Hause noch einmal Zeit zu nehmen, um in völliger Ruhe über die Fahrt am Dienstagmittag nachzudenken. Bitte legen Sie Stift und Papier bereit und notieren Sie alles, was Ihnen dazu einfällt. In ein paar Tagen sprechen wir dann noch einmal. Für heute würde ich vorschlagen, beenden wir die Vernehmung. Hast du noch etwas?" Diese Frage war an Andre gerichtet. „Eine Bitte hätte ich an Sie. Sollten Sie wieder in dem Bereich unterwegs sein, notieren Sie bitte vor allem auswärtige Kennzeichen und melden Sie uns irgendwelche Auffälligkeiten."
Damit war der erste Kontakt mit Friedrich Groder beendet. Ich brachte ihn noch bis zur Tür und begab mich dann zu den anderen, Andre hatte sich ebenfalls gleich auf den Weg nach

unten gemacht. Ich schloss die Tür hinter mir. „Das war ein Satz mit x“, erklärte ich resigniert. „Ich glaube nicht, dass der was damit zu tun hat. Das wäre doch schon sehr seltsam, oder?“

Andre streckte sich auf seinem Stuhl aus und hob an zu sprechen. „Ich würde ihn auch ausschließen. Sicher, er ist vielleicht cholerisch, aber das kann ich sogar verstehen. Als alter Bauer sieht er sich gegenüber Naturschützern und vergleichbaren Leuten in einer Opferrolle. Da ist es sicher schon öfter vorgekommen, dass jemandem wie ihm mal der Ton entgleitet. Wäre die Tat unmittelbar nach dem Streit geschehen, würde ich das anders sehen, aber so? Wenn er der Täter wäre, wäre er doch nicht nur wegen des Zeitungsartikels direkt zu uns gekommen und das, was er zu dem Beleidigungssachverhalt sagt, stimmt ja.“

Ich war ganz Andres Meinung. Außerdem war es inzwischen Mittagszeit, was mich heute wieder zu Lidl treiben würde. Ich sprach das an.

Tommi grinste breit. „Wir hatten an Currywurst gedacht. Pottkieker?“ Der Pottkieker war eine Gaststätte in Landesbergen, ich wusste gar nicht, ob ich da schon einmal gegessen hatte, aber ich hatte schon einiges Gutes gehört. Ich war dabei. Die anderen wollten auch mit. Da Siggi schon weg war, passten wir zu fünft in unseren

Dienstkombi. Wir vermieden es, am Tatort entlangzufahren, das wollten wir uns für die Rückfahrt aufsparen. Beim Pottkieker konnten wir draußen sitzen. Die Speisekarte überforderte mich, mit so einer Auswahl hatte ich nicht gerechnet. Es gab neben vielem anderen eine Currywurstkarte im Tabellenformat. Man konnte ungefähr zehn Varianten der Currywurst in jeweils fünf oder sechs Portionsgrößen auswählen. Ich entschied mich für eine Western-Variante mit Bacon und Barbecue-Soße. Dazu ein gesundes, kühles, alkoholfreies Weizenbier.

Mal wieder bedauerte ich, dass wir nicht in Bayern waren, da hätte es ein richtiges Bier zum Mittag gegeben. Als wir eine Viertelstunde später unsere Currywurst-Variationen auf dem Tisch stehen hatten, waren wir alle spontan hochzufrieden. Nach dem guten Essen stand fest: Hierher würden wir auf jeden Fall wiederkommen.

Anschließend fuhren wir zum Tatort. Dort waren inzwischen alle Arbeiten erledigt, das Trassierband war entfernt. Wir erlaubten uns, ein paar Schritte über das Gelände zu gehen, wollten aber nicht zu lange dort herumlaufen. Keiner von uns hatte eine spontane Eingebung und die Sonne strahlte auch wieder mit voller Intensität auf den vor sich hin trocknenden Boden. Wir entschieden uns für die Rückkehr zur Dienststelle. Mit dem Auto waren wir in

wenigen Minuten dort. Wir setzten uns in unseren Moko-Raum und besprachen, was sich inzwischen ergeben hatte. Andre und ich hatten unsere Ergebnisse des Tages bereits präsentiert. Angela bemerkte, dass ein Anruf in Abwesenheit eingegangen war. Es war die Nummer von Frau Dr. Gorssen. Die ging allerdings nun ihrerseits nicht an den Apparat, vermutlich hatte sie ihre Mittagspause später begonnen. Sicher würde sie wieder anrufen. Nun war Jan an der Reihe zu berichten.
„Ich habe die Innereien aus Tanjas Smartphone von den IT-Leuten aus Nienburg bekommen, das läuft über ein Passwort, was ich hier aufgeschrieben habe“, deutete er auf einen Pappzettel an der Pinnwand. „Damit können wir auf den Server zugreifen, also zumindest auf eine Festplatte, in der wir jetzt einen Ordner für diese Moko haben. Ich habe die Fotos und die WhatsApp Chats grob durchgesehen. Ich weiß nicht, wie viele Fotos sie auf dem Telefon hat, ich glaube es sind über 2000. Außer Sven und unzähligen Vögeln habe ich noch nicht viel gesehen. Sie hat Chats mit Sven, Vanessa Polenski sowie ein paar Forscherkolleginnen und -kollegen, da gibt es auch eine Gruppe. Außerdem gibt es einen Chat mit einer Steffi und, man höre und staune, einen mit Gerhard von Davenstedt, bei ihr kurz Gerd. Der Chat ist allerdings sehr

lang, vielleicht hat sie den nie gelöscht, deshalb bin ich da auch noch nicht weit vorgedrungen. Ich habe mir nur genauer durchgelesen, was in den letzten Tagen geschrieben wurde. Sie hatten zwischendurch schon noch Smalltalk, sie hatte auch ein Foto von einem See mit vielen Vögeln verschickt, kann sein, dass das unser See ist. Er heuchelt ein bisschen Interesse daran und fragt nach, wo der See ist. Sie schreibt es ihm auch, allerdings schon letzte Woche. Von ihm kommt dann aber nur ein ‚Oh, schön, viel Erfolg‘. Kein Wort über Besuch oder dass er mal vorbeikommen will. In meinen Augen so typisch für einen Kerl, der sich immer mal wieder meldet, nur um nicht ganz in Vergessenheit zu geraten."
Das packte mich. Ich kannte so etwas auch von anderen Typen und ich hasste es. Soweit ich das von Freunden oder auch männlichen Kollegen wusste, verabscheuten alle Männer das. Als ordentliches Alpha-Männchen duldet man keine Nebenbuhler. Und Freundschaften zwischen Frauen und Männern gibt es schon mal gar nicht, auch wenn viele Frauen das denken. Das, liebe Leserinnen, ist aber eine der größten Lügen der Männerwelt! Wir Männer haben immer einen Hintergedanken dabei. Manchmal ist er vielleicht sehr, sehr tief in uns vergraben und wir können uns auch gut einreden, dass wir ganz ehrlich und mit

offenem Herzen mit einer Frau befreundet sind. In Wahrheit, würden wir im Fall der Fälle, und sei er noch so unwahrscheinlich oder unrealistisch, zugreifen.
Wären beide verwitwet oder in einer weit entfernten Galaxie gestrandet, würde am Ende doch was gehen. So ist das! Und würde es mir mit meinem besten Kumpel passieren, dass wir bis zum Nimmerleinstag zu zweit am Ende der Welt ausharren müssten, könnte sich alles mögliche zutragen und wir würden auch für ewig zusammenhalten, aber zu dem einen würde es selbst nach der Apokalypse nicht kommen.
Und das ist der Unterschied zwischen dem besten Freund eines Mannes und der besten Freundin. Wenn der Mann schwul ist, mag es etwas anderes sein, aber das kann ich nicht genauer beurteilen. Ich kann nur sagen, dass ich als Mann auch keine beste Freundin haben könnte, selbst wenn diese lesbisch wäre. Denn auch wenn sie mir zusichern würde, dass sie niemals, wirklich niemals nie, einen Mann an sich ran lassen würde, könnte mein primitives Männerhirn doch eine Änderung dieser Einstellung niemals für alle Molekularkonstellationen des Universums ausschließen.
Und genau das habe ich schon viele Male bei Bier und Met am Feuer mit anderen Männern in vollständiger Abwesenheit der Weiblichkeit

besprochen und jeder, ich betone jeder, hat es am Ende zugegeben.
Ich bitte das jetzt nicht misszuverstehen. Trotzdem bleibt uns ja die Möglichkeit, Höflichkeit und Anstand zu wahren und auch unserem Partner treu zu bleiben. Und es muss ja auch nicht heißen, dass wir unserem Partner nun allen Kontakt zum anderen Geschlecht verbieten wollen. Eigentlich wollte ich nur eins ganz deutlich klarstellen, solche Schleimer wie Gerhard Freiherr von Davenstedt wollen nicht nur beste Freunde sein.
Wohin sollte mich dieser Gedankengang nun führen? Vielleicht zu Sven. Es war nicht vollständig unmöglich, dass aus einer Eifersucht, gekoppelt mit einem ausgeprägten Mangel an Selbstwertgefühl, eine Aggression entstehen konnte. Diese richtete sich vermutlich eigentlich gegen den Rivalen. Doch konnte sie sich auch gegen den geliebten Partner richten, wenn der Rivale zu mächtig, unerreichbar oder nicht sicher auszumachen war. Auch eine vom Partner erwartete, aber nicht erfüllte Ablehnung des Rivalen, konnte die Wut gegen diesen selbst richten.
Wir mussten Sven auf jeden Fall auch aus einer solchen Perspektive betrachten. Ich sprach das offen an, ohne meine Gedanken preiszugeben, die mich zu dem Schluss geführt hatten. Wir beschlossen aus dem Grunde, dass

wir alle unabhängig voneinander die Chats von Tanja durchsehen wollten, auch wenn das einige Stunden in Anspruch nehmen würde.
Gerade als wir zurück in unser Büro gehen wollten, klingelte Angelas Telefon. „Es ist Frau Dr. Gorssen“, erklärte sie und griff nach dem Hörer. Sie begrüßte die Rechtsmedizinerin freundlich und teilte ihr mit, dass sie den Lautsprecher anstellen würde, weil wir bis auf Herrn Roland alle zugegen wären. Frau Dr. Gorssen grüßte uns und begann zu berichten.
„Über das Ergebnis der Obduktion wissen Sie ja schon Bescheid, deshalb komme ich gleich zu den übrigen Untersuchungen, die wir heute abschließen konnten. Wir haben vor allem ein Augenmerk auf die Kleidung gelegt und konnten auf dem T-Shirt Sekretanhaftungen sichern, aller Wahrscheinlichkeit nach handelt es sich um Speichel. Ich kann nicht sicher ausschließen, dass es vom Opfer selbst stammen könnte, vermute jedoch, dass es von einer anderen Person aufgebracht wurde. Es wäre beispielsweise möglich, dass eine dem Opfer gegenüber stehende Person geniest hat. Je nachdem, wann das T-Shirt zuvor gewaschen worden ist, muss die Spur keinen Tatbezug haben, es müsste also versucht werden, das zu klären. Selbstverständlich werden wir, sofern möglich, das DNA-Muster feststellen.

Weiterhin haben wir die Blutverkrustungen an den Wunden untersucht und konnten mit recht hoher Wahrscheinlichkeit feststellen, dass der erste Treffer die große Wunde auf dem Schädeldach verursacht haben dürfte, deren Sekundärblutungen auch hauptursächlich für den späteren Tod gewesen sein müsste. Der erste Schlag traf das Opfer somit von oben auf das Haupt. Was das nun für die Tatausführung bedeutet, werden Sie besser beurteilen können als ich. Wir haben die Fingernägel untersucht, das scheint aber ohne Befund zu bleiben. Abschließend haben wir den Abstrich um die Verletzung am linken Schienbein unter dem Lichtmikroskop betrachtet und sind uns sicher, dass sich darin Gummipartikel befinden, was Abrieb einer Schuhsohle sein könnte. Die Partikel werden wir noch absondern und genauer untersuchen. Das war es erst einmal von mir. Aktuell laufen die Sequenzierungen der Spermien und der Anhaftungen am T-Shirt. Bislang haben wir nur Proben von dem Ehemann, ich erinnere der Form halber an die Vergleichsproben, aber die sammeln Sie ja sicher von sich aus ein. Haben Sie noch Wünsche?“

Angela blickte uns fragend an, bekam aber nur Kopfschütteln als Antwort. Ich murmelte ein „Vielen Dank“. Angela dankte Frau Dr. Gorssen freundlich und verabschiedete sich. „Hui“,

staunte Jan, „die macht Tempo. So soll es sein."
Andre meldete sich zu Wort und sprach aus, was ich ebenfalls gedacht hatte. „Sie sagte, der erste Schlag ging oben auf das Schädeldach. Das deutet für mich eher auf einen hinterhältigen oder wenigstens unerwarteten Angriff hin. Wenn man sich streitet und eine Keilerei beginnt, dann ist ein Stockschlag gezielt oben auf den Kopf unwahrscheinlich."
„Das war auch mein Gedanke", pflichtete ich ihm bei. „Wenn du dich mit jemandem streitest und der will dir einen mit dem Knüppel überziehen, versuchst du dich doch auch als Ungeübter wegzuducken und der Schlag trifft dich vielleicht am Ohr oder sonst wo, aber bestimmt nicht mitten auf den Kopf. Ich bin auf den Bericht von Frau Dr. Gorssen gespannt. Vor allem auf die Skizze zu der Lage der Verletzung und den Abmessungen. Ich habe das zwar vor Ort gesehen, aber da lag sie ja schon am Boden und im Sarg konnte man da, zum Glück für den Ehemann, kaum etwas erkennen. Vielleicht kam der Angriff sogar, als sie sich gebückt hat?"
Das waren sehr interessante Informationen, die Frau Dr. Gorssen da überbracht hatte. Wir hatten uns wieder in unser Büro gesetzt und ich grübelte darüber nach. Offenbar hatte Tanja auch einen Tritt vor das Schienbein

bekommen, woher sonst sollte der Gummiabrieb an ihrem Schienbein stammen? Ich musste spontan an eine sogenannte Schock-Technik denken, die ich vom Kampfsport kannte: Ein Tritt, ein Schlag oder auch Schrei, um den Gegner kurz abzulenken, bevor man etwas anderes tat, was dann zum Sieg führen sollte. War der Schienbeintritt eine Schock-Technik zur Vorbereitung des Schlages auf den Kopf gewesen? Hatte Tanja sich womöglich nach dem Tritt nach vorn gebeugt und damit den Weg für den Treffer auf den Kopf freigegeben? Ich beschloss, mir dies als Hypothese aufzuschreiben. Andre starrte schon gebannt auf seinen Monitor und ich wollte es ihm gleichtun. Vielleicht verbargen sich in den Chats die nächsten wertvollen Puzzleteile.

12. Jenseits dieser Welt

Robert wachte auf und blickte an die Decke seines Wohnschlafraumes. Die Spinnweben hingen wie graue Tarnnetze unter der Decke, doch das störte ihn nicht, er nahm es gar nicht richtig wahr. Er hatte wieder von der Hexe geträumt, ihrem wütenden, durchdringenden Blick. Sie hatte in ihn hineingeschaut, sein Innerstes gesehen und nach ihm gegriffen. Er hatte Angst, dass sie zu ihm kommen würde, ihn finden und quälen würde. Robert vermisste seine Mutter. Sie hatte ihn immer beschützt, auf ihn achtgegeben und ihn getröstet, wenn er nachts wach wurde. Er dachte an sie und versuchte, sich an ihr Gesicht zu erinnern. Es gelang ihm nicht. Stattdessen sah er das Gesicht der Hexe. Er sprang auf und begann spontan eine rege Diskussion.

„Wir müssen die Strecke nach Stolzenau kontrollieren. Ja! Nach Stolzenau. Den ganzen Weg. Es gab eine Verschiebung. Wahrscheinlich eine Umlenkung. Wir fahren die Strecke heute ab. Ja! Die Messwerkzeuge sind neu. Warum sollten wir es nicht tun? Nein, da ist keine Umleitung, da ist auch keine Sperrung. Was? Nein!“ So fiel er in eins seiner üblichen Selbstgespräche. Diese Auseinandersetzungen in seinem Kopf lenkten ihn von seinen Ängsten ab.

Er stolperte in seine Latrine, um Wasser zu trinken. Danach zog er ein T-Shirt aus einer Ecke. Seinen Kapuzenpullover zog er aus und warf ihn auf den Boden. Er hatte noch Durst, also trank er noch mehr aus seinem einzigen funktionierenden Wasserhahn. Nachdem er sich auf sein Schlafsofa gesetzt hatte, versuchte er nachzudenken. Er konnte nicht klar denken, dazu hatte sich in seinem Geist zu viel verändert, doch dessen war er sich selbst nicht bewusst.

Robert glaubte an die Dinge die er sah und an die Stimmen, die er hörte. Für ihn war das alles Wirklichkeit. Er hörte ein Scharren an der Tür, dann nochmal. Schnell legte er sich ganz leise wieder hin und versuchte, durch das verdreckte Fenster etwas zu erkennen. Das Scharren hatte aufgehört, dafür hörte er jetzt ein Ächzen und Keuchen. Es wurde lauter, wurde ein Jammern. Ein Jammern vor Schmerz, ein Wimmern, es hörte nicht auf, wurde lauter und lauter, wurde zum markerschütternden Schrei. Es war die Frau aus der Nachbarschaft. Sie litt entsetzliche Schmerzen und er musste ihre Schreie hören. Es war entsetzlich. Er sprang auf und trat gegen die Wand, einmal und noch einmal, rannte zur Tür, riss sie auf und grölte: „Hau ab, hau ab, aaaaahhhh!"
Dann schwieg er. Es war vorüber, kein Laut ertönte mehr. Er atmete schwer, schnaufte und rollte mit den Augen. Hektisch sah er sich um. Wo war das Rad? Er rannte vor dem Haus hin und her, schaute in das Gestrüpp hinter dem Haus, rannte wieder zur Tür hinein und fiel fast über das Fahrrad. Mit beiden Händen griff er die Lenkerenden, hielt sie fest, aus Leibeskräften, bis seine Unterarme krampften. „Die Strecke", sagte er zu sich, „vermessen, vermessen, vermessen."
Er beruhigte sich. Draußen wurde es heller, sein Blick konnte die Dinge nun erfassen, was

seinen Geist wieder zu seiner Tagesmission zurückfinden ließ. Er schob das Fahrrad nach draußen, kramte seine Plastiktüte hervor und steckte die drei leeren Dosen hinein. Dann machte er sich auf den Weg, diesmal in Richtung Stolzenau.

Unterwegs fand er einige Glasflaschen. Auch die nahm er mit, obwohl er wusste, dass er dafür weniger bekam, als für die leichten Plastikflaschen oder für Dosen. Er kam an die Straße, die nach Stolzenau führte, dort bog er links ab. Kurz nacheinander kamen ihm zwei Autos entgegen, er glotzte in den Wald zu seiner Rechten. Von Autos wandte er immer den Blick ab, warum, wusste er nicht. Plötzlich knackte und klapperte es von links, etwas sprang auf ihn zu. Er schrie auf, geriet ins Straucheln und stürzte rechts in den Seitenraum. Sein Kopf schrammte an etwas Hartem entlang, es war ein stärkerer Zweig eines Straßenbaumes, der abgebrochen und in dem flach angedeuteten Graben liegengeblieben war. Er brüllte nochmals auf. Das verblüffte Reh, das soeben die Straße überquert hatte, beschleunigte seine Sprünge und machte sich schnellstens davon.

Robert stand schwerfällig auf. An der rechten Stirnseite hatte er eine kleine Schürfwunde. Er betastete die Stelle mit seinen schmutzigen Fingern und als er sah, dass er nicht blutete, beruhigte er sich. Sein

Fahrrad hob er auf, auch diesem war nichts passiert. Er stieg nicht direkt wieder auf, sondern schob eine Weile. Ein Radfahrer kam aus einer Einmündung, überholte ihn und grüßte. Er erwiderte nichts, sondern vertiefte sich in ein Selbstgespräch und gestikulierte, indem er mit der freien linken Hand ausholende Gesten machte.
Bis zu Edeka in Stolzenau fand er insgesamt sieben Einwegflaschen und -dosen, was ihn fröhlicher stimmte. Wäre er geistig dazu noch in der Lage gewesen, hätte er es wohl als gerechten Ausgleich für den Schrecken am Morgen betrachtet. So hatte er zumindest wieder genug Pfandgut für ein paar Brötchen und zwei Dosen Bier.
Vom Geschäft aus durchquerte er Stolzenau und machte wieder mehrfach Beute. Zwar waren einige 1,5-Liter-Flaschen dabei, doch das störte ihn definitiv nicht. Er schob sein Fahrrad durch einige Nebenstraßen in Richtung Weser. Hinter dem Friseur bog er ab und folgte dem Radwanderweg. Er setzte sich wieder auf sein Rad. Etwas in ihm offenbarte seinem Verstand, dass er nachschauen wollte, ob die Hexe noch dort war. Tagsüber hatte er weniger Furcht und er musste wissen, ob sie ihm wieder auflauern würde. Zu dieser Tageszeit und mit seinem Fahrrad würde sie ihn nicht verfolgen können. Außerdem musste

er die Strecke am Fluss nehmen, denn die musste er neu vermessen.
Auf einer Bank in der Nähe des Klosters Schinna gönnte er sich eine Pause. Er öffnete seine erste Bierdose und trank mit gierigen Zügen. Er setzte die Dose ab, so als ob er meinte, sich zügeln zu müssen. Etwas in ihm wollte ihn zögern lassen, hatte Angst, die Hexe könnte ihm auflauern. Doch eine andere Seite, die er nicht mehr in seinem Hirn definieren konnte, war sich darüber im Klaren, dass ihm nichts geschehen konnte. Also trank er die Dose leer, verstaute sie sorgfältig in der Tüte und setzte sich wieder auf das Rad.
Auf den Wiesen um das Kloster blökten Schafe und der Wind wehte den Duft von Heu auf, das frisch gewendet direkt neben dem Radweg lag. Von der Weser und den Kiesseen konnte er die Rufe der Grau- und Nilgänse vernehmen. Für einige Minuten wurde er ein Teil der Natur, verschmolz mit der warmen Luft des Sommervormittags.
Er radelte langsam die Panzerstraße hinunter. Als er sich dem Kieswerk näherte, hinter dem die Weser lag, hörte er das leise Quietschen der Rollen der Förderbänder, die unablässig den gebaggerten Kies bis zum Werk am Fluss transportierten. Vor dem Kieswerk bog er links ab und folgte der schmalen Straße. Dass er sich auf dem Weserradweg befand, war ihm

nicht wirklich bewusst, mit solchen Dingen hatte er sich noch nie beschäftigt. Ihm begegneten einige Radwanderer, die mit Gepäck unterwegs waren. Er spürte ihre Blicke, doch er richtete seine Augen von ihnen ab, Richtung Weser.

Robert näherte sich der Stelle, an der er die Hexe gesehen hatte. Hektisch suchte er die Umgebung mit seinen Blicken ab. Er sah den Kiessee, doch dort war niemand. Als er die nächste Hauptstraße erreichte, war er erleichtert. Vielleicht hatte sie sich wieder ganz von hier verzogen. Er hielt an der Schutzhütte an und hatte wieder Glück. Radwanderer hatten, sicher auch aus Bequemlichkeit, ihre leeren Pfandflaschen neben den Müllkorb gestellt. Nun musste er das Nest nur noch ausräumen. Mit einem triumphierenden Gesichtsausdruck schlug er den Heimweg Richtung Wellie ein. Er hatte die Strecke ab Stolzenau genau geprüft und würde dies auch mit dem nächsten Teilstück machen. Und die Hexe war fort. Er konnte zufrieden sein.

13. Was ist mit dem Bau?

Die Western-Currywurst zeigte Nachwirkungen. Eine wohlige Schläfrigkeit überkam mich, als ich im Büro saß und weiter in Tanjas

WhatsApp-Chats schaute. Ich versuchte, die Trägheit durch Reden zu überwinden und wandte mich an Andre.
„Sag mal, aus den Verkehrsdaten ging doch hervor, dass der Adelige am Tattag gegen Mittag im Bereich Schinna gewesen sein soll, oder?“ Andre schaute über seinen Monitor hinweg zu mir. „Er soll in der Funkzelle gewesen sein, wo genau, konnte Tommi nicht sagen. Hier auf dem platten Land sind die Funkzellen manchmal ziemlich groß. Auf der anderen Seite der Weser ist die Bundesstraße. Vielleicht ist er nur zufällig hier durchgekommen. Obwohl er über eine Stunde in der Zelle gewesen sein soll. Aber wenn er geplant hätte, Tanja zu sehen, hätte er sie dann nicht gefragt, ob sie Zeit hat? Typisch wäre doch dann ein vorgeschobener Grund gewesen, nach dem Motto, ‚Oh, ich komme rein zufällig in diese Gegend und hätte noch Zeit‘. Der Kerl würde doch nicht losfahren und sie so gezielt umbringen. Und es sieht definitiv nach einem geplanten Angriff aus. Ob das Ziel die Tötung war, würde ich nicht beschwören, aber bestimmt wurde gezielt zugeschlagen.“
Ich pflichtete ihm bei. Anders konnte ich mir das auch nicht erklären. Mir gefiel meine Idee mit der „Schock-Technik“, aber die wollte ich noch für mich behalten und weiter überdenken. Manche Ideen von mir waren

vielleicht auch mehr Spinnerei und mussten nochmals gründlich beleuchtet werden.
Mein Telefon klingelte. Es war Angela, die Andre und mich nach unten bestellte. Siggi war wieder da und hatte Anweisungen von Dr. Gassmüller, unserem Staatsanwalt, erhalten. Also gingen wir wieder nach unten. Dort saßen die anderen schon im Kreis. Ich holte mir noch schnell eine kalte Cola light aus dem Flaschenautomaten. Auf warmen Kaffee hatte ich jetzt überhaupt keine Lust.
Siggi schien gut gestellt, was ich als positives Vorzeichen deutete. Wir schauten ihn erwartungsvoll an und er fing an zu berichten. „Dr. Gassmüller ist auf dem neuesten Stand. Zunächst die vielleicht beste Nachricht: Wir müssen keine Telefone überwachen. Dann wird es allerdings komplizierter. Dass Herr Groder sich gemeldet hat, bewertet er als Entlastung. Damit ist er zwar nicht hundertprozentig raus, aber weitestgehend. An Sven glaubt Dr. Gassmüller ebenso wenig, dafür umso mehr an Gerhard von Davenstedt. Er möchte dort jetzt die Priorität setzen, aber es soll defensiv vorgegangen werden. Er fürchtet, dass der sich zu schnell einen Konfliktverteidiger als Vertreter nehmen wird, auch wenn er nur als Zeuge genauer unter die Lupe genommen werden soll. Deshalb soll er möglichst bald

vernommen, aber dabei mit Samthandschuhen angefasst werden."

Siggi lachte und berichtete weiter: „Deswegen will Dr. Gassmüller das auch nicht selbst machen, da kommt wohl ein bisschen Einsicht durch. Wir werden Herrn von Davenstedt also zeitnah aufsuchen und entsprechend vernehmen. Außerdem sollen wir mehr über die Persönlichkeit von Tanja erfahren. Dazu soll die Steffi vernommen werden, mit der sie ziemlich viel WhatsApp Kontakt hatte. Die wohnt in Herford, deshalb würde ich vorschlagen, das verbinden wir gleich mit dem Weg zu dem Adligen, der ja in Bielefeld lebt." Er schaute mich an. Ich nahm den Ball an.

„Wir könnten gleich morgen früh starten. Haben wir denn aus den Kontakten im Handy die Adressen? Müssen wir noch recherchieren, wo sie arbeiten?"

Tommi, der schon während des Vortrags von Siggi wieder an seinen Bildschirm zurückgekehrt war, hämmerte auf die Tastatur ein. Dann schaute er mich an. „Der von Davenstedt ist Geschäftsführer des landwirtschaftlichen Betriebs, der dürfte auf dem Gut anzutreffen sein. Steffi ist Physiotherapeutin. Ich habe gerade mal in den Chat gesehen, sie fängt meistens erst spät am Vormittag an zu arbeiten. Wenn ihr früh genug

losfahrt, erwischt ihr sie wahrscheinlich zu Hause."
„Dann machen wir das so, oder?",wandte mich an Andre. Der nickte. „Kein Problem. Wann wollen wir los?" Ich überlegte kurz. Bis nach Herford fuhren wir etwa eine Stunde, zu früh dort zu sein war unsinnig. „Ich würde sagen, wir starten um 6.30 Uhr. Dann wären wir gegen halb 8 bei ihr, da wird sie wohl wach sein. Je nachdem, wann sie zur Arbeit muss, können wir schon mit ihr sprechen und dann gegebenenfalls einen Termin später am Tag abmachen. Anschließend könnten wir zum Gutshof der von Davenstedts fahren und direkt mit Gerhard sprechen. Vielleicht könnte ich dann heute pünktlich abhauen? Ich müsste unbedingt mal zur Baustelle schauen."
Dagegen hatte niemand Einwände. Unser morgiger Tag war also verplant. Ich ging davon aus, dass der Tag lang werden würde und deswegen wollte ich jetzt noch dringend bei meiner Baustelle vorbeischauen. Wir hatten ja die Schornsteine abgerissen und die Löcher im Dach provisorisch abgedeckt. Wie lange die Konstrukte aus angetackerter Baufolie und ein paar Brettern halten würden, wusste ich nicht. Etwas Regen sollte wohl ablaufen, aber ab und zu eine Kontrolle konnte nicht schaden.
Daher machte ich mich recht zeitnah auf den Weg zu unserem zukünftigen Heim. Wirklich

etwas arbeiten wollte ich heute nicht, aber zumindest einmal alles anschauen und nach dem Rechten sehen. Eine halbe Stunde später traf ich mit dem Fahrrad ein. Allzu einladend sah es derzeit nicht aus. Überall war es dreckig und staubig, die Räume waren bis auf Werkzeuge, Eimer, Maurerkübel und Bretter leer. Es war ein altes Haus. Das tatsächliche Alter des ursprünglichen Gebäudes kannte niemand. Es musste früher als Ständerhaus konstruiert gewesen sein. Oben auf dem Dachboden lagen noch die alten Querbalken aus Eichenholz, steinhart und massiv. Die Einkerbungen ließen ungefähr erahnen, wie das Gebäude in der Urform mal ausgesehen haben könnte. Da alles irgendwann mal umgebaut, mit gemauerten Wänden versehen und ein anderer Dachstuhl aufgebaut worden war, hatten die alten Balken ihre Funktion verloren. Der Dachstuhl allerdings taugte nichts mehr, deshalb hatten wir beschlossen, das gesamte Obergeschoss neu zu bauen. Und vor dem Neubau stand nun einmal der Abbruch. Wir wollten also alles so vorbereiten, dass der endgültige Abriss des Daches und Dachstuhls unmittelbar vor dem Aufbau des neuen erfolgen konnte.

Ich stieg über die alte Holzleiter nach oben und schaute mich um. Unsere Schornsteinlöcher hatten sich tatsächlich nicht verändert, die Folie schien zu halten und ich war beruhigt.

Ich schrieb Britta per WhatsApp, dass ich gerade ‚im Haus' wäre und alles in Ordnung sei. Ich wollte mich nicht lange aufhalten, aber zumindest einmal kurz bei den Nachbarn vorbeischauen. Die Nachbarn waren zugleich meine Schwiegereltern und Kim, mein jüngerer Schwager, wohnte auch dort. Ich schloss das Haus wieder ab und schob das Rad hinüber. Ich traf direkt auf Kim und Heinz, meinen Schwiegervater. Die beiden hobelten Bretter. Als sie mich sahen, schalteten sie die Hobelmaschine aus.

„Na, wolltest du drüben noch was machen?“, wollte Heinz wissen. „Nein“, entgegnete ich, „ich wollte nur kurz gucken, ob die Folie in den Schornsteinlöchern hält und euch Hallo sagen. Ich schätze, in den nächsten Tagen bis Wochen wird nicht viel passieren. Wir haben eine neue Mordkommission, wegen der Toten am Kiessee in Schinna.“

„Ja, das stand in der Zeitung. Seid ihr denn da schon weiter?“, fragte Heinz . „Mann, Papa, das darf er doch nicht sagen“, erinnerte ihn Kim . Ich musste lachen. „Nein, ich glaube ich verrate kein Geheimnis, wenn ich euch sage, dass wir noch keine richtig heiße Spur haben. Aber das ist eigentlich normal, sonst wäre der Fall ja jetzt schon geklärt. Aber erzählen darf ich natürlich wirklich nichts, das könnte sonst großen Ärger geben.“

„Nee, das wollen wir ja nicht“, sagte mein Schwiegervater. AAber was anderes, hast du schon mit dem Zimmermann gesprochen, wann das Holz für den Dachstuhl kommt?“ Das hatte ich tatsächlich und es fast vergessen zu erwähnen. „Ja, gut, dass du das ansprichst. Das soll in den nächsten Tagen kommen. Es wird wohl mit dem Holzlaster gebracht und der müsste es dann auf dem Rasen abladen. Kann ich dich da als Überwacher einspannen, falls es tagsüber gebracht wird und ich nicht kommen kann?“
Er grinste und nickte. „Da mach dir mal keine Sorgen, das kriegen wir schon hin.“ Wir fachsimpelten noch ein paar Minuten über den anstehenden Dachstuhlbau, dann setzte ich mich auf mein Rad und schlug den Heimweg ein. Da es erst später Nachmittag war, machte ich einen kleinen Umweg, um etwas mehr Trainingseffekt zu erzielen. Als ich eine Stunde später zu Hause ankam, war meine Wasserflasche leer und ich hatte weiße Streifen auf dem T-Shirt. Ich war statt der eigentlichen 13,5 Kilometer fast das doppelte gefahren. Es hatte mir richtig Spaß gemacht, sogar der Wind kam auch aus der richtigen Richtung. Es war kurz vor 18 Uhr, ich konnte also in Kürze mit meiner Ehefrau rechnen. Ich stellte mein Fahrrad in den Schuppen und brachte meine Tasche ins Haus.

Drinnen bekam ich fast einen Kälteschock. Unser kleines Haus war rundherum von hohen Bäumen umgeben, sodass es sich auch im Hochsommer nur sehr langsam aufheizte. Ich schaute auf die Wetterstation an der Wand. Sie zeigte für draußen fast 29 Grad und drinnen 22 Grad. Ich beschloss, noch einmal nach draußen zu gehen und einige Sätze Liegestützen zu absolvieren. Als ich sechs Sätze hinter mir hatte, traf meine Frau ein. Sie parkte das Auto unter dem Scheunenvordach, stieg aus und sah mich erstaunt an.

„Was ist denn mit dir? Schämst du dich oder warum bist du so rot?“, fragte sie. „Ich habe Sport gemacht“, erläuterte ich. „Sport ist Mord. Da wir in einem Mordfall arbeiten, erhoffe ich mir daraus tiefere Einblicke in das Tatgeschehen. Vielleicht geht mir ein Licht auf und ich habe eine Erleuchtung.“ Sie grinste und schüttelte den Kopf. „So rot wie du bist, scheint das ja zu klappen mit der Erleuchtung. Hör mal lieber auf.“

Das hatte ich sowieso vorgehabt. Ich folgte ihr also nach drinnen und fragte, ob sie Essensvorschläge vortragen wollte. Ich gestand, dass wir beim Pottkieker gewesen waren. „Ooohh, habt ihr es euch gutgehen lassen? Das ist doch schön. Ich habe auch keinen großen Hunger, bei uns gab es wieder Kuchen. Was ist denn mit deinem Sohn?“

„Keine Ahnung, ist Toby überhaupt da? Bei dem Wetter ist er bestimmt im Freibad." Ich ging davon aus, dass Toby auch keinen gesteigerten Bedarf an warmer Nahrung hatte. Grundsätzlich war es ihm sowieso weitestgehend egal, was es zu essen gab. Hauptsache es war kein Fleisch oder allzu gesundes Essen. Die Ausnahme davon war Tomaten-Mozzarella-Salat, wobei es dabei vorzugsweise wesentlich mehr Mozzarella als Tomate sein durfte.

Ein paar Minuten später war Toby da. Er war nicht im Freibad, sondern mit zwei Kumpels an der Aue, einem kleinen Fluss in der Nähe, gewesen. Ich beschloss, dass ich zuerst duschen würde, um danach den Tisch zu decken. Inzwischen hatte ich offenbar alles von der mittäglichen Völlerei verdaut und mithilfe des Radfahrens und der Liegestütze wenigstens zum Teil energetisch verwertet. Toby wollte auch gerne noch vor dem Abendbrot duschen, Britta danach in Ruhe. So saßen wir 20 Minuten später bei zünftiger Brotzeit am Tisch. Ich hatte mir eine Dose Hering in Tomatensoße geöffnet. Nachdem ich Brittas Blicke bemerkt hatte, nahm ich gleich eine zweite dazu. Ich weiß nicht, warum es so ist, ich liebe Hering in Tomatensoße schon seit meiner Kindheit. Am liebsten gut durchgeknetet und dann mit frischem Schwarz- oder Graubrot. Heute hatten wir beides im Angebot. Toby wollte von dem Fisch nichts wissen. Meine Erklärung, dass die Omega-3-Fettsäuren des Fisches sehr gesund für sein Gehirn seien, gerade für sein von Aussetzern geplagtes Pubertierendenhirn, ließ ihn unbeeindruckt. Im Grunde war es mir und meiner Gier nur recht. Einer weniger, mit dem ich teilen musste.

Nach dem Abendbrot verschwand Britta im Bad. Sie hatte ein Zeitfenster von 15 Minuten, bis GZSZ anfing. Ich versuchte, Toby in ein Gespräch zu verwickeln. „Wie war es heute in der Schule?“ „Ganz okay.“ „Was läuft mit Mädels?“ „Nix.“ „Seid ihr in der Aue auch geschwommen?“ „Nicht wirklich. Wir haben nur mal die Füße reingehalten.“

Bingo, dachte ich, Volltreffer. Mir war es gelungen, ihn ohne Drohung zu einem ganzen Satz zu bewegen. Ob ich es noch einmal schaffte? „Und was hast du morgen vor?“ Morgen war Freitag, demzufolge Wochenende und da stand bestimmt irgendetwas an. „Weiß nicht.“ Okay, dann war das eben wohl ein Ausrutscher gewesen. Ich wollte ihn ja auch nicht quälen und versuchte, ihn zu beschwichtigen. „Ich höre schon auf mit der Fragerei, wir sind ja in keiner Vernehmung. Ich weiß nicht, wie lange ich morgen arbeiten muss, deshalb ich wollte wissen, ob du abends wegbleiben willst.“ „Ich wollte vielleicht zu Lukas, wäre es okay, wenn ich bei ihm übernachte?“ „Kein Problem, ich habe nichts

dagegen. Ich gehe mal davon aus, dass es für Lukas' Eltern auch in Ordnung ist. Ist irgendwo Party?“ Er lehnte sich gegen die Küchenarbeitsplatte. „Nee, also nicht, dass ich wüsste. Wir wollen uns mit ein paar Leuten bei ihm treffen und grillen.“ „Sollst du was mitbringen?“ „Naja, wir wollen vorher zusammen einkaufen.“
Ich kramte mein Portmonee heraus und drückte ihm einen Fünfer in die Hand , bevor ich nach kurzem Überlegen noch einen dazu packte. „Dankeschön.“ „Passt schon. Aber tu mir einen Gefallen, sauf nicht so viel von diesem Energy-Zeug. Dann trink lieber Bier, das ist mit Sicherheit gesünder.“ Er grinste. „Okay.“ Dann verließ er mich in Richtung seines Zimmers und ich begab mich in meinen Sessel.
Ich war müde und hatte keine Lust zum Fernsehen. Ich öffnete das Sudoku auf meinem iPad wo ich schon eins angefangen hatte, Level „hard“. Es war schon über 13 Minuten gelaufen und noch nicht mal halb ausgefüllt. Nachdem ich weitere drei Minuten darauf gestarrt hatte, kamen meine grauen Zellen doch noch in Gang und innerhalb der nächsten elf Minuten hatte ich es gelöst.
Ich fing direkt ein neues an, diesmal eine Stufe schwerer, Level „evil“. Darin lief es meistens ähnlich ab: Ich konnte zügig etwa ein Viertel oder die Hälfte ausfüllen und kam dann nicht mehr weiter. So war es auch

heute. Während Britta gebannt GZSZ verfolgte und bei der Werbung ihr Smartphone überprüfte, scheiterte ich am Sudoku. Als mich eine Müdigkeit überkam, verabschiedete ich mich ins Bett.
„Ich komme gleich nach“, meinte Britta. Erst ging ich noch einmal in die Küche und schaute auf die Wetterstation. Inzwischen war die Außentemperatur fast so niedrig wie die Innentemperatur, deshalb stellte ich noch alle Fenster, die über ein Fliegennetz verfügten, auf Kipp und öffnete das Schlafzimmerfenster ganz. Draußen rief ein Waldkauz. Ich verfolgte das akustische Schauspiel, das Zwiegespräch zwischen Männchen und Weibchen. Es dauerte nur ein paar Minuten. Ich zog mir meine Shorts an und legte mich hin. Die Decke schob ich weit weg. Dann startete ich das Hörbuch, stellte fest, dass ich gestern wohl nur gut fümf Minuten bewusst gehört hatte und sprang entsprechend in den Kapiteln zurück.
Britta kam herein. „Darf ich den Fernseher noch anmachen“, fragte sie. „Klar, Süße, ich stecke mir Kopfhörer in die Ohren.“ Ich glaube es dauerte wieder nur gute fünf Minuten, bis ich einschlief , wurde aber unsanft angestoßen. Angeblich hatte ich geschnarcht. Ich hielt das für ausgeschlossen, drehte mich aber demonstrativ in die stabile Seitenlage und überstreckte

meinen Kopf. Offenbar gefiel meiner Frau das besser, jedenfalls nutzte sie die Gelegenheit zum Anbucken. Wenig später war ich wieder eingeschlafen.

14. Adelig

Gerhard von Davenstedt lag rücklings auf seinem Bett. Es war ein altes Himmelbett aus einem polierten Stahlgestänge, mit verschnörkelten, senkrechten Streben an Kopf- und Fußende und zahlreichen Verzierungen. Er hielt sich mit den Händen an den Streben des Kopfendes fest. Er war nackt und seine Lebensgefährtin Mareike kniete über seinem Bauch und ließ ihren Venushügel sanft darüber auf und ab gleiten, so dass sie seine Haut eben gerade berührte. Ihre kleinen festen Brüste ließ sie vor seiner Nasenspitze tanzen.
Ein leiser Zug der abkühlenden Abendluft streichelte die Haut der beiden, ließ ihre Brustwarzen hervortreten. Er begann, sie mit seiner Zunge zu umkreisen, bis sie leise aufstöhnte. Langsam glitt sie an ihm hinab, ihre rechte Hand fand, was sie suchte und so nahm sie ihn in sich auf. Ganz langsam ließ sie ihr Becken kreisen. Seine Hände legten sich auf ihre Backen und er knetete sie sanft im Rhythmus ihrer Bewegungen. Ihr Atem wurde

schneller, keuchender und genauso beschleunigte sie ihre Bewegungen. Sie spürte, wie er sich unter ihr wand, sein Griff fester wurde und er versuchte, sie weiter zu beschleunigen, doch das gestattete sie ihm nicht. Mareike öffnete ihre Augen zu feinen Schlitzen und beobachtete ihn, während sie es genoss, ihn zu kontrollieren. Sie bemerkte, wie sich seine Bauchmuskeln anspannten, ritt darauf und fühlte einen ersten Höhepunkt. Er begann zu zucken und stöhnte.

„Tanja!" Mareike verharrte stocksteif und starrte ihn an. Gerhard stöhnte noch einmal, dann merkte sie an seinem Erzittern, dass er kam. „Was war das?", fauchte sie ihn an und spannte ihre gesamte Beckenbodenmuskulatur an, so fest sie nur konnte. Mareike versuchte, ihn zu zerquetschen. Gerhard stöhnte wieder, aber jetzt nicht mehr vor Lust, sondern weil es schmerzte.

„Schatz, was machst du, hör auf, das tut weh", jammerte er. „Was hast du eben zu mir gesagt?", zischte sie, ohne die Zähne auseinander zu bewegen. „Was meinst du? Was soll ich gesagt haben?" In seinen Ohren rauschte es noch, er hatte es tatsächlich nicht bemerkt.

Mareike atmete tief ein, baute so viel Spannung auf wie sie konnte und stieg von ihm herunter, um sich neben ihm auf das Bett zu

legen. Er zuckte zusammen. „Ah! Was soll denn das? Was hast du denn?“ Gerhard verstand nicht.
„Du hast ‚Tanja‘ zu mir gesagt, du Arschloch, das ist…" Er erschrak innerlich. Sein Unterbewusstsein hatte sie immer noch nicht losgelassen, im Inneren liebte er immer noch Tanja, auch wenn sie ihn schon vor Jahren verlassen hatte. Er war schon fast drei Jahre mit Mareike zusammen. Sie war sexy, erfolgreich und passte gut zu ihm. Auch im Bett verstanden sie sich super, aber sein Herz hatte sich noch nicht von Tanja verabschiedet. Ihm war klar, dass Mareike es hasste.
Vor längerer Zeit hatten er und Mareike zufällig Tanja getroffen. Das hatte Mareike dazu gebracht, einen handfesten Streit vom Zaun zu brechen. Sie gab sich sonst nicht sehr eifersüchtig, aber bei Tanja schien es anders zu sein. Er bereute, dass es eben dazu gekommen war. Das hatte er nicht gewollt, erst recht nicht, wenn er an die Konsequenzen dachte. Es war kaum möglich, jetzt die richtigen Worte zu finden, dennoch versuchte er es.
„Mein Schatz, es tut mir leid, ich kann es nicht erklären, ich liebe nur dich. Bitte vergib mir.“ Sie richtete sich auf und starrte ihn an, ihre Augen immer noch zu Schlitzen verengt. „Du solltest sie

vergessen. Für immer. Falls du es noch nicht mitbekommen hast, sie ist tot, deine Tanja!"
Gerhard erschrak. Das klang nicht wie eine Floskel, es klang wie bitterer Ernst. „Was sagst du da? Tot? Aber wie kommst du darauf?"
Sie setzte sich auf die Bettkante, wandte sich von ihm ab. „Ich weiß es von Iris, du weißt schon, der Physiotherapeutin, die du nicht leiden kannst. Und sie weiß es von ihrer Kollegin Steffi aus der Praxis, Steffi war mit deiner Tanja befreundet. Es stand auch schon in einer Zeitung im Landkreis Nienburg." Ihre Stimme wurde wieder etwas sanfter, wenn auch nicht versöhnlich.
„Tut mir leid, ich wollte es dir sagen, mochte es aber dann nicht tun. Aber gerade hast du mich so aufgeregt." Er sagte nichts mehr und merkte, dass ihm Tränen in die Augen stiegen. Aber es war besser, ihr das nicht zu zeigen. Deshalb stand er auf und ging ins Bad. Er fühlte sich dreckig und klebrig, er brauchte eine Dusche.

Gerhard stellte das Wasser lauwarm ein, drehte es langsam kälter, Grad für Grad, bis es unangenehm wurde. Als das kalte Wasser allmählich alles an und in ihm auf eine standesgemäße Kühle gebracht hatte, trocknete er sich ab und ging zurück ins Schlafzimmer. Er hatte sich wieder voll unter Kontrolle.
„Mareike, was ist da geschehen? Bitte erzähle es der Reihe nach." Sie hatte sich ein dünnes

Nachthemd übergeworfen , sich auf die Seite gedreht und schnaufte leise. „Iris sagte mir, sie sei wohl umgebracht worden. Es muss in der Nähe von Stolzenau gewesen sein, an einem Kiessee. Ich glaube vorgestern, am Dienstag. Die Polizei hat die Ermittlungen aufgenommen. Mehr weiß ich auch nicht."

Gerhard spürte, wie sich seine Kehle zusammenzog und sein Mund austrocknete. Sie wurde umgebracht? Wie um Himmels willen konnte das geschehen? Er versuchte, die Fassung nicht zu verlieren. „Hör zu, Mareike, ich verstehe, dass du zornig bist, besonders, weil ich zugeben muss, dass ich hin und wieder an Tanja zurückdenke. Herrje, das sind Erinnerungen an vergangene Zeiten, mit denen ich abgeschlossen habe. Aber es ist doch nichts Böses, sich zu erinnern. Und vermutlich kam vorhin auch eine Erinnerung in mir hoch. Du verstehst es eben, mich in Extase zu versetzen. Aber bitte treibe keine Spielchen mit solchen schrecklichen Dingen. Ist das wirklich wahr?"

„Wenn ich es doch sage", antwortete sie gereizt. „Ich gebe ja zu, dass es schrecklich sein muss, für alle die ihr nahestanden. So also wohl auch für dich. Verzeih du mir bitte, dass ich ihr nicht nahestehe." Gerhard schüttelte den Kopf, beugte sich dabei nach vorn. „Das ist furchtbar. Ihr armer Ehemann,

er ist ein feiner Kerl", sagte er leise und legte sich hin.
Er drehte sich auf die Seite, wandte ihr den Rücken zu und schaltete seine Nachttischlampe aus, während er bemerkte, dass sie ihr Smartphone in der Hand hielt. Vermutlich öffnete sie ihr Hörbuch und hörte es über die Kopfhörer. Das war gut so, auf diese Weise bekam sie nicht mit, dass ihm Tränen über die Wangen liefen. Er hatte sich gut unter Kontrolle, er zuckte und schniefte nicht, doch die Tränen konnte er nicht unterdrücken. Irgendwann versiegten sie und er schlief ein. Im Traum sah er sie. Sie stand im Bug eines Segelbootes. Zuerst dachte er, es wäre seine eigene kleine Yacht und sie winkte ihm zu, während er das Boot steuerte. Doch dann erkannte er, dass eher ein kleines Schiff war, das er nicht kannte. Tanja lächelte und winkte ihm zu, doch es war kein heiterer Gruß, sie winkte zum Abschied.

15. Steffi

Ich fuhr wieder mit dem Rad zum Dienst, sogar schon sehr früh, denn wir wollten bereits um 6.30 Uhr los<u>fahren</u>. Britta war auch früh gestartet und Toby hatte erst zur zweiten Stunde Unterricht, also war für ihn länger schlafen angesagt. Ich kam schon um kurz vor sechs auf der Dienststelle an, schloss den Moko-Raum auf und holte die Kaffeekanne. Sie war noch halbvoll vom Vortag und der alte Filter befand sich ebenfalls noch in der Maschine. Nachdem ich beides ausgeleert hatte, spülte ich die Kanne aus, um dann frischen Kaffee aufzusetzen. Ich schaute mich im Raum um, ob es noch etwas zu erledigen gab, bevor die anderen eintrafen. Für mein Empfinden war alles in Ordnung und ich ging hoch in mein Büro, holte mein Duschzeug und machte mich dienstbereit. Als ich wieder ins Büro kam, war Andre auch da.

„Moin! Du bist ja früh dran, dann können wir uns noch einen Kaffee genehmigen, bevor wir starten“, begrüßte ich ihn. „Guten Morgen“, entgegnete er. „Soviel Zeit ist noch. Allerdings müssen wir dann vor der Vernehmung noch irgendwo anhalten, damit ich den Kaffee auch wieder loswerden kann.“

„Das wird wohl nötig sein“, bestätigte ich. Ich hatte zu Hause schon zwei große Pötte Kaffee und ein Glas Wasser mit Zitrone getrunken. Geschwitzt hatte ich nicht. Da fällt mir nebenbei ein blöder Witz ein: Wie lautet eine äußerst seltene Flüssigkeit, die mit vierzehn Buchstaben geschrieben wird? Die Antwort: Beamtenschweiß.

Wir schnappten uns neue Pötte und setzten uns noch für ein paar Minuten in den Moko-Raum. Von den anderen kam niemand, deshalb schrieb

ich auf einen Zettel: „Wir sind, wie besprochen, aufgebrochen. Wenn wir etwas erreicht haben, rufen wir durch. Der Kaffee ist von 6 Uhr. Grüße, Andre und Paul“.
Wir stellten die Becher in die Spülmaschine, schlossen unseren Raum wieder ab und fuhren mit dem dunkelgrauen Kombi los. Es herrschte Berufsverkehr und die Straßen waren voll. Wir brauchten fünfzig Minuten bis zur Autobahnauffahrt Porta Westfalica. Die Zeit nutzten wir für private Gespräche. Wir hatten herausgefunden, dass wir für ein halbes Jahr zur gleichen Zeit an der Fachhochschule in Oldenburg gewesen waren. Da gab es einige gemeinsame Bekannte und ich war damals auch mit einer Kollegin aus seinem Jahrgang zusammen gewesen. Andre war älter als ich, aber er hatte vor seiner Polizeilaufbahn einen anderen Beruf gehabt, deshalb hatte er sich erst später beworben.
Den Rest der Strecke brachten wir schnell hinter uns und trafen um kurz nach halb acht bei Stefanie Möller ein. Wir standen vor einem Mehrfamilien-Reihenhaus in einer ordentlichen Wohngegend in Herford. Ein in die breite gezogener roter Ziegelbau, vielleicht aus den 80er Jahren, mit einem wenige Meter kurzen Vorgarten. Ich hatte nicht darauf geachtet, wie viele Häuser es wohl waren, Steffi hatte das c in der Hausnummer und nach rechts schlossen sich

noch einige Eingänge an. Andre drückte auf die Türklingel, gleich zweimal und typisch polizeilich extra lange.
„Mensch, mach ihr doch nicht schon beim Klingeln Angst“, lachte ich. „Ich klingel immer so, ist 'ne Angewohnheit“, bemerkte er. Drinnen änderte sich etwas, es wurde etwas heller hinter der Milchglasscheibe der Tür, offenbar erschien jemand. Das Schloss klackte, dann öffnete sich die Tür. Es trat eine eher kleine, vielleicht knapp über 160 Zentimeter große Frau, wohl Ende 30, mit niedlichem rundem Gesicht, großen, dunkelblauen Augen und dunklem Haar heraus. Sie war schlank, aber mit gesunden Rundungen.
„Guten Morgen“, begrüßte ich sie lächelnd. „Wir kommen von der Kripo aus dem Landkreis Nienburg, mein Name ist Voss und das ist mein Kollege Schneider. Sind Sie Frau Möller?“
Sie schaute mich verdutzt an. „Ja. Kommen Sie wegen Tanja?“, wollte sie wissen. Ich stellte das Lächeln ab und wurde ernst. SDas ist richtig. Wir wissen, dass Sie mit ihr gut bekannt waren und deshalb müssen wir mit Ihnen sprechen. Möchten Sie zuerst unsere Dienstausweise sehen?“ Sie schob die Tür ganz auf und machte einen Schritt zurück. „Nein, ich glaube Ihnen das auch so. Kommen Sie herein, wir müssen ja nicht hier an der Tür reden.“

Sie führte uns in das Wohnzimmer, das geräumiger aussah, als ich es von außen erwartet hatte. Rechts hinter der Tür stand ein typischer Ikea-Esstisch für vier Personen mit Schwingstühlen. Dort setzten wir uns. Einer der Stühle war schon besetzt, darauf lag eine schwarze Katze oder, den Ausmaßen nach, eher ein Kater. „Oh, wir werden bewacht", scherzte ich. Sie lächelte. „Das ist Rudi, der ist ungefährlich, es sei denn, Sie sind eine Maus oder ein Stück Butter."
Ich musste innerlich grinsen. Immer wenn ich von Katzen und Butter hörte, musste ich an meine Mutter denken. Vor Jahren berichtete sie, dass ihr Kater sich unter dem Sofa versteckt hatte, weil er nach ihrer Ansicht ein schlechtes Gewissen gehabt hatte. Er war nämlich auf den Tisch gesprungen und hatte an der Butter geleckt. Dabei hatte er eine Spur in der Butter hinterlassen, die ihn eindeutig identifizierte, weil nur seine Zunge dazu passte.
Rudi schlief tief und fest und schien sich auch nicht für uns zu interessieren. Wir belehrten Steffi zunächst ordnungsgemäß und Andre ließ sie die Belehrung auch gleich unterschreiben. Sie erklärte, dass sie schnell auf der Arbeit anrufen wolle, um Bescheid zu sagen, dass sie später komme. Zufällig würde das ganz gut passen, weil sie erst um 11.30 Uhr den ersten Patienten hätte,

vorher wäre Büroarbeit dran gewesen. Sie sprach kurz mit einer Kollegin und offenbar war es wirklich kein Problem, sodass wir nun mit der Vernehmung beginnen konnten.
„Frau Möller, wir haben das Smartphone von Tanja ausgewertet und einen Chat mit Ihnen gelesen. Daher wissen wir, dass Sie sich offenbar recht gut kannten. Würden Sie uns Ihr Verhältnis zu Tanja näher erläutern?“ Sie atmete einmal tief durch und ich hatte den Eindruck, dass sie sich etwas zusammenreißen musste, um Tränen zu unterdrücken.
„Okay, wie fange ich am besten an? Also, Tanjas Ehemann Sven ist mein Ex. Wir haben früher zusammen in einer Firma gearbeitet, aber das ging auf Dauer nicht gut. Wir haben uns getrennt, wie das so läuft, Abstand gewinnen und so. Es dauerte aber nicht lange, dann lernte er Tanja kennen. Er hat sich richtig in sie verliebt und ich wurde wahnsinnig eifersüchtig und habe ihm ganz schön die Hölle heißgemacht. Nach ein paar Wochen ging das gar nicht mehr und Sven hat gekündigt und zu einer anderen IT-Firma gewechselt. Nachdem ich meinen jetzigen Freund kennengelernt hatte, normalisierte sich alles. Mein Freund Jochen ist bei der Bundeswehr und gerade im Ausland, er kommt erst übernächste Woche wieder. Jedenfalls hab ich dann das Kriegsbeil begraben und auf

einem Geburtstag bei Freunden in Minden haben wir dann Sven und Tanja getroffen.“

„War der Geburtstag bei den Polewskis?“, unterbrach ich sie. „Ja, genau, kennen Sie die?“, fragte sie nach. „Wir haben bereits kurzen Kontakt gehabt, aber ich wollte Sie nicht unterbrechen, bitte fahren Sie fort.“ Sie fuhr sich mit der Hand durch das Haar und schob den Schopf nach hinten.

„Wo war ich? Ach ja, bei der Party von Vanessa und Jörg. Das waren auch Freunde von Jochen und mir und deshalb trafen wir auf der Feier Sven und Tanja und haben uns total gut verstanden.“ Sie lächelte, doch nun traten ihr Tränen in die Augen und sie schniefte. „Entschuldigung“, flüsterte sie und senkte den Kopf.

Ich legte die Hände auf dem Tisch übereinander und beugte mich zu ihr. „Das ist okay Frau Möller, völlig okay. Es wäre eher komisch für uns, wenn es Ihnen nicht naheginge“, beschwichtigte ich sie. „Lassen Sie sich Zeit.“ Sie putzte sich die Nase und tupfte sich die Tränen ab. Dann redete sie weiter.

„Ich fand Tanjas Job spannend, sie ist Ornithologin und ich bin auch sehr gerne draußen. Wir haben uns getroffen und sind gemeinsam spazieren gegangen und sie hat viel über die Vögel erzählt. Und weil ich da ja auch schon meinen Jochen hatte, war auch Sven kein Problem mehr. Sven hat sie so geliebt, ich glaube er hatte mit ihr seine Traumfrau gefunden. Tanja und ich haben uns seitdem auch ohne die Männer getroffen, wir konnten uns toll unterhalten. Klar, wir haben natürlich auch über Sven geredet, so etwas bleibt ja nicht aus. Wir haben uns vorletzte Woche noch getroffen, ich glaube es war am Donnerstag, in Vlotho, unten an der Weser. Sind da spazieren gegangen und haben gequatscht."

Ihre Stimme brach, sie fing wieder an zu weinen und sprach im Flüsterton weiter. „Ich kann das überhaupt nicht verstehen. Was ist denn da passiert? Wer macht so etwas? Und warum?" Sie sah uns mit großen Augen an. Andre antwortete. „Wir wissen es leider noch nicht, Frau Möller. Aber wir setzen alles daran, es möglichst schnell herauszufinden, doch im Moment haben wir noch keine heiße Spur. Wir müssen alle Informationen sammeln, die wir bekommen können, diese immer wieder neu bewerten und hoffen, dass sich ein Bild zusammenfügt. Deshalb ist es wichtig, dass Sie uns alles erzählen, was Sie über Tanja wissen, auch wenn es vielleicht etwas Unangenehmes geben sollte."

Sie legte die Stirn in Falten. „Was meinen Sie?" Andre faltete die Hände, beugte sich nach vorn und legte den Kopf schräg. „Ich will nichts andeuten, ich meinte das nur als

Hinweis. Es kann ja sein, dass Tanja Ihnen etwas anvertraut hat, was vielleicht wichtig sein könnte. Als Beispiel, wenn sie mal etwas mit einem anderen Mann gehabt hätte. Aber verstehen Sie mich nicht falsch: Weder haben wir derartige Informationen, noch gehe ich davon aus, ich wollte es nur damit deutlich machen.“ Er lehnte sich wieder zurück.
Sie atmete tief durch. „Okay, ich verstehe, was Sie meinen. Aber ich weiß wirklich nichts. Sie war sehr glücklich mit Sven, auch sexuell. Das würde sie ja nicht sagen, wenn da was anderes wäre. Nein, ich habe überhaupt keine Erklärung.“
„Sind Ihnen Männer aus früheren Beziehungen von Tanja bekannt und können Sie etwas darüber sagen?“, hakte ich ein. „Hmm, also sie hat ein paar Mal ihren Ex erwähnt, das ist ein Adeliger, Gerd. Wie der weiter heißt, weiß ich nicht. Gesehen habe ich ihn noch nie. Sie war ein paar Jahre mit ihm zusammen, aber er muss ziemlich langweilig sein. Obwohl, sie hat mal gesagt, dass sie glaubt, dass sie sofort wieder bei dem landen könnte. Wir haben mal geflachst, bei welchem Mann man nicht mehr arbeiten gehen müsste. Das war natürlich nur Blödelei, aber dieser Gerd muss wohl einigermaßen Geld haben. Tanja hat gesagt, sie seien quasi noch befreundet, schreiben sich ab und zu mal, aber eben nur freundschaftlich. Der soll da auch nicht

genervt haben, hat wohl gehobene Umgangsformen. Ich glaube, er ist jetzt mit einer Adligen liiert."
„Waren Kinder mal Thema? Bei Sven oder bei Tanja?", wollte Andre wissen. „Nein, eigentlich bei beiden nicht." Sie lächelte und legte ihre linke Hand auf ihren Bauch. „Ich bin in der 15. Woche. Aber Sven und Tanja wollten beide keine Kinder. Sven hat schon früher immer gesagt, er würde in diese Welt keine Kinder mehr setzen. Und Tanja sieht das wohl ähnlich. Also sie mag Kinder, das weiß ich, aber sie ist da eben auf Svens Wellenlänge. Ein bisschen sehen sie die Welt da auch wohl pessimistisch, aber Verschwörungstheoretiker sind sie keine."
Andre und ich gratulierten ihr höflich. Viel zu fragen gab es nicht mehr. Steffi wusste noch zu erzählen, dass Tanja ihr von ihrem aktuellen Einsatzort an den Kiesseen berichtet hatte. Aber dabei war es nur um die Seen und die Gegebenheiten gegangen, sie hatte nichts von Streitereien oder Drohungen gesagt oder geschrieben. Von Tanjas Tod hatte sie durch Vanessa Polewski erfahren, von dieser wusste sie auch, dass Sven sich dort zunächst aufhielt.
Es war erst kurz vor neun Uhr, als wir uns von Steffi verabschiedeten und ihr alles Gute wünschten. Wir setzten uns ins Auto und beschlossen, eine Bäckerei zu suchen, in der

es belegte Brötchen gab. Nach nur etwa drei Minuten hatten wir eine gemütliche Bäckerei gefunden. Ich suchte mir ein leckeres Roggenbrötchen mit Kochschinken, Käse und Tomaten aus, dazu einen großen Becher Latte Macchiato. Bei Andre gab es ein Baguette mit Ei. Wir setzten uns in eine Ecke an einen kleinen runden Tisch, an dem wir ungestört waren.

„So“, hob ich an. „Das weckt doch neue Kräfte. Mahlzeit.“ „Mahlzeit“, grinste Andre und versuchte, halbwegs würdevoll den ersten Bissen von seinem riesigen Baguette abzubeißen. Ihm gelang das. Mir allerdings tropfte Tomate auf die Hose. „Verdammt“, entfuhr es mir. Andre fing an zu lachen. „Na, brauchst du ein Lätzchen?“, stichelte er. „Wäre wohl besser“, murmelte ich und erhob mich zügig in Richtung WC. Zu meinem Glück war es tatsächlich nur helle Tomatenflüssigkeit, die sich mit ein paar Papiertüchern und etwas Wasser gut aus der Jeans wischen ließ. Einige Tücher und zwei Minuten später setzte ich mich wieder an den Tisch, in der Überzeugung, dass der Fleck wohl bis zum Eintreffen bei dem Gutshof der von Davenstedts getrocknet war. Ich aß mit mehr Bedacht und schaffte es letztlich, mein Brötchen unfallfrei zu verspeisen. Wir hielten uns nicht lange in dem Café auf. Andre hatte das Navi schon programmiert,

deshalb wussten wir, dass wir eine gute halbe Stunde zu fahren hatten. Die Zeit reichte für die Vorbereitung der nächsten Vernehmung.
Als wir unsere Vesper beendet hatten, brachen wir auf. Andre setzte sich ans Steuer, ich startete die Navigation. Wir mussten über die A 2 und die A 33 einmal um Bielefeld herum, der Gutshof lag in der Nähe von Brackwede.
„Was hältst du von Steffi?“, leitete ich unsere Unterhaltung ein. „Hübsches Mädel, sehr sympathisch“, erklärte Andre. Darauf hatte meine Frage natürlich nicht abgezielt, was er genau wusste. Bevor ich weiter nachfragen konnte fuhr er schon grinsend fort. „Ja, ich weiß, so war das nicht gemeint, aber es stimmt. Viel weiter bringen uns ihre Aussagen zwar nicht, aber verdächtiger wird Sven dadurch auch nicht. Was sie gesagt hat, war auf jeden Fall wahr.“
„Das glaube ich auch“, pflichtete ich ihm bei. „Ich denke auch, dass Sven als Täter ausscheidet. Dieser Gerhard von und zu allerdings nicht. Ich bin gespannt, ob wir ihn gleich antreffen werden und was er am Tattag gemacht haben will. Wir müssen darauf achten, ihn auf keinen Fall auf sein Handy anzusprechen.“
Andre nickte. „Das ist so. Es könnte interessant werden. Ich bin auch gespannt, was für ein Typ das ist, ich kann mir den Kerl nur ganz schwer vorstellen. Und ich bin

nicht besonders optimistisch, dass wir heute wirklich etwas herausfinden. So, wie sich die ganze Sache darstellt, passt sie doch nicht zu so einem Typen. Der würde ihr vielleicht K.o.-Tropfen geben und sie entführen, aber doch nicht totschlagen und dann liegenlassen.“ Letztlich hatte es mal wieder etwas mit persönlicher Vorstellungskraft zu tun, ob man jemandem etwas zutraute. Wir schwiegen einen Moment, bis ich wieder das Wort ergriff.

„Wir sollten ihn auf jeden Fall speicheln, vielleicht kommt Frau Dr. Gorssen ja zügig mit einem Ergebnis dieser Tröpfchen auf dem T-Shirt rüber.“ „Das sollten wir definitiv“, stimmte Andre mir zu . „So oder so: Die Suche nach DNA-Spuren ist noch lange nicht abgeschlossen, wer weiß, was am Auto noch gefunden wird oder ob die Tatwaffe auftaucht. Aber mal ganz was anderes, wie läuft es denn auf deiner Baustelle, du baust ein Haus um, oder?“ Ich nickte. „Ja, das plätschert jetzt so vor sich hin. Ich hab mir da ein älteres Häuschen gekauft, nahe bei meinen Schwiegereltern. Der Dachstuhl ist marode und wir haben uns entschieden, das komplette Dach und den Dachboden abzureißen und neu zu bauen. Alles andere wäre nur Flickschusterei. Ich will eigentlich danach nie wieder bauen oder ein Haus sanieren. Wir haben neulich die Schornsteine abgerissen, jetzt muss ich mit dem Zimmermann einen Termin finden, wann er loslegen könnte und dann muss es zügig gehen. Vielleicht brauche ich sogar ein paar Tage frei, wenigstens zwei bis drei. Oder wir müssen zügig vorankommen, also mit unserem Fall."

„Okay, das passt ja weniger gut zusammen, eine Moko und nebenbei eine Bauphase mit engen Terminen. Wir haben das zum Glück schon hinter uns. Ist aber auch toll, dann ins fertige Haus einzuziehen."

Das konnte ich mir lebhaft vorstellen und bedauerte nur dass es bei uns noch ziemlich lange dauern würde, denn so gesehen hatten wir noch nicht einmal die Abbruchphase hinter uns. Aber auf der anderen Seite war es nicht so schlimm, wir mussten ja nicht zu einem bestimmten Termin umziehen. Wenn die Ermittlungen jetzt komplexer wurden, würde ich die Löcher im Dach etwas besser verschließen und die Baustelle auf Eis legen. So lange ich meine liebe Ehefrau beruhigen konnte, war schließlich alles im grünen Bereich.

16. Gerhard von Davenstedt

Die Verkehrslage hatte sich merklich beruhigt und wir kamen zügig voran. Wir sprachen ab, dass Andre die Gesprächsführung übernehmen

würde. . Der Gutshof war nicht schwer zu finden. Er befand sich in Alleinlage außerhalb der Dörfer im Südwesten von Bielefeld. Im Grunde sah er aus wie ein sehr großer Bauernhof. Links und rechts der Zufahrt erstreckten sich hohe Scheunen aus Sandsteinmauerwerk mit roten Ziegeldächern. Durch die Einfahrt gelangte man in einen riesigen Innenhof der von gleichartig aussehenden Bauwerken komplett umschlossen wurde. In der Richtung, in der wir einfuhren lag das Gutshaus, das sich quer erstreckte. Es war ein imposantes Gebäude, allerdings ohne den erwarteten Schnickschnack wie Türmchen oder ausladende Gauben. Die reine Größe genügte, um Eindruck zu schinden. Das Haus hatte drei volle Geschosse, darüber ein Walmdach mit großem Überstand. Aus unserer Perspektive gab es zwei Haupteingänge, möglicherweise war das Haus im Inneren in zwei Hälften geteilt.
Zur Hofseite hin hatten die Scheunen hohe Tore, die teilweise offen standen, sodass wir die darin befindlichen Maschinen sehen konnten. Viele Stellplätze waren leer, vermutlich befanden sich die Gerätschaften auf den Flächen zur Getreideernte. Vor dem Gutshaus bemerkten wir eine Kiesfläche, die von drei Seiten mit einem Holzzaun eingefasst war und auf der ein Mercedes stand, Kennzeichen BI für Bielefeld und VD 71

vermutlich für von Davenstedt. 71 konnte zu dem Jahrgang von Gerhard von Davenstedt passen. Ich hatte die Personalien nicht im Kopf, aber Mitte vierzig würde passen.
Wir stellten den Wagen ab und begaben uns zunächst zu der linken Tür. Auf dem Türglockenschild stand nur v. Davenstedt. Ich klingelte, nur einmal, versteht sich. Nach kurzer Wartezeit öffnete eine Dame, die ich auf Anfang 70 schätzte. Sie war etwa 170 Zentimeter groß, trug dunkle Kleidung und blickte uns kritisch an. „Ja, bitte?“, begrüßte sie uns.
Andre deutete so etwas wie eine leichte Verbeugung an und begrüßte die Dame. „Guten Tag, bitte entschuldigen Sie die Störung, wir sind Beamte der Kriminalpolizei aus dem Kreis Nienburg. Mein Name ist Schneider, das ist mein Kollege Voss. Frau von Davenstedt, nehme ich an?“ Die Dame schaute uns verdattert an. „Ja, das bin ich. Sie wollen sicher zu meinem Sohn, Gerhard von Davenstedt. Kommen Sie wegen dieser Tanja?“ Sie klang etwas mürrisch.
„Das ist richtig“, bestätigte Andre. „Offenbar ist Ihnen die Dame bekannt. Wir müssen mit Herrn Gerhard von Davenstedt sprechen, würden Sie uns freundlicherweise mitteilen, wo wir ihn finden? Es ist wichtig, wir ermitteln wegen des Verdacht des Mordes.“

„Warten Sie bitte, mein Sohn ist im Büro, ich werde ihn holen.“ Mit den Worten verschwand sie wieder im Haus, ließ jedoch die Tür offen stehen, was ich positiv bewertete. „Die wissen jedenfalls auch schon Bescheid“, raunte Andre mir zu. „Gut, damit war zu rechnen, immerhin ging der Fall ja nun schon durch die Presse“, erwiderte ich.
Es dauerte nicht lange, bis ein schlaksiger Mann in dem langen Flur erschien und auf uns zukam. Er war größer als ich, bestimmt fast 190 Zentimeter lang und recht dünn , trug eine Brille mit runden Gläsern und hatte zur Seite gescheiteltes, volles, graubraunes Haar. Nachdem er die Tür ganz geöffnet hatte, reichte er uns nacheinander die Hand. „Gerhard Davenstedt“, stellte er sich vor. Wir erwiderten den Gruß mit der jeweiligen Vorstellung. Mir fiel auf, dass er das „von“ wegließ, was ihm von meiner Seite aus einen kleinen Sympathiepunkt brachte. „Ich schlage vor, wir gehen in mein Büro, dort sind wir ungestört“, sagte er und ging uns voraus , zielstrebig auf eine hohe Tür zu. Aus unserer Perspektive war es das linke hintere Eckzimmer. Es war angenehm kühl, was vermutlich dem hohen Bau und den dicken Sandsteinmauern zu verdanken war. Herr von Davenstedt trug eine lockere Jeanshose und ein graues Poloshirt, er war viel legerer gekleidet, als ich erwartet hatte. Wir hatten

nicht viel Zeit, uns in dem weitläufigen Flur umzusehen. Mir fiel auf, dass einfach alles größer und höher war, als in einfachen Häusern. Die Wände waren weiß, die Möbel und Türen aus dunklem Holz, ich vermutete aus gelaugter oder geölter Eiche. Es war groß, aber die Atmosphäre war angenehm. Auch das Büro war groß. Herr von Davenstedt wies uns bequeme, mit Leder bezogene Polsterstühle an einem rustikalen runden Tisch zu, auf dem eine Wasserflasche und unbenutzte Gläser standen. Wir nahmen alle drei Platz, Andre und ich bedankten uns.

Andre leitete das Gespräch ein. „Herr von Davenstedt, aus der Begrüßung Ihrer Mutter schließe ich, dass Sie bereits wissen, was mit Tanja Schirtek geschehen ist?“ Herr von Davenstedt atmete tief durch. „Ja, das ist richtig. Ich weiß, dass Tanja verstorben ist. Die näheren Umstände kenne ich nicht. Wie kann ich Ihnen weiterhelfen?“, erkundigte er sich.

„Wir ermitteln wegen Verdacht des Mordes. Die Umstände sprechen für sich. Sie müssen wissen, dass Sie nicht unter Verdacht stehen, dass wir allerdings wissen, dass Sie früher eine Beziehung mit Tanja Schirtek geführt haben und dass Sie zumindest noch gelegentlich Kontakt pflegten. Aus dem Grunde sind wir gehalten, Sie zumindest, wie wir sagen, zu überprüfen. Vom rechtlichen Status

her, sind Sie als Zeuge im Verfahren zu belehren“, erklärte Andre.
Es folgte auch hier die Belehrungsformel. Wenn man sie nicht korrekt erledigte, würde es möglicherweise vor Gericht Probleme geben. Würde sich ein Zeuge nicht mehr erinnern und wir müssten dem Richter erzählen, was der Zeuge damals gesagt hat, wäre ohne korrekte Belehrung nichts davon gerichtlich verwertbar. So schlimm muss es nicht kommen, aber es kann. Hier hatten wir es jedenfalls richtig gemacht. Kompliziert konnte es noch werden, wenn sich herausstellen würde, dass Herr von Davenstedt als Täter in Frage käme, dann müsste qualifiziert belehrt werden, aber, um es abzukürzen, Gerhard von Davenstedt war momentan Zeuge und alles hatte seine Richtigkeit.
„Ich habe alles verstanden und werde Ihnen sagen, was ich weiß. Ich möchte Sie nach Kräften unterstützen“, war seine Antwort auf die Frage, ob er überhaupt mit uns sprechen würde. Andre begann. „Herr von Davenstedt“, und wurde abrupt von diesem gestoppt. „Entschuldigung, wenn ich Sie unterbreche, aber lassen Sie doch dieses ‚von‘ weg. Ich nenne mich Davenstedt, das genügt voll und ganz.“ Andre setzte seine Ansprache fort.
„Also gut, Herr Davenstedt, uns ist bereits bekannt, dass Sie bis vor wenigen Jahren eine mehrjährige Beziehung mit der verstorbenen

Tanja Schirtek geführt haben. Bei dem derzeitigen Stand der Ermittlungen sind wir gehalten, so viele Informationen über Frau Schirtek zu sammeln, wie nur irgend möglich. Ich würde Sie bitten, möglichst umfassend zu berichten, was Sie über sie wissen und uns vor allem Kontaktpersonen zu nennen."

Herr Davenstedt räusperte sich und begann zu erzählen. „Das ist eine lange Geschichte, meine Herren. Ich habe Tanja im Jahr 2003 kennengelernt. Sie studierte damals in Göttingen und absolvierte ein Praktikum bei der Naturschutzbehörde. Wir lernten uns bei einem Termin auf unseren Ländereien kennen. Ich verliebte mich sofort in sie, doch ich musste recht lange um sie werben, bis sie mich erhörte. Ab dem 1. Februar 2005 waren wir dann offiziell zusammen. Gott, das ist schon so lange her", er stockte. Ich sah ihm an, dass er Tränen unterdrückte. Er atmete tief ein und fuhr fort.

„Meine Eltern waren anfangs gegen die Beziehung, Tanja stammte aus einfachen bürgerlichen Verhältnissen und der Standesdünkel hält sich bis heute in meiner Familie. Ich muss leider zugeben, dass ich mich auch erst nach der Trennung von Tanja bemüht habe, mich davon zu distanzieren. Da sie studierte, sahen wir uns allerdings auch nicht regelmäßig. Als sie das Studium 2006 abschloss und den Doktortitel erhielt, stieg sie merklich in der Gunst meiner Familie, was vieles vereinfachte. Allerdings blieb es lange bei einer Wochenend- oder Freizeitbeziehung, weil Tanja verschiedene Stellen annahm und ihren Beruf mit Leib und Seele auslebte. Sie ist ein Naturmensch und kann ungeheure Energien freisetzen, wenn sie sich für etwas interessiert. Die Vogelwelt hatte es ihr wohl schon seit der frühen Kindheit angetan. Tanjas Eltern waren bei ihrer Geburt über 40 Jahre alt und beide sind vor etwa zwei Jahren verstorben.

Unsere Beziehung endete im Jahr 2013 endgültig, das hatte sich aber bereits über längere Zeit angekündigt. Tanja hatte sich in meiner Familie nie richtig wohlgefühlt und ich selbst habe mich auch bis zuletzt oft sehr affektiert benommen. Ich habe nach dem Abitur Agrarwissenschaften studiert, nach dem Abschluss drei Jahre auf einem Betrieb von Verwandten in Hessen mitgearbeitet und dann hier die Geschäftsführung übernommen. Ich habe im Grunde sehr viel von Tanja gelernt. Und ich sag es Ihnen jetzt ganz ehrlich: Ich habe sie immer geliebt, ich tue es auch heute noch. Jedenfalls nimmt sie noch immer einen Platz in meinem Inneren ein. Klar geworden ist mir das erst lange nach unserer Beziehung, vermutlich erst, seitdem ich mit meiner heutigen Verlobten zusammen bin. Ich habe nie ganz den Kontakt zu Tanja

abgebrochen, Sie werden es sicher sehen, wenn Sie ihre Telefondaten oder E-Mails durchsehen. Aber ich hätte nie wieder eine Chance bei ihr gehabt, denn mit ihrem heutigen Ehemann schien sie den Mann ihrer Träume gefunden zu haben. Das habe ich endgültig verstanden, als die beiden geheiratet haben."
Er hielt inne und wieder schien er mit den Tränen zu kämpfen. Waren das Tränen der Trauer oder des Trotzes? Hatte er womöglich aus Trotz Tanja ermordet, weil sie ihn verschmäht hatte? Aber weshalb sprach er dann so offen? Ich blieb misstrauisch. Andre hakte ein. „Herr Davenstedt, ich merke, dass es Sie schmerzt, darüber zu sprechen. Dennoch sind die Informationen sehr wichtig. Kannten Sie den Ehemann, Sven Schirtek persönlich? Wer waren weitere Kontaktpersonen von Tanja?"
Herr Davenstedt setzte seinen Bericht fort: „Ich habe Herrn Schirtek einmal zufällig gesehen, als wir uns bei einer Veranstaltung in Herford begegneten. Ich war dort in Begleitung meiner Verlobten, Tanja und Sven waren schon verheiratet. Er trat mir sehr freundlich gegenüber und wir unterhielten uns kurz, doch ich kann nicht mehr sagen worüber. Mir ist das deshalb in Erinnerung geblieben, weil ich diese starke, innige Bindung zwischen den beiden spürte, eine Bindung, wie es sie zwischen Tanja und mir nie wirklich

gegeben hatte. Das machte mich nachdenklich, denn ich hinterfragte danach innerlich auch die Beziehung zu meiner jetzigen Verlobten, Mareike von Hollhausen. Ich freute mich für Tanja, denn ich merkte, dass sie glücklich war, was mich zumindest auch ein Stück weit glücklich machte. Ihren jetzigen Bekanntenkreis kenne ich nicht. Seinerzeit hatten wir, wenn wir zusammen waren, eigentlich immer eher Kontakt mit meiner Familie und meinem Bekanntenkreis. Ab und zu besuchten wir ihre Eltern, doch die sind, wie gesagt, inzwischen verstorben. Nahestehende Verwandte hatte Tanja meines Wissens nicht.

Ich weiß, dass sie mit einer Steffi befreundet ist, die paradoxerweise eine Ehemalige ihres Mannes ist und die ihrerseits diesem früher viel Ärger bereitet haben soll. Tanja erzählte mir, dass sie Steffi später kennengelernt hatte und dass diese dann in einer neuen Beziehung sehr viel angenehmer geworden wäre, sodass die beiden sich anfreundeten. Ich weiß, dass sie auch ein gutes Verhältnis mit einigen Studienfreunden und -freundinnen hatte sowie mit Kolleginnen und Kollegen des Instituts in Hamburg, für das sie zuletzt tätig war. Aber sehr häufige Kontakte gab es da nach meinem Kenntnisstand nicht, denn Tanja investierte immer sehr viel Zeit in ihre Arbeit. Ein Arbeitstag bis zu zwölf Stunden und regelmäßige Arbeit am

Wochenende waren der Standard. Das erscheint viel, doch wenn man seinen Beruf so liebt, wie Tanja es getan hat, ihn als wahre Berufung sieht, dann wird es verständlich. Ich muss leider sagen, dass ich kaum mehr berichten kann."

Es entstand eine kurze Pause. Er schaute aus dem Fenster, schien seinen Gedanken nachzuhängen. Mir fiel noch eine Frage ein. „Herr Davenstedt, war Tanja treu?" Er lächelte. „Ich hätte meine Hand für sie ins Feuer gelegt. Sie war treu und sie hatte Prinzipien. Ehrlichkeit hatte bei Tanja eine sehr hohe Priorität. Das erfuhr ich besonders, als sie die Beziehung beendete. Sie sagte mir vollkommen ehrlich, was sie empfand und wie sie unsere Beziehung bewertete. Es gab damals weder Sven noch irgendeinen anderen Mann. Sie empfand nicht genug für mich und beendete es. Es hat mich niemals verletzt, nur konnte ich sie doch nicht ganz vergessen. Leider hängt mir das heute noch manchmal nach."

So, wie er das sagte, machte es mich neugierig. „Wie meinen Sie das?" Er lächelte schwach. „Wissen Sie, meine Verlobte ist da sehr empfindlich. In gewisser Weise weiß sie um meine Gefühle zu Tanja und kann nicht ganz darüber hinwegsehen, obwohl ich ihr schon vielmals geschworen habe, dass ich die Vergangenheit ruhen lasse. Leider kommt es sehr selten dazu, dass ich mir einen Fauxpas erlaube und Tanjas Namen erwähne. So erfuhr ich auch gestern durch Mareike von Tanjas Tod. Mareike hatte das von ihrer Physiotherapeutin gehört, die wiederum mit der vorhin genannten Steffi zusammenarbeitet.“

Ich fand das interessant, da war noch jemand, der, oder vielmehr die, eifersüchtig war. Das sollte nicht ganz in Vergessenheit geraten, wenn es auch keine Priorität hätte. Andre setzte die Vernehmung fort. „Wir haben noch zwei Dinge, die wir besprechen müssen. Zum einen möchten wir der Vollständigkeit halber wissen, wo Sie sich am Dienstag tagsüber aufgehalten haben und zum anderen würden wir Sie um eine sogenannte Speichelprobe bitten, die wir von allen Kontaktpersonen erbitten. Es handelt sich um eine freiwillige Probenabgabe, die aber unter Umständen dazu beitragen kann, bestimmte Spuren schnell abschließen zu können.“

„Dafür habe ich volles Verständnis und die Probe gebe ich selbstverständlich ab. Am Dienstag war ich fast den ganzen Tag im Büro, nur am Vormittag musste ich zu einigen Flächen fahren und mit den Angestellten ein paar Dinge vor Ort besprechen. Wir sind mitten in der Getreideernte und ich habe hier sehr viel zu tun.“ Ich schaute Andre an und er schien mich zu verstehen. Wir wollten die

Sache mit der Handynummer in der Funkzelle nicht ansprechen. Ich hatte allerdings auch noch eine Frage, während Andre nebenbei die Formulare für die Abgabe der Speichelprobe und die Stäbchen vorbereitete.
„Wie können wir Sie erreichen, wenn wir eine Rückfrage haben, Herr Davenstedt?“, wollte ich wissen. „Warten Sie, ich gebe Ihnen meine Karte. Einen Moment. Wo sind sie denn?" Er suchte offenbar nach Visitenkarten. „Ach, natürlich, sie liegen draußen im Auto, ich habe nicht mehr so viele und brauche dringend neue.“
„Sie können mir auch einfach die Telefonnummern sagen, wir haben Ihre sonstigen Daten sowieso in den Formularen“, bot ich an. „Ja, natürlich. Meistens erreichen Sie mich von morgens bis abends im Büro über das Festnetz und ansonsten über Handy. Mein Handy liegt auch im Auto, weil ich es nur unterwegs brauche. WhatsApp oder ähnliches lenkt mich nur von der Arbeit ab. Ich muss es allerdings holen, ich gehöre zu den Menschen, die sich nicht die eigene Nummer merken können. Warten Sie bitte kurz.“ Ich zückte mein Merkbuch und schrieb mir diese Bemerkung von ihm auf. Sein Handy lag meistens im Auto. Damit würden wir uns später noch befassen. Kurz darauf kam er schon zurück und diktierte mir seine Handynummer. Anschließend führte Andre kurz das Prozedere

der Speichelprobe mit ihm durch und damit kamen wir an das Ende unserer ersten Vernehmung des Freiherrn Gerhard von Davenstedt. Wir bedankten uns bei ihm für seine Offenheit und wenig später saßen wir wieder im Auto.
Ich hatte das Gefühl, er war etwas gelöster, nachdem er so ausführlich mit uns gesprochen hatte. Ich sprach Andre darauf an. „Was meinst du, er schien sich gerade besser zu fühlen. Schien mir irgendwie erleichtert. Glaubst du, er war am Dienstag tatsächlich hier?“ Andre wackelte mit dem Kopf. „Ich weiß nicht, aber es heißt ja immer, Tränen lügen nicht. Und dass er bei solchem Wetter mitten in der Ernte den Betrieb zwischendurch verlässt, ist tatsächlich unwahrscheinlich, das weißt du besser als ich. Andererseits kann es auch ein Versuch sein, ein Alibi vorzutäuschen. Ist es denn überhaupt die Handynummer aus der Funkzelle?“
Ich nickte. „Sie ist es, ich hatte sie mir extra notiert, um zu vergleichen. Er sagt, er lässt das Handy im Auto liegen. Wenn nun jemand anders mit dem Auto unterwegs war und das Handy lag nur drin? Vielleicht seine Madame, diese Mareike? Ich glaube, wir sollten die Vernehmung schnellstmöglich schreiben lassen und dann nochmal genau lesen. Manchmal stößt man dabei auf Sachen,

die man beim Reden gar nicht wahrgenommen hat.“
Dabei beließen wir es und genossen die Rückfahrt. Ich rief mit dem Diensthandy in Stolzenau an. Angela erklärte mir, dass aufgrund des Zeitungsartikels noch diverse Hinweise eingegangen seien, vor allem auch auf Autokennzeichen und dass Jan und Tommi alle Hände voll zu tun hätten, Halterdaten zu überprüfen, Telefonnummern zu ermitteln und Spurenordner anzulegen. Das konnte ja heiter werden. Am Ende waren doch mehr Leute in Tatortnähe unterwegs gewesen, als für eine zügige Aufklärung der Tat hilfreich war.
Unterwegs hielten wir in Lahde im Einkaufszentrum an und besorgten uns ein leichtes Mittagessen: Frikadellen und Kartoffelsalat. Gute 20 Minuten später kamen wir wieder in Stolzenau an. Wir machten alle gemeinsam unsere Mittagspause und starteten anschließend mit der Besprechung.
Als wir uns zusammensetzten, war es 14 Uhr. Wir berichteten von unseren Vernehmungen, die uns scheinbar nicht wirklich vorangebracht hatten, und beschlossen, dass wir der Sache mit dem Telefon in der Funkzelle und dem vermeintlichen Alibi des Adligen zügig nachgehen sollten. Allerdings musste zuerst die Vernehmung gedruckt sein. So endete der Tag für alle mit Büroarbeit und Datenüberprüfungen, bis wir um 17 Uhr

Feierabend machten. Ich hatte freudig registriert, dass nun eigentlich Wochenende war. Allerdings bot ich an, mich Samstag und Sonntag auf der Wache zu melden, um etwaige wichtige Hinweise anzunehmen. Mit anderen Worten: Ich plante so eine Art Bereitschaft ein.

Ich setzte mich auf mein Rad und fuhr eine andere Strecke als sonst, etwas weiter von der Weser und den Kiesseen entfernt. Gemütlich fuhr ich dahin und ließ meinen Gedanken Raum, sich zu erholen. Als ich zu Hause ankam, war Britta dabei, eine große Schüssel Salat zuzubereiten und sie machte den Vorschlag, einen gemütlichen Abend zu verbringen. Toby war schon weg und ich fand die Idee gut. Ich musste auch nicht mehr nach draußen und freute mich, die Beine hochlegen zu können. Bevor es soweit war, wollte ich allerdings noch einen kleinen Beitrag zur Hausarbeit leisten und schnappte mir den Staubsauger. Eine Viertelstunde später stand ich unter der lauwarmen Dusche und leitete die allmähliche Entspannung ein. Danach aßen wir gemütlich auf dem Sofa und anschließend wechselte ich mit meinem E-Book in meinen Sessel, aus dem ich mich in den nächsten Stunden nicht wieder erhob.

17. Eine Festnahme

Es war 6 Uhr, Robert lief auf der Straße vor dem verfallenden Haus, in dem er wohnte, auf und ab. Auf dem Acker auf der anderen Seite standen mehrere laut heulende Frauen. Sie jammerten und klagten und pressten die Hände gegen den Unterleib, doch sie bewegten sich nicht. Sie blieben stehen wie Bäume und Büsche und regten sich wie diese, wenn es stürmisch war. In sein Haus zurück konnte er nicht, denn dort wartete der schwarze Sensenmann auf ihn. Er spürte, wie er von ihm durch die offenstehende Tür beobachtet wurde und dass er nur darauf wartete, dass Robert zurückkam.

Robert lief hin und her, wie ein Tier in einem Käfig, das fliehen wollte, es aber nicht konnte. Vor ihm im Grünstreifen lag sein alter Spaten. Hektisch bückte er sich danach und begann, auf die jungen Bäume einzuschlagen, die der Bauhof erst im Frühjahr entlang der Straße gepflanzt hatte. Plötzlich bemerkte er Lichter von der Seite, ein Auto kam angefahren. Er ließ sich nicht beirren und drosch weiter auf die jungen Pflanzen ein. In dem Auto saß eine Frau, die so weit es ging auf den Grünstreifen auf der anderen Seite der Straße auswich und vorsichtig vorbeifahren wollte. Es war eine Mitarbeiterin eines Pflegedienstes auf dem

Weg zu dem älteren Ehepaar, das in dem nächsten Gehöft einige hundert Meter weiter wohnte.
Als sie den Wütenden fast passiert hatte und ihn ängstlich ansah, drehte er sich um und schlug den Spaten auf das Dach des Kleinwagens. Dabei brüllte er etwas, was sie nicht verstehen konnte. Sie gab Gas und floh. Im Rückspiegel beobachtete sie, wie Robert sich wieder den Bäumen zuwandte und weiter auf sie einschlug. Von einigen standen nur noch Stummel. Zweige und Blätter lagen schon auf dem Boden. Sie sah, dass er sie nicht verfolgte und fuhr bis auf das Grundstück ihrer Patienten. Dort nahm sie ihr Diensthandy. Sie wusste vom Hörensagen, wer dieser Typ war, deshalb rief sie nicht über 110 bei der Polizei an, sondern wählte die Amtsnummer der Polizei in Stolzenau.
Dort hatte Polizeikommissarin Sarah Kleinschmidt gerade den Tagesdienst begonnen und war dabei, die Wache zu übernehmen. Die vergangene Nacht war ruhig gewesen und so gab es keine Tätigkeiten, die noch erledigt werden mussten, nur die üblichen Kontrollen und Routinen standen an. Das Telefon klingelte gegen kurz nach 6 Uhr. Der Kollege, der den Nachtdienst gerade beenden wollte, drehte sich um und scherzte: „Siehst du, da ist der Wildunfall.“

Sarah grinste und nahm den Hörer ab. „Polizei Stolzenau, Kleinschmidt, was kann ich für Sie tun?“
Am Telefon ertönte eine Frauenstimme. „Ja, guten Morgen, hier ist Irene Neumann. Ich arbeite beim Pflegedienst und bin gerade in Heemsche zu Patienten gefahren. Ich bin da bei diesem Verrückten vorbeigekommen, ich weiß nicht, wie der heißt, ich meine den, der immer mit dem Fahrrad herumfährt und mit sich selber spricht. Der hat mit der Schaufel auf mein Autodach gehauen und schlägt an der Straße gerade auf die frisch gepflanzten Bäume ein. Zwei liegen da schon in Stücken. Ich glaube der hat einen Anfall. Können Sie da bitte hinfahren?"
Sarah schrieb alles in Stichpunkten mit. Sie wusste sofort, um wen es ging und wo sich das Ganze abspielte. Sie hatte auch schon mit Robert Herken zu tun gehabt und beruhigte jetzt Frau Neumann. „Hören Sie? Der Mann ist uns bekannt, wir werden sofort hinfahren und uns seiner annehmen. Ich vermute, dass Ihr Wagen beschädigt ist und würde Sie bitten, später, wenn es Ihr Zeitplan erlaubt, hier zur Wache zu kommen, damit wir den Schaden dokumentieren und aufnehmen können. Sind Sie über die Handynummer, die ich hier sehe, weiter erreichbar, falls ich etwas nachfragen muss?“

„Ja, bin ich. Wenn ich nicht abnehme ist das wegen der Arbeit, aber ich rufe Sie dann zurück."
„Das ist gut. Danke, Frau Neumann. Ich beende jetzt das Gespräch und leite den Einsatz ein. Auf Wiederhören." Sie legte auf und rief die Wagenbesatzung. Die Kollegen Nathalie und Olli standen schon im Flur, einsatzbereit. Sie erklärte, was los war. „Wisst ihr, wer Robert Herken ist und wo der haust?" Beide nickten. Sie fuhr fort. „Gut. Der dreht gerade wieder durch, schlägt junge Straßenbäume kaputt und hat einer Frau den Spaten auf das Autodach gehauen. Wir werden ihn wohl einfangen müssen. Ich werde gleich noch einen weiteren Wagen anfordern, falls er stiften geht. Dann werde ich das Prozedere mit der Einweisung in die Psychiatrie in Gang setzen, mal sehen, wen ich vom Gesundheitsamt erreiche. Ich hoffe, irgendjemand geht an das Bereitschaftshandy. Seid bitte vorsichtig, der wütet wieder mit seinem Spaten."
„Wir kriegen das schon hin," meinte Nathalie. „Beim letzten Mal war das ganz ähnlich mit ihm. Ein zweiter Wagen ist gut, kann sein, dass er wieder in sein Haus flüchtet. Wir düsen los, melden uns gleich über Funk." Mit den Worten verschwanden die beiden. Sarah setzte sich ans Wachpult und setzte einen Funkspruch ab. Es meldete sich ein Wagen der Nienburger Kollegen, der günstigerweise

gerade in Oyle unterwegs war. Schon während des Funkspruchs hörte Sarah, wie der Streifenwagen aufdröhnte und das Martinshorn losheulte. Das war gut. Wenn die Kollegen so loslegten, brauchten sie weniger als zehn Minuten, bis sie bei der Behausung von Robert Herken eintrafen.

Die eingesetzten Kollegen sprachen sich über Funk ab und wollten das Haus von beiden Richtungen aus anfahren, sodass sie ihn quasi in die Zange nehmen konnten. Sarah suchte sich die kompletten Unterlagen für derartige Einsätze heraus, die das Gesundheitsamt extra dafür erstellt hatte. Sie rief die Nummer des Bereitschaftshandys an und ließ es klingeln, bis es sich von allein abschaltete. Dann probierte es noch einmal. Es verging noch etwa eine Minute, bis sich eine verschlafene Frauenstimme meldete und sich eine kurze Diskussion mit den üblichen Fragen entwickelte, die seitens der Dame des Gesundheitsamtes alle darauf abzielten, irgendwie um den Einsatz herumzukommen.

Sarah wies sie freundlich auf die verbindliche Verpflichtung aufgrund der Rechtsnormen und der sogenannten „Handreichung“ hin. Damit gab es keine Möglichkeiten des Ausweichens mehr und die Dame sagte zu, sich auf den Weg zur Stolzenauer Polizeidienststelle zu machen. So war das eben, wenn der Gesetzgeber nicht in

der Lage war, andere Regelungen zu treffen. In manchen anderen Bundesländern gab es in den Polizeigesetzen Vorgaben, die die Polizei ermächtigten, in solchen Fällen selbst Personen in psychischen Ausnahmesituationen in eine geschlossene psychiatrische Einrichtung zu verbringen. Aber Niedersachsen hatte das nicht.
Einige Minuten später meldeten sich die Besatzungen der beiden Streifenwagen. Sie kamen wie geplant zeitgleich am Objekt an.
Robert hatte den Spaten vor sich abgestellt und stützte sich darauf. Er schwitzte und keuchte. Drei junge Bäume hatte er zu kleinen Stücken zertrümmert. Die Frauen waren weg. Er hörte Motorengeräusche und sah sich um. Von beiden Seiten auf der Straße näherten sich Autos, ziemlich schnell sogar. Die Wagen hielten kurz vor ihm an und dunkel gekleidete Leute stiegen aus und kamen auf ihn zu. Sein Verstand wusste, zu welchem Zweck sie gekommen waren, auch wenn ihm nicht einfiel, wie die richtige Bezeichnung für sie war. Es waren Wächter, die ihn einsperren wollten. Er ließ den Spaten los und rannte hinüber in sein Haus. Dort schlug er die marode Tür schnell zu und drückte sich in eine Ecke seines Wohnschlafzimmers.
Sein Blick fiel auf den Stock, den er neulich gefunden hatte. Er griff danach und hielt ihn fest. Außer seinem eigenen Schnaufen hörte

er nichts. Durch sein Fenster erblickte er einen Wächter, der vorbeiging und hereinschaute. Dann ging er weiter. Robert hielt kurz die Luft an. In seinen Ohren pochte es. Er atmete weiter und wartete. Es kam ihm wie eine Ewigkeit vor. Er zitterte, stand stocksteif. Plötzlich flog die Tür krachend auf und ein großer dunkler Wächter trat in den Raum. Robert konnte nur die schwarze Silhouette erkennen. Er stieß einen quiekenden Schrei aus, sprang aus seiner Ecke und bog nach links in den dunklen Flur ab, der sich durch das gesamte Haus erstreckte. Dort prallte er gegen etwas Hartes, das ihn sofort am Kopf packte und zu Boden riss. Dann sah er nur noch Schwärze und bekam keine Luft mehr. Seine Sinne versanken vollständig im Chaos.

Die Polizisten hatten sich abgesprochen. Kollege Werner aus Nienburg sollte vorne die Tür auftreten, Olli schlich sich durch den Flur zu dem Raum, in dem Robert Herken immer hauste und die beiden Kolleginnen sicherten draußen die Seiten des Gebäudes ab, falls Robert aus einem der Fenster flüchten würde.

Wie besprochen, pustete Olli einmal bei gedrückter Sprechtaste auf das Funkgerät. Das war das Zeichen für Werner. Ein Tritt genügte und die Tür flog nach innen auf. Werner sah Robert mit aufgerissenen Augen aus einer Ecke kommend in den Flur abbiegen. Olli hatte

damit gerechnet, er kannte das Haus schon aus einem früheren Einsatz. Robert rannte ihm direkt in die Arme und der sportliche Polizist packte ihn mit einer Kopfgrifftechnik und brachte ihn innerhalb von Sekundenbruchteilen zu Boden, auf dem zu Roberts Glück Klamotten herumlagen. Das alles ging viel zu schnell, als dass Robert Gegenwehr leisten konnte. Er bewegte sich nicht.
Werner trat hinzu und drehte die Arme des Festgenommenen auf den Rücken, legte ihm Handfesseln aus breiten Kabelbindern an und half Olli dann, den Mann vorsichtig aufzuheben. Dabei fiel Olli der Stock auf, der neben Robert lag. Er hob ihn auf und nahm ihn mit nach draußen. Als sie den Mann aus dem Haus bugsierten, kehrte bei diesem offenbar die Wahrnehmung zurück und er begann Schmerzensschreie auszustoßen und an seinen Fesseln herumzuzerren. Nathalie zog einen Fotoapparat aus der Hosentasche und machte vorsorglich ein paar Aufnahmen, um zu dokumentieren, dass Robert zumindest dem Anschein nach unverletzt und transportfähig war. Dann setzten sie ihn mit etwas nötigem Nachdruck hinten in den Streifenwagen und schnallten ihn an. Robert hörte auf, herumzubrüllen und verfiel in eine Art Lethargie. Er ließ den Kopf hängen und

schloss die Augen, war aber sichtbar bei Bewusstsein.
Olli zeigte den anderen Kollegen den Stock, den er mit aus dem Haus gebracht hatte und den er für einen Moment auf den Streifenwagen gelegt hatte. Es war eine stabile Rute, an der sonderbare braune Flecken zu sehen waren.
„ Ist das Blut?“, fragte Nathalie. „Sieht irgendwie so aus“, meinte auch Werner. „Das ist doch wohl nicht die Tatwaffe zu der Sache vom Kiessee, oder?“, mutmaßte Olli. „Wir müssen das Ding auf jeden Fall vernünftig sicherstellen und an die Moko weitergeben. Außerdem müssen wir für den Fall der Fälle das Haus versiegeln, falls da noch eine weitere Spurensuche nötig wird. Und wir müssen die Klamotten von dem Kerl beschlagnahmen. Das wird ja wohl kein Problem sein, wenn der in der Klapse ist, bekommt er sowieso etwas anderes. Werner, habt ihr Siegel mit und könnt ihr euch darum kümmern?“
Werner schaute im Wagen nach und machte sich an die Arbeit. Nathalie kramte zwei der ganz großen Spurensicherungsbeutel heraus und stülpte sie über den Stock, was gerade so passte. Sie zog die Beutel schräg von oben und unten über den Stock und verklebte sie geschickt miteinander. Dann packte sie die Spur in den Kofferraum. Nachdem alles besprochen und über Funk eine kurze Meldung abgegeben war, setzte Olli sich nach hinten,

neben den immer noch still verharrenden Robert.

Sie erreichten die Dienststelle ohne Zwischenfälle, nahmen Robert mit in das Gebäude und setzten ihn auf einen Stuhl. Olli blieb hinter ihm stehen, um ihn notfalls sofort greifen zu können. Er nahm sich das schnurlose Telefon und bat Sarah, ihm die Nummer vom Kollegen Voss herauszusuchen.

„Paul ist doch der einzige Stolzenauer in der Moko, ich rufe ihn an und erzähle ihm, was wir gefunden haben. Ich schätze, die Truppe kommt dann bestimmt zum Dienst." Sarah hörte, wie Olli telefonierte, als es an der Tür summte. Es war die Dame vom Landkreis, die jetzt schon etwas freundlicher gestellt war. Sarah berichtete ihr, was vorgefallen war. Daraufhin rief die Dame zunächst auf der Rettungsleitstelle an und bestellte einen Krankentransporter, denn in solchen Fällen wurden die Leute nicht von der Polizei transportiert, sondern auf einer Liege festgeschnallt.

Das war schon zur Sicherheit der psychisch Kranken sinnvoll. Man durfte nicht vergessen, dass diese Leute schwer krank waren. Auch Robert Herken handelte nicht aus Böswilligkeit, sondern weil ihm sein kranker Verstand Dinge vorgaukelte, die nicht der Wirklichkeit entsprachen. Die Dame nahm den Einsatzbericht zur Hand, den Sarah in der

Kürze sehr ausführlich formuliert hatte. Darin stand auch, dass eine mögliche Tatwaffe gefunden wurde. Die Dame vom Landkreis telefonierte mit der geschlossenen Abteilung der Psychiatrie Wunstorf und zum Glück gab es dort freie Aufnahmeplätze. Die weiteren Formalien erledigte sie schnell, sodass Robert schon eine halbe Stunde später sicher verschnürt auf einer Liege im Krankenwagen die Fahrt nach Wunstorf antrat.
Unser Festnetztelefon klingelte. Ich musste aus meinen Träumen in die Realität zurückfinden, sprang aus dem Bett und rannte ins Wohnzimmer. Innerlich hatte ich mit einem Anruf gerechnet. Und richtig, es war die Nummer von der Dienststelle. „Paul Voss hier", meldete ich mich. „Moin Paul, Olli Wieking hier. Wir haben gerade Robert Herken festgenommen beziehungsweise eingewiesen, der geht gleich ab in die geschlossene Abteilung nach Wunstorf. Wir haben einen Knüppel bei ihm gefunden, an dem vermutlich Blutstropfen sind. Wir hatten den Gedanken, dass das die Tatwaffe zu der Sache vom Kiessee sein könnte. Vielleicht ist der Irre sogar der Täter."
Ich musste das kurz verarbeiten, denn ich kannte den irren Robert ja auch. „Mann, Olli, das ist ja spitze. Hört sich super an. Ich mache mich sofort fertig und komme her, dann können wir alles direkt besprechen und ich

kümmere mich um alles Weitere von der Dienststelle aus. Okay?“ „Ja, das ist gut. Dann bis gleich. Ich setze schon mal neuen Kaffee auf.“

Hui, da war ich mal schlagartig wach. Robert Herken, ein Knüppel mit Blutanhaftungen, eine Leiche einfach totgeschlagen und liegengelassen. Das könnte alles passen, auch wenn ich dem Kerl so etwas niemals zugetraut hätte. Ich ging zügig ins Bad und zog mich dann leise im Schlafzimmer an. Britta schlief noch tief und fest und hatte gar nichts mitbekommen. Vorsichtig schlich ich aus dem Zimmer und schrieb meiner Frau einen Zettel, den ich auf den Küchentisch legte. Anschließend fuhr ich ausnahmsweise mit dem Auto zur Dienststelle. Ich betrat das Gebäude durch den Hintereingang, ging dann aber direkt zur Wache. Olli kam mir auf dem Flur entgegen.

„Guten Morgen“, begrüßte ich ihn. „Mensch, eure Tagschicht fängt ja gut an. Ich bin sehr gespannt, habt ihr Zeit zu berichten oder liegt was an?“ „Nein, noch kein neuer Einsatz. Sarah sitzt vorne und Nathalie und ich sind die Streifenbesatzung. Wir können nach hinten gehen, ich hole mal Sarah.“ Ich ging in den großen Besprechungsraum und begrüßte Kollegin Nathalie. Ich schloss den Moko-Raum auf, setzte mich dann aber mit an den großen Tisch im Besprechungsraum. Olli kam mit Sarah dazu , die mir erzählte wie es angefangen hatte.

„Es rief eine Frau von einem Pflegedienst an, die an dem Kotten von Robert vorbei musste. Er war wohl gerade dabei, die jungen Bäume zu zerlegen und hatte ihr mit seinem Spaten auf das Autodach gehauen. Die Dame kommt gegen Mittag her und ich nehme den Schaden auf. Olli und Nathalie sind in den Einsatz gefahren und ich habe die Rufbereitschaft vom Gesundheitsamt herbestellt. Dafür, dass sie erst nicht abnahm und als es dann klappte, ziemlich unwillig war, funktionierte es am Ende tadellos. Darum ist Robert jetzt auch schon gut verschnürt und vermutlich ein bisschen sediert auf dem Weg nach Wunstorf. Den Rest können dir Nathalie und Olli besser erzählen."

„Mach du," meinte Nathalie zu Olli. „Du warst ja im Haus." „Okay", begann er. „Wir kamen zeitgleich mit den Nienburgern an und Robert flüchtete ins Haus. Ich hab mich von hinten reingeschlichen und Werner aus Nienburg machte die Tür auf." Olli grinste und ich wusste schon, was er mit ‚Tür aufmachen' meinte. Er fuhr fort. „Robert sprang auf und rannte mir genau in die Arme. Er hatte einen Stock bei sich und nachdem wir ihn verarztet hatten, sahen wir uns den Knüppel genauer an. Er liegt vorne, ich hole ihn mal."

Damit sprang er auf und kam nur wenige Sekunden später mit einem Stock wieder, der in zwei DNA-Beutel eingepackt war. Er legte das Stück vor mir auf den Tisch. Ich nahm es in die Hände und betrachtete es von allen Seiten. Der Knüppel war vielleicht 80 bis 90 Zentimeter lang. Es befand sich keine Rinde daran, er war nicht sehr schwer, also vermutlich trocken und so dick wie ein Spazierstock, aber er schien ansonsten unbehandelt. Jedenfalls dürfte es kein Wanderstock sein. Ich überlegte, welche Holzart es sein mochte. Vielleicht Esche? Auf jeden Fall ein ziemlich helles Holz und es waren deutlich dunkle Flecken darauf zu sehen, kleinere und größere, jedoch nur an einem Ende, nämlich an dem etwas dickeren. Das waren auch nach meiner Ansicht mit hoher Wahrscheinlichkeit Blutflecken.

„Habt ihr Robert danach gefragt?“, fragte ich in die Runde. „Nein“, meinte Nathalie, „das war nicht möglich. Der stand völlig neben sich, gefangen in seiner Welt und nicht ansprechbar. Das hat auch die Dame vom Landkreis veranlasst, ihn direkt in die geschlossene Abteilung einzuweisen, ohne lange Fragen zu stellen.“ Sarah fügte noch etwas hinzu. „Die hatten in Wunstorf zugesagt, dass noch Plätze frei sind und dass er nicht ohne konkrete Rücksprachen entlassen wird. Wir haben gesagt, dass eventuell ein

Tötungsdelikt im Raum steht, mehr allerdings auch nicht."

Ich konnte die allesamt recht jungen Kolleginnen und Kollegen nur loben. Sie hatten wirklich alles vorbildlich geregelt, das freute mich. Ich verzog mich in den Moko-Raum, um Tommi anzurufen, weil ich wusste, dass er auf jeden Fall auch direkt herkommen würde. Tommi war genauso begeistert wie ich. Wir entschieden am Telefon, dass er nach Stolzenau kommen sollte. Die anderen würden wir noch in Ruhe lassen, weil wir zusammen nach Wunstorf fahren wollten, eventuell bekam Robert schon ein gutes Medikament und wäre in der Lage, ein paar halbwegs klare Gedanken zu fassen und auszusprechen. Den anderen würden wir hinterher Bescheid sagen, es gab jetzt keinen Grund für übertriebene Hektik.

Die versiegelte Behausung von Robert Herken konnten wir auch später noch durchsuchen. Dann würde es auch genug Zeit zum Telefonieren geben, vielleicht müssten auch noch ein paar Fahrten erledigt werden, zum Beispiel Spurenträger zur Rechtsmedizin bringen. Während ich auf Tommi wartete, überprüfte ich im System die Einträge über Robert Herken. Ich fand alle möglichen Einsatzdokumentationen, die meisten allerdings konnte beziehungsweise durfte ich nicht öffnen. Geheiligt werde der Datenschutz.

Auf jeden Fall fand ich nichts, was auf Gewalttätigkeiten gegen Personen hindeutete. Das musste aber nichts heißen. Für alles gab es ein erstes Mal und wer weiß, wohin ihn seine Fantasien und Wahnvorstellungen geführt hatten. Ich überlegte, wie wir uns ihm nachher nähern sollten und beschloss, ein Bild von Tanja auszudrucken. Wir hatten inzwischen einige aktuelle Bilder von ihr. Wenn er der Mörder war, würde ein Foto von ihr im Großformat bei ihm irgendeine Reaktion auslösen, die wir bewerten konnten, ohne Psychologen zu sein. Ich suchte das Foto aus, das dem Aussehen an ihrem letzten Tag am nächsten kommen dürfte und druckte es in Farbe auf ein Blatt Fotopapier. Als es fertig war, betrachtete ich es sehr genau. Sie war wirklich sehr hübsch gewesen, hatte ein gewinnendes Lächeln. Welcher Mann brächte es fertig, ihr solche massive Gewalt anzutun? War Robert Herken gar nicht für solche Reize empfänglich?

Es dauerte nicht allzu lange, bis Tommi eintraf. Wir setzten uns zusammen in unseren Moko-Raum, um zu beraten, was wir heute erledigen wollten. Auf jeden Fall mussten wir unseren Tatverdächtigen aufsuchen und versuchen, ihn zu vernehmen. Die Durchsuchung der Wohnung, wenn man das denn Wohnung nennen wollte, würden wir erst ausführen, wenn wir einen Beschluss hatten. Ich nahm nicht an,

dass wir dort tatsächlich noch etwas Relevantes finden würden. Vielleicht gab es ein Kleidungsstück, an dem wir noch eine Spur finden könnten. Ich war mir sicher, dass er kein Handy hatte und selbst wenn, wäre er wahrscheinlich sowieso innerhalb der Funkzelle gewesen.
Diese Gedanken führten uns unweigerlich zu Dr. Gassmüller, den wir auf jeden Fall anrufen würden. Als wir zu Ende beraten hatten, war es schon kurz nach 9 Uhr und wir riefen Siggi an. Der freute sich ebenfalls, obwohl er gerade mit seiner Frau am Frühstückstisch saß. Wir beschlossen, dass wir uns um 11. Uhr alle auf der Dienststelle treffen sollten. Als ich auflegte, hatte Tommi schon den Hörer in der Hand und nach zweimaligem Anrufzeichen hörte ich, dass Dr. Gassmüller das Gespräch annahm. Tommi stellte den Lautsprecher des Apparates an.
„Ja, vielleicht ein toller Erfolg, den die Kollegen des Streifendienstes dort hatten", hörte ich die Stimme des Staatsanwaltes. „Ich werde gleich ein paar Zeilen schreiben und dann informiere ich den richterlichen Bereitschaftsdienst. Es wäre wichtig, dass Sie die Wohnung heute noch durchsuchen. Es reicht ja, wenn ich eine mündliche Anordnung des Richters bekomme, den Beschluss kann er am Montag ausfertigen. Haben Sie schon eine Vorgehensweise hinsichtlich des

Tatverdächtigen angedacht?" Tommi begann zu erklären.
„Herr Voss kennt ihn bereits aus vergangenen Einsätzen. Robert Herken leidet an Schizophrenie und Wahnvorstellungen und ist schon länger dafür bekannt, dass er seine aufgestauten Emotionen an Hecken und Gebüschen auslässt, indem er auf diese einschlägt. So war es wohl auch heute Morgen. Wir haben keinerlei Untersuchungsergebnisse zu diesem Stock, deshalb ist es absolut fraglich, ob es sich wirklich um den Täter handelt. Wenn man sich die Tatumstände ansieht, kann es aber durchaus auf einen derart geistig gestörten Täter hindeuten. Die Untersuchung des Stockes muss natürlich höchste Priorität haben. Wir wollen versuchen, Frau Dr. Gorssen zu erreichen und außerdem werden wir Herken mit einem Foto des Opfers konfrontieren. Wir halten es für ausgeschlossen, dass keinerlei Reaktion erfolgt, sofern er der Täter ist. Was denken Sie?"
Dr, Gassmüller zögerte für einen Augenblick.
„Ich vermute, Sie haben recht. Wir können fast sicher ausschließen, dass das Opfer ihn gekannt hat. Ich denke, wir sollten deswegen den Ehemann kontaktieren, das kann nicht schaden. Übernehmen Sie das bitte. Davon ausgehend, dass Herken der Täter ist und nur dieses eine Mal Kontakt mit Tanja Schirtek

hatte, würde ich grundsätzlich auch eine Reaktion erwarten, allerdings nicht mit absoluter Sicherheit. Versuchen sollten Sie es aber unbedingt noch heute. Ich werde gleich im Landeskrankenhaus anrufen und dort Ihren Besuch ankündigen, das macht es vielleicht insgesamt einfacher. Ich melde mich in Kürze."
Damit war das Gespräch vorerst beendet. Vermutlich hatten wir in einer Stunde eine mündliche Anordnung zur Durchsuchung des Hauses und einen freien Zugang zur geschlossenen Abteilung der Psychiatrie in Wunstorf. Wir mussten noch unsere Kollegen informieren. Ich hatte allerdings den Gedanken, dass nicht zwingend alle herzukommen brauchten und wollte dies erst absprechen.
„Für die Durchsuchung reichen eigentlich zwei Leute. Man könnte die ganze Hütte umgraben, dann wären zehn Leute und zwei Bagger einen Tag lang beschäftigt, das wäre aber nicht zielführend. Der Knilch haust in nur einem Raum und nutzt ansonsten nur noch ein ehemaliges Bad. Als ich das letzte Mal dort war, waren alle anderen Räume voller Gerümpel und Spinnweben. Da sieht es aus, als hätte vor 15 Jahren jemand die gesamte Bude zerlegt, um dann abzuhauen. Ich glaube, Robert betritt die meisten Zimmer gar nicht. Da stören wir jetzt höchstens irgendwelches

Kleingetier beim Brüten. Wenn Siggi kommt, würde es eigentlich reichen, wenn noch einer von den anderen dazustößt. Ich würde die Kollegen vom Streifendienst bitten, während der Durchsuchung draußen präsent zu sein, falls jemand zu neugierig wird."

Wir beschlossen also, die anderen anzurufen. Tommi erreichte als erstes Angela, die ging sofort ran, deshalb lauschte ich, bevor ich Andre anrief. „Glaubst du, dass ich mir das entgehen lasse?“, war da deutlich zu hören. „Ich mache mich gleich auf den Weg.“ Mehr hörte ich nicht, aber ich musste grinsen. Das hatte ich mir gedacht. Angela war wieder Feuer und Flamme und nicht aufzuhalten. Ich wählte die Nummer von Andre, der den längsten Weg hätte. Es dauerte eine Weile, bis er abnahm.

„Tag, Herr Kollege“, begrüßte ich ihn. „Wir haben eine Festnahme.“ „Ist nicht wahr“, staunte er. „Wen? Ist er auf der Dienststelle?“ „Nein, er ist in der Psychiatrie“, erläuterte ich. „Die Kollegen vom Streifendienst hatten heute morgen einen Einsatz bei einem unserer üblichen Durchgeknallten, der gerade wieder am Rad drehte und auf Bäume und Büsche einschlug. Als er einer Dame mit dem Spaten auf das Autodach schlug und diese uns informierte, lief alles an. Der Kerl ist inzwischen in Wunstorf in der Geschlossenen angekommen.“

Ich holte kurz Luft. „Ich komme her“, war Andres Kommentar. Dazu gab es nichts mehr zu sagen, ich konnte das gut verstehen.
Tommi erreichte Jan, der sich auch freute, allerdings eigentlich zu Hause Kinderdienst hatte und deswegen dort bleiben würde. Jan sah das mit der üblichen Besonnenheit, die wir alle so an ihm schätzten. Er wurde nicht gleich hektisch und das war schon des Öfteren gut gewesen. Wenn es kompliziert wurde und man ihn brauchte, war er hundertprozentig zur Stelle.
Nun, da alle informiert waren, beschlossen wir, mit den Kollegen vom Streifendienst abzusprechen, was wir heute noch vorhatten. Ich ging zur Wache, wo Sarah vor ihrem Einsatzrechner saß und Daten eintippte. Ich schaute ihr neugierig über die Schulter und las etwas von einem Verkehrsunfall. Ich wartete, bis sie fertig war, dann sprach ich sie an. „Ist es heftiger?“, fragte ich und deutete auf den Bildschirm. Sie schüttelte den Kopf. „Nein, mal wieder so ein typischer Smartphone-Unfall, auf gerader Strecke ohne ersichtliche Fremdeinwirkung von der Fahrbahn abgekommen. Zum Glück aber nur auf dem Acker gelandet und ein bisschen hin und her geschleudert. Eine junge Frau, leicht verletzt.“
Das war beruhigend. Von typischen Smartphone-Unfällen sprachen wir immer dann, wenn gerade

jüngere Leute ohne plausiblen Grund plötzlich die Kontrolle über ihren Wagen verloren. Ganz oft war das Smartphone die Ursache, weil die Leute statt auf die Fahrbahn auf das Handy schauten und dadurch Fehler machten. Das Schwierige war hinterher immer die Nachweisbarkeit. Wenn es nicht direkt zugegeben wurde, gab es natürlich oft Ausreden und auch bei Verkehrsunfällen gilt der Grundsatz „Im Zweifel für den Angeklagten".

Ich schilderte Sarah, wie wir heute noch vorgehen würden und fragte sie, ob wir die Durchsuchung später so abstimmen konnten, dass die Streifenbesatzung dabei war. Wir einigten uns darauf, das von der Einsatzlage abhängig zu machen, was unsererseits überhaupt kein Problem war. Ich schlug vor, dass ich dafür später Kuchen besorgen würde, um nach der Durchsuchung zusammen Kaffee zu trinken, wenn denn kein Einsatz dazwischen kam. Erfahrungsgemäß war es an den Samstagen im Sommer nachmittags meist recht ruhig. Die Einsätze gingen eher gegen Abend wieder los, wenn irgendwo zu laut gefeiert wurde oder jemand betrunken Fahren oder Pöbeln würde.

Sarah gefiel die Idee und ich freute mich. Selbst wenn es am Ende nicht Robert war, der Tanja erschlagen hatte, allein die Tatsache, dass die Zusammenarbeit so toll klappte, war einen großen Apfelstreuselkuchen wert. Ich

entschied mich, den Kuchen jetzt schon zu holen, wer weiß, ob es nachmittags noch so viel Auswahl gab. Der nächste Bäcker war nur knappe 500 Meter entfernt und so machte ich mich zu Fuß auf den Weg. Ich hatte Glück: Es gab Apfelkuchen mit Zuckerguss und Käsekuchen mit Streuseln. Ich kaufte zwei extragroße Stücke und schaffte es auch, sie heil zur Dienststelle zu tragen, wo ich sie der Jahreszeit angepasst, im Kühlschrank deponierte. Gerade als ich durch den Flur ging, kam Siggi zur Tür herein und war sofort über das im Bilde, was ich vorhatte.
„Tag Paul. Das ist ja ein angenehmer Tag für mich, eben noch das große Frühstücksbuffet und jetzt schleppst du hier massenweise Kuchen an.“ Ich eilte an ihm vorbei, antwortete aber über die Schulter hinweg. „Für euch nur das Beste. Ich dachte, wir könnten nachher mit dem Streifendienst zusammen ein Stück Kuchen essen, weil heute alles so gut geklappt hat.“
Siggi fand die Idee gut. Wir setzten uns in den Moko-Raum und sahen durch das Fenster, wie Angela zackig um die Ecke bog. Bis Andre eintraf, würde es vermutlich noch eine Viertelstunde dauern, er hatte eine längere Anfahrt als alle anderen. Ich entschloss mich, die nötigen Unterlagen für eine Durchsuchung zusammenzustellen. In dem Moment klingelte an Jans Platz das Telefon. Siggi

hatte sich dort hingesetzt und nahm ab. Es war Dr. Gassmüller, der wie erwartet einen mündlichen Durchsuchungsbeschluss bekommen hatte. Außerdem hatte er mit der diensthabenden Ärztin in Wunstorf gesprochen. Dort würde man uns bereits erwarten. Gewissermaßen hinter vorgehaltener Hand erläuterte er, dass die Ärztin eine Hobby-Ornithologin sei und Tanja Schirtek zumindest vom Hörensagen kannte. Die Dame war über den Tod der Forscherin erschüttert gewesen und wollte alles ihr Mögliche tun, um zur Aufklärung des Verbrechens beizutragen.

Angela war inzwischen hereingekommen. Siggi und Dr. Gassmüller philosophierten noch ein wenig über mögliche Tatzusammenhänge in Bezug auf Robert Herken. Ich verdrückte mich, um meinen Plan auszuführen. Letztlich mussten nur ein paar Formulare und zwei geeignete Behälter zusammengesucht werden und ich kannte mich auf der Dienststelle logischerweise besser aus als die anderen. Als ich gute zehn Minuten später alles ordentlich zusammengepackt hatte, traf Andre ein und wir setzten uns zusammen, um die anstehenden Maßnahmen aufzuteilen.

Wir beschlossen, dass Andre und Tommi nach Wunstorf fahren sollten. Robert hatte mich leider schon einmal bei einem Einsatz gesehen. Vielleicht erinnerte er sich an mich und wäre dadurch abgelenkt oder

eingeschüchtert. Andre hatte sowieso eine sehr angenehme und beruhigende Ausstrahlung und Tommi kannte Robert Herken definitiv noch nicht. Angela wollte zwar auch gerne mit nach Wunstorf, wir einigten uns dann jedoch darauf, dass sie als Frau vielleicht in diesem speziellen Fall nicht am besten geeignet war, ohne dass dies in irgendeiner Form eine persönliche Wertung darstellte. Als ich ihr erzählte, dass Robert Wahnvorstellungen hatte, in denen er vor Schmerzen schreiende Frauen sah, gab Angela mir recht. So würden wir zu dritt zu seiner Behausung fahren und dort durchsuchen.
Wenig später machten wir uns jeweils auf den Weg. Siggi hatte vorgeschlagen die Streifenbesatzung außen vor zu lassen, weil wir zu dritt genug Leute vor Ort wären. Mit einem Augenzwinkern bot er mir an, er könne draußen nach dem Rechten sehen und gegebenenfalls für besorgte Bürger ansprechbar sein. Ich nickte dazu grinsend. Vielleicht hätte ich nicht im Vorfeld schon so deutlich von den Zuständen innerhalb der Mauern des Hauses von Robert sprechen sollen. Ich zog mir schon auf der Dienststelle einen weißen Einweganzug an und empfahl Angela, das auch zu tun. Sie schnappte sich einen und verzog sich damit in die Damenumkleideräume. Ich zog nur ein T-Shirt unter dem Anzug an, streifte den Oberkörperteil herunter und

verknotete die Ärmel als Gürtel. Angela trug ihr Teil genau so, als sie zurückkam.
Siggi mimte den Chauffeur und zehn Minuten später trafen wir an dem heruntergekommenen Haus ein. Roberts Fahrrad lag im hohen Gras, links neben dem Trampelpfad, der durch Disteln, Brennnesseln und Gras von der Gemeindestraße zum Haus führte. Es war ein bestimmt 80 bis 100 Jahre altes kleines, bäuerliches Gebäude aus roten Ziegeln und roter Dacheindeckung. Die alten, einfach verglasten Fenster, von deren weißen Rahmen und Einfassungen schon die Farbe abbröckelte, waren, bis auf zwei, mit Planen oder Säcken verhangen. Das Haus war längs zur Straße gebaut, Roberts Eingang war aus unserer Sicht links. Die Tür war geschlossen, allerdings war an ihr fast nichts mehr heil. Sie bestand nur noch aus einem Metallgitter, Holz und Glas fehlten komplett.
Als ich näher herantrat, konnte ich sehen, dass immerhin der Riegel noch funktionstüchtig war. Einen Schlüssel gab es nicht. Ein Siegel klebte an Tür und Rahmen, es war unversehrt. Ich hatte auch nichts anderes erwartet, das Haus würde wohl außer Robert kaum jemand freiwillig betreten. Angela hatte die Spiegelreflexkamera umgehängt und machte draußen die ersten Aufnahmen.

WWir sollten auch seine letzten Werke draußen dokumentieren, also die zerschlagenen Pflanzen. Vielleicht brauchen wir das Bildmaterial später“, sagte ich zu Angela. „Mache ich hinterher“, erklärte sie. Ich riss das Siegel ab und öffnete die Tür. Der Vorteil dessen, dass überall Fenster und Türen kaputt waren, war die permanente Lüftung. Trotzdem roch es ziemlich schlecht, nach ewig ungewaschenen Klamotten und vor sich hin schimmelnden Lebensmitteln. Es war widerlich.
„Hier ist das Bad“, wies ich Angela hin. Sie schaute um die Ecke. „Igitt, ist das ekelhaft“, stellte sie fest, knipste es aber trotzdem. Ich sah nicht genauer hin. Da lagen unzählige Zeitungen, Haare, undefinierbarer Dreck und Verpackungsmüll. Das Waschbecken war weitestgehend braun verfärbt. Nur in der Nähe des Abflusses war noch etwas Weiß zu erkennen, was wohl einst die Farbe der Keramik gewesen war. Der Wasserhahn tropfte, es schien also noch fließend Wasser zu geben. Im Flurbereich fielen mir diverse Comics auf, Grusel- und Geistergeschichten. Ich staunte, die waren mir beim vergangenen Einsatz gar nicht aufgefallen. Kein Wunder, dass er ab und zu den Sensenmann sah und irgendwelche Schreie hörte. Was noch auffiel war das fast vollständige Fehlen von Getränkeverpackungen.

Lediglich neben der Couch standen drei leere Bierdosen.
Ich wusste, dass er auf seinen Streifzügen Leergut auflas, offenbar setzte er dies regelmäßig um. Ich versuchte zunächst die weiteren Räume des Hauses einzusehen. Dabei wurde aber allein durch die Struktur der mehrlagigen Spinnweben in allen Ecken klar erkennbar, dass er die anderen Räume mied und nur seine Wohn- und Schlafbehausung sowie die Latrine benutzte. Er besaß eine gewisse Ausstattung an Bekleidung, die sich in seinem Wohnraum verteilte. Es waren einige T-Shirts, Pullover, ein Parka und eine Sportjacke. Dazu kamen noch eine Hose und so eine Art Overall. Ich würde jede Wette eingehen, dass kein einziges der Stücke seit mindestens einem Jahr oder länger ungewaschen geblieben war. Mich beschäftigte die Frage, was wir hier sicherstellen sollten. Ich suchte nach Schuhen, die wären noch eine Möglichkeit gewesen, weil Frau Dr. Gorssen eine Trittspur gesichert hatte. Ein Paar Sportschuhe, Marke Lidl oder Aldi, Modell ausgelatscht. Da es das einzige Schuhwerk im Haus war, asservierte ich es sachgerecht. Mit diesem Fund schlossen wir die Durchsuchung ab. Angela machte noch Bilder von seinen Gartenpflanzen, an denen er sich auch schon ausgelassen haben musste, jedenfalls hingen diverse Zweige von Büschen abgebrochen

herab. Danach widmeten wir uns den Bäumchen, die er am Morgen zerlegt hatte.
„Der Bauer, der hier die Fläche bewirtschaftet, wäre ihm vermutlich sogar dankbar, wenn man sich so anschaut, wie weit der Acker aus der Sicht des Bauern zu reichen scheint", sagte ich zu Siggi und Angela. Das war eine Anspielung auf die Dreistigkeit des Landwirts. Die Gemeinde hatte die Bäume erst vor Kurzem gepflanzt und jeweils zwei Stützpfähle gesetzt. Sicherlich hatten die Leute der Gemeinde darauf geachtet, dass die Bäume auf dem Grund der Gemeinde stehen. Der Landwirt hatte allerdings schon so viel vom Gemeindegrund umgepflügt und bestellt, dass zwischen Bäumen und Fahrbahn bestimmt ein eineinhalb Meter breiter Streifen Getreide wuchs. Ernten würde er das Getreide jedenfalls nun nicht mehr. Als wir auch die Bäumchen geknipst hatten, packten wir unsere Sachen ein und fuhren wieder zurück zur Dienststelle.
Angela wollte sich um die Fotos kümmern und ich verzog mich, um den Bericht zur Durchsuchung zu schreiben. Ich vermutete, dass es noch ein Weilchen dauern könnte, bis wir etwas von Tommi und Andre hören würden. Siggi hatte sich bereits an das Telefon gehängt und Frau Dr. Gorssen angerufen. Sie war glücklicherweise heute im Labor und

wollte sich nun priorisiert um unsere Spuren kümmern.
Es ergab sich spontan noch eine Aufgabe für mich. Die Dame vom Pflegedienst erschien mit dem beschädigten Auto zur Anzeigenaufnahme. Ich klärte mit Sarah ab, dass ich den Schaden aufnehmen würde, weil ich dann auch noch Fragen zu dem Ereignis mit Robert heute morgen stellen konnte. Angela bat ich, sich dazuzusetzen. Einige Minuten später machte ich Fotos von den Dellen und Kratzern auf dem Autodach. Robert hatte dem Kleinwagen sein Siegel nicht gerade zimperlich aufgedrückt. Danach nahm ich die Dame mit in das Büro, in dem Angela schon wartete. Es dauerte einige Zeit, bis ich alle persönlichen Daten eingegeben hatte, dann konnte die Vernehmung beginnen. Nachdem ich erläutert hatte, worum es ging, begann die Dame zu berichten.
„Wie jeden Tag bin ich heute morgen um sechs Uhr dort entlanggefahren. Gesehen habe ich den Typen schon oft, er ist ja viel mit dem Rad unterwegs und dass er ein bisschen verrückt ist, wusste ich auch schon, er spricht ja immer mit sich selbst. Aber das heute Morgen hat mir wirklich Angst gemacht.“
„Wie hat sich das denn genau zugetragen?“, hakte Angela ein. „Also, ich sah den schon von Weitem, weil er wie bekloppt mit seinem Spaten auf diese jungen Bäume einhackte. Ich konnte auch sehen, dass er dabei

herumbrüllte. Ich hab mir trotzdem zunächst nichts Böses dabei gedacht und bin weitergefahren. Ich bin extra weit links gefahren, er war rechts von mir zugange. Und als ich auf seiner Höhe war, drehte der sich um und schlug mit dem Spaten auf mein Dach. Bestimmt drei oder vier Mal und er hat dabei laut gebrüllt. Ich habe Gas gegeben, bin weitergefahren und habe noch in den Rückspiegel geschaut, ob er mir hinterherkommt. Aber das tat er nicht. Er drehte sich wieder um und machte mit den Bäumen weiter. Ich glaube, der war völlig von Sinnen. Ich habe dann die Polizei angerufen."
„Haben Sie irgendetwas von dem verstehen können, was er da brüllte?", wollte ich wissen. „Ich glaube, der hat ‚Weg! Weg!' geschrien, aber ich mag mich auch irren, ich habe mich ja ziemlich erschrocken. Sonst habe ich nichts verstanden."
„Hat er Sie angesehen, also Ihnen ins Gesicht gesehen?", fragte ich weiter. „Hm, nein, ich glaube nicht. Der hatte die Augen weit aufgerissen, aber direkt angeguckt hat er mich nicht." Ich musste kurz überlegen. Sie konnte sich sehr gut erinnern. Ich fragte weiter. „Wie hat das ausgesehen, wie hat er den Spaten bewegt, können Sie das beschreiben?" Sie überlegte. „Wie soll ich das sagen? Er hat damit wild herumgewirbelt, ziemlich blind, wie ich meine. So sah das

schon von Weitem aus, immer von links nach rechts, ich glaub er hat sich um sich selbst gedreht.“

„Hat er auch mal getreten?“, wollte ich wissen. „Nee, der hatte ja so schon Mühe, nicht hinzufallen. Getreten hat der nicht, ganz sicher.“ Das reichte eigentlich. Wir unterhielten uns noch ein bisschen mit ihr über den Schaden und wer dafür nun aufkommen würde. Die Einschätzungen zu seinem Handeln waren uns wichtig gewesen. Wir schlossen die Vernehmung ab und ich ließ die Dame hinaus. Danach setzten wir uns zu Siggi. Angela schaute mich an. „Was hältst du davon?“, fragte sie. Ich verstand nicht. „Was meinst du, von ihr oder von der Randale heute morgen?“ Sie verdrehte die Augen. „Ich meine, wie du nach ihrer Aussage Robert siehst? Du hast doch extra gefragt, wie er sich bewegt hat und ob er getreten hat. Tanja hat schließlich eine Trittspur am Bein.“

Der Schatten in meinem Kopf lichtete sich wieder. Ich war wohl doch nicht ganz ausgeschlafen. „Ach so, ja, klar. Also so, wie die Dame das erzählt, hat er blind randaliert. Auf jeden Fall schließt sie aus, dass er getreten hat. Ich denke, der hat für diese Ausraster einen typischen Handlungsablauf, der wird sich darüber keine Gedanken machen. Es gab ja früher auch schon Einsätze und da haben die Anrufer sein Tun

ganz ähnlich beschrieben. Er brüllt herum und schlägt wie wild auf etwas ein, in der Regel auf irgendwelche Gewächse. Ich lehne mich jetzt mal aus dem Fenster, aber wenn der auf seine Art Tanja angegriffen hätte, hätte er sie nicht getötet. Wahrscheinlich hätte sie sogar locker abhauen können. Was ich nicht kapiere ist, warum er diesen Stock hat. Ich habe alle Einträge über ihn durchgelesen. Er hat immer mit einem Spaten oder einer Schaufel randaliert, nie mit einem Stock. Klar, da ist der Unterschied auf den ersten Blick nicht so groß, aber getreten hat er auch noch niemanden. Was ist, wenn er den Knüppel einfach aufgesammelt hat? Das Teil muss so schnell wie möglich untersucht werden. Wir sollten ihn Montag früh sofort nach Hannover bringen. Was meint ihr denn?"
Siggi runzelte die Stirn. „Ich kann deine Gedankengänge gut nachvollziehen. Ich bin mir noch nicht sicher, ob wir da etwas übersehen haben. Was die Handlungsmuster angeht, würde ich dir Recht geben, aber wir sind beide keine Psychologen. Wir müssen so schnell wie möglich Ergebnisse der DNA-Untersuchungen haben". Er schaute zu Angela, die ebenfalls in unsere Richtung tendierte. „Ich habe auch das Gefühl, dass er nicht der Täter ist. Wenn ich mir die Situation vorstelle, dass er einen Tobsuchtsanfall bekommt und randaliert, dann gehe ich dem als Frau doch aus dem Weg

und bleibe so weit auf Distanz, dass mir nichts passiert. Tanja hätte ihn doch rechtzeitig bemerkt. Das Verhalten von Robert passt einfach nicht zu der vermeintlichen Tat.“

So waren wir drei uns darüber einig, dass Robert Herken vermutlich nicht der Täter war. Ich war gespannt, was Andre und Tommi zu sagen hätten. Vielleicht irrten wir uns auch und Robert hatte Tanja schon einmal gesehen und sich an sie angeschlichen. Nun mussten wir auf die DNA-Untersuchungen warten. Das Telefon klingelte. Angela schaute auf das Display und sprang auf. „Das ist Tommi, ich schalte auf laut“, Sagte sie aufgeregt. Wir begrüßten Tommi gemeinsam, sodass er sofort wusste, dass wir ihn alle hörten. Er fing an zu sprechen.

„Er ist es nicht.“ Pause. Tommi wartete. Ich stellte mir vor, wie er im Auto saß und breit grinste. „Komm schon, warum nicht?“, drängelte Angela. Wir hörten Tommi lachen. „Der Typ war gut drauf, sie haben ihm wohl eine ordentliche Dosis intravenös verpasst. Er war völlig ruhig, man konnte sich fast normal mit ihm unterhalten, abgesehen davon, dass er seiner Meinung nach in einem schicken Haus wohnt und als Landvermesser arbeitet. Er glaubt auch, Tanja zu kennen. Sie arbeitet bei Lidl und sieht ziemlich gut aus. Kurz, es kam zu keiner Reaktion, die uns stutzig hätte machen können. Kein Zögern, keine Atempause, als wir ihm das Bild gezeigt haben, absolut nichts. Den Stock hat er vor ein paar Tagen gefunden, er lag auf einem Grenzparameter, wie er sich ausdrückte. Er hätte ihn mitgenommen, weil er genau einen Meter lang sei. Das ist eigentlich alles. Ergo brauchen wir dringend Untersuchungsergebnisse." Damit beendete Tommi seine Ausführungen. Siggi antwortete und bestätigte ihm, dass wir der gleichen Ansicht waren. Alles Weitere wollten wir später gemeinsam besprechen. In einer halben Stunde würden die beiden zurück sein.

Die kurze Zeitspanne nutzten wir, um einige Formalitäten zu erledigen. Ich fertigte ein paar Anträge, die zu den DNA-Untersuchungen gehörten. Dann überlegte ich kurz, ob es sinnvoll wäre, Kaffee zu kochen. Da es draußen heute nicht übermäßig heiß war und mir als Getränk zum Kuchen nichts besseres einfiel, kochte ich eine frische große Kanne. Etwas später setzten wir uns mit den Kollegen des Streifendienstes an den großen Tisch im Besprechungsraum und erzählten vom Tag und von unseren Schlussfolgerungen. Ich war mir inzwischen sehr sicher, dass Robert nicht der gesuchte Mörder war. Allerdings hatte ich Hoffnung, dass der Knüppel die Tatwaffe war und dass uns dies entscheidend weiterbringen würde. Angela würde am Montag mit Tommi nach

Hannover fahren. Sie würden den Stock sowie eine Speichelprobe und die Schuhe von Robert mitnehmen.
Der große Durchbruch war uns wohl nicht gelungen, auch wenn wir das noch nicht sicher ausschließen konnten. Zumindest waren wir einen kleinen Schritt weiter. Wir diskutierten noch ein Weilchen über mögliche Tatabläufe. War es irgendjemand, an den wir noch nicht dachten, mit einer ähnlichen Motivlage, wie der Jäger, nur radikaler? Vielleicht ging es auch um Geld? Möglicherweise befürchtete jemand, Tanjas Arbeit konnte sich auf die immer weiter ausgreifende Auskiesung der Wesermarsch auswirken? Da konnten hohe Geldsummen eine Rolle spielen. Auf jeden Fall blieb es weiter spannend.
Ich klärte mit den anderen ab, Montagmorgen anzurufen. Wenn nichts von Dringlichkeit anliegen würde, wollte ich einen Baustellentag einschieben. So verabschiedete ich mich und gegen 17 Uhr hatte ich an dem Samstag Feierabend und fuhr direkt nach Hause. Britta fand ich in der Hängematte im Garten vor. Ich schnappte mir eine Liege und gesellte mich dazu. Toby war in der Badeanstalt und so ließ ich einfach mal die Seele baumeln.

18. Spuren

Unser Abend war entspannt zu Ende gegangen. Wir waren bis zum Einbruch der Dunkelheit wach geblieben und hatten fantasiert, wie wir uns unser zukünftiges Zuhause vorstellten. Wenn ich ehrlich war, konnte ich mir noch gar nichts konkret vorstellen, denn es war momentan eine Abrissbaustelle. Ich hatte auch keine Motivation, morgen weiterzumachen, ich war müde und freute mich auf einen geruhsamen Sonntag. Wir hatten uns ein paar kühle Bierchen gegönnt und so wurde ich, als wir ins Haus gegangen waren, schnell schläfrig. Dafür war Britta noch munter, was mir die Poleposition in dem Wettrennen darum, wer zuerst schnarcht, einbrachte.

Britta hatte sich mit ihrer Nackenrolle im Bett aufgesetzt und den Fernseher eingeschaltet. Ich hatte mich schon lang ausgestreckt und war auf dem Weg in eine fremde Realität, als meine Welt wieder ins Wanken geriet. Ich wurde unsanft wachgerüttelt. „Du schnarchst“, wurde ich zurechtgewiesen.

„Erster“, murmelte ich, drehte mich auf den Bauch, kontrollierte meine Kopfhörer und verschwand wieder in meiner Traumwelt, bei Engeln und Dämonen. Bobby Dollar hatte als einfacher Anwaltsengel die Aufgabe, die Seite des Himmels zu vertreten, wenn jemand

verstorben war. Das jüngste Gericht besteht in den Büchern aus einem Richter und je einem Vertreter des Himmels und der Hölle, die verhandelten, wo der Verstorbene die Ewigkeit zu verbringen hatte. Allerdings waren die einfachen Anwaltsengel den Menschen noch sehr nah und sehr ähnlich und sie hatten vor allem ganz ähnliche Bedürfnisse. Und Bobby schlitterte von einer Schwierigkeit in die nächste, vor allem als er sich in eine reizende Dämonin aus der Hölle verliebte.
Ich hatte mich schon gefragt, wie es wohl bei Tanja abgelaufen wäre, wenn es tatsächlich so wäre, wie in den Geschichten um Bobby Dollar. Wenn eine so hübsche Frau wie sie vor dem Richter stand, würde sie einen Anwalt wie Bobby zugeordnet bekommen? Würde er objektiv bleiben, wenn er auf ihr Leben zurückblickte oder wäre er einfach hin und weg, weil sie so toll aussah? Wen würde die Hölle schicken? Eine Art Heidi-Klum-Dämonin, für die selbst Schneewittchen nicht hübsch genug wäre? Was passierte wirklich mit uns, wenn wir starben? Gab es eine Seele, ewiges Leben im Geist? Oft hatte ich versucht, es mir vorzustellen. Es war schwer, sich ein Weiterbestehen des Geistes vorzustellen, wenn man öfter bei Obduktionen zugeschaut hatte. Wir haben gelernt, dass unser hochkomplexer Verstand, unser ganzes Denken und Empfinden im Grunde im Gehirn stattfindet, gebildet aus

Milliarden kleiner Stromstöße und Spannungen, Hormonzirkulationen und Austausch von Botenstoffen.
Bei einer Obduktion wurde normalerweise das Gehirn aus dem Schädel entnommen, in Teile zerlegt und betrachtet. Am Ende wurde es mit ziemlich allem anderen in den Bauchraum gestopft, der Schädel blieb leer oder es kam Papier hinein, die Hirnfunktionen waren damit jedenfalls außer Kraft gesetzt. Ob so das Gerede vom Bauchgefühl entstanden war? Solche Gedanken brachten mich nicht weiter. Im Film „Troja“ reden die Helden oft davon, dass ihr Name in Erinnerung bleiben soll, offenbar nehmen sie an, dass der Name eines Helden Einzug in die Legenden hält und der Held dadurch ewig weiterlebt.
Ich persönlich sehe da ein Stück Wahrheit. Wären wir uns alle unserem lebenslangen Wirken sehr viel bewusster, wüssten wir mehr darüber, was aus unserem Leben tatsächlich Bestand hat. Nicht nur unsere leiblichen Nachkommen, sondern alle unsere geäußerten Gedanken, alle unsere Taten und alle unser Unterlassen, erzeugen eine kleinere oder größere Wirkung im allumfänglichen Dasein. Diese Wirkung ist ein Stück der Realität und sie ist nicht wegzudenken, ohne dass sich vermutlich alles im Universum verändert. So betrachtet, wird alles Lebende zu einem Stück der Ewigkeit und wir haben nur in der Hand,

wie bewusst wir dabei als Mitschöpfer in Erscheinung treten wollen. Ich habe mich manchmal gefragt, ob das eine Antwort auf die Frage nach dem Grund sein kann, warum manch ein geliebter Mensch schon sehr früh von den Seinen gehen musste. Vielleicht ist es gerade die Tragik und die große Trauer, die das Wirken des scheinbar zu früh aus dem Leben geschiedenen Menschen, besonders verstärkten. War es richtig, als Berufsermittler solchen Gedanken nachzuhängen? Meiner Meinung nach war es sogar notwendig. Der Beruf servierte tragische Schicksale, manchmal am Fließband. Neben dem, was wir im Dienst sahen und erlebten, ereilte es manchen von uns zudem persönlich, gelegentlich uns alle, wenn wir eine Kollegin oder einen Kollegen verloren.
Ich erinnere mich an eine jüngere Kollegin, die ich sehr mochte und die sehr früh ihre geliebte Mutter verloren hatte. Ihr Leben war fortan von dem Verlust geprägt, man mochte das hinterfragen und sicher war es schwer zu verstehen, warum sie den Verlust nicht hinter sich lassen konnte, doch beim genauen Hinsehen kam mir der Gedanke, dass der traurige Verlust der Mutter in der Tochter eine besondere Kraft und Energie entfesselt haben könnte, die ihr gesamtes Dasein, ihr Handeln und Wirken in besonderer Weise verstärkte.

Ich könnte noch weitere Bezüge zu anderen Schicksalen herstellen, ebenso interessant wäre es, wenn man es auf Tanja beziehen könnte. Ich bin überzeugt, dass hinter all diesen Geschehnissen ein tieferer Sinn steht, wenngleich wir ihn in Anbetracht einer Krankheit oder eines Verbrechens nicht erkennen können. In einer weiter entwickelten Menschheit würden wir Ermittler das Verfahren nicht beenden, wenn wir den Verursacher des Todes festgestellt hätten. Wir würden erst aufhören, wenn der tiefere Sinn des vermeintlichen Leidens klar vor uns liegen würde. Erst dann wäre es nämlich allen Hinterbliebenen möglich, einen solchen Schicksalsschlag mit innerem Frieden abschließen zu können.
Von dieser Arbeitsauffassung waren wir weit entfernt. Als ich morgens erwachte, plagten mich sehr viel primitivere Gedanken, allen voran der Bedarf an Nahrung. Wir hatten gestern Abend bei all der Entspannung gar nichts Nachhaltiges mehr verspeist. Ich sah auf den Wecker, es war erst kurz vor acht Uhr. Na toll, dachte ich, da könnte ich ausschlafen und wache früh auf, weil mich die eigene Verfressenheit weckt. Meine Gattin schien das Problem nicht zu haben, sie schlummerte entspannt weiter. Deshalb schnappte ich mir Sportklamotten und Geldbörse und schlich ins Bad. Ich hatte eine

tolle Idee: Ich würde zum Bäcker ins Dorf radeln und Brötchen holen. Das kam bei uns sehr selten vor, vermutlich, weil wir alle zu faul waren.

Eine halbe Stunde später war ich schon zurück, allerdings war mein Verschwinden nicht unbemerkt geblieben. Die Kaffeemaschine lief bereits. „Warum bist du aufgestanden?", fragte ich meine Frau, die mich vom Esstisch her ansah. „Du warst weg, davon bin ich wach geworden. Aber ich hab mir schon gedacht, dass du schnell zurück bist, sonst hättest du ja was geschrieben“, sagte sie lächelnd. „Soso“, neckte ich sie. „Da hast du kombiniert, dass ich wohl Brötchen hole, oder? Nicht schlecht, bist wohl die Tochter von Nick Knatterton.“

Sie schaute mich grimmig an, hielt den Blick aber nicht lange durch. Die Kaffeemaschine zischte und spuckte, was mich veranlasste, unsere beiden Kaffeebecher zu schnappen und unverzüglich zu befüllen. „Wollen wir uns heute mal ausruhen? Ich bin ein bisschen erschöpft, jedenfalls vom Kopf her. Zur Baustelle muss ich heute nicht unbedingt, ich habe morgen dienstfrei und kann dann wieder richtig ranklotzen. Wir könnten ja heute eine kleine Runde mit dem Rad drehen." Soweit hatte ich mir nämlich schon Gedanken zum Tag gemacht. Britta hatte keine Einwände und so frühstückten wir gemütlich zu Ende und

schmierten uns einige Brötchen für unseren Ausflug.
Im Flur stellte ich ein Paar weiße Sneaker fest, die nicht Britta gehörten und für Toby eindeutig zu klein waren. Grinsend berichtete ich Britta davon. Wir schrieben Toby einen Zettel mit unserer Tagesplanung und verschwanden alsbald, so hatten mein Sohn und seine Begleitung ihre Ruhe. Vorhin hatte ich die Schuhe nicht bemerkt. Gut, dass ich reichlich Brötchen geholt hatte.
Wir machten uns einen entspannten Tag, fuhren nicht allzu weit und kamen am frühen Nachmittag zurück nach Hause. Die weißen Sneaker und Tobys Schuhe waren weg. Im Stillen bedauerte ich das, aber ich freute mich für Toby. Noch einmal 17 sein, dachte ich bei mir. Oder vielleicht noch besser 19. Oder doch 22? Na, jedenfalls jung und ungebunden wäre schön. Da kamen mir schon wieder Gedanken zu Lebensweisheiten in den Kopf. Wenn ich mit dem Wissen von heute nochmal... Ich verwarf das.
Der Rest des Sonntags verging sehr schnell und wir gingen früh ins Bett. Ich nahm mir fest vor, morgen zur Baustelle zu fahren. Am nächsten Morgen fühlte ich mich gut erholt und war motiviert, weitere Abbrucharbeiten anzugehen. Den Gedanken an Strömen von Schweiß und Baustaub blendete ich aus. Ich hatte noch eine wichtige Sache zu erledigen,

bevor wir den neuen Dachstuhl bauen würden. Auf den Mittelwänden musste ein Ringanker gegossen und dafür vorher die alten Querbalken oben abgestützt werden. Und ich musste von den alten Wänden ungefähr einen Meter abbauen. Außerdem musste ein Loch in eine der Decken gestemmt werden, damit wir eine Treppe nach oben bauen konnten. Eine Treppe hatte es nämlich bisher in dem Haus nicht gegeben. Ich hatte mir extra für die massiven Betondecken einen schweren elektrischen Abbruchhammer besorgt. So schlecht alles in dem alten Haus war, was aus Holz gezimmert worden war, so gut und haltbar war der Beton. Ich war schon ein paar Mal fast verzweifelt, bevor ich mir das schwere Gerät gekauft hatte.
So begann ich mit der lauten und staubigen Tätigkeit, wobei ich Zeit fand, mir weitere Gedanken über unseren Fall zu machen. Mir fiel ein, dass ich in Stolzenau anrufen wollte. Ich legte meine Maschine beiseite und befreite mich von Gehörschutz, Staubmaske und staubiger Mütze. Ich wählte die Nummer von Jan, der auch prompt abnahm. „Moin Paul, hast du ausgeschlafen?“, provozierte er mich. „Vorsicht, junger Kollege! Ich breche bereits Mauern und Beton ab und dachte gerade an euch, wie ihr hilflos dasitzt, weil ich frei habe. Aber genug gescherzt. Erzähl mal, gibt es schon Neuigkeiten? Muss ich herkommen?“

„Nee, du kannst weitermachen. Frau Dr. Gorssen hat zwischendurch angerufen. Sie hat zugesagt, dass sie bald erste Ergebnisse fertig haben wird. Zumindest will sie die DNA-Muster vom Stock und von Tanjas T-Shirt separieren. Vergleiche anzustellen, wird wohl erst morgen möglich sein, aber zumindest eine Geschlechtsbestimmung wird heute noch gelingen. Allerdings arbeiten sie und ihre Laborassistenten heute vermutlich länger als wir."

„Okay, also kann ich heute ordentlich Staub schlucken und komme dann morgen früh wieder. Ich bin schon extrem neugierig. War denn sonst irgendwas? Vielleicht von Dr. Gassmüller?", wollte ich wissen. „Nein, den haben wir noch nicht erreicht, der ist wohl in einer Verhandlung. Neue Hinweise gab es keine. Ich denke mal, heute passiert nicht viel." Mehr hatte Jan also nicht zu berichten. Mir war das recht, dann konnte ich mich hier noch kräftig verausgaben.

Außer Heinz, meinem Schwiegervater, sah ich auf der Baustelle niemanden. Er kam auch nur kurz vorbei, um nach dem Rechten zu sehen und oben die Folienabdeckungen der Schornsteinlöcher zu kontrollieren. Sie waren in Ordnung. Gegen Mittag kam er nochmal wieder und forderte mich auf, zum Mittagessen rüber zu kommen. Der Aufforderung kam ich gerne nach. Meine Schwiegermutter hatte einen

sehr leckeren Eintopf gekocht und ich musste acht geben, nicht zu viel zu essen, um mich hinterher noch weiter bewegen zu können.
Obwohl ich mich disziplinierte, fiel mir die Wiederaufnahme der Arbeit nach der Mittagspause schwer. Draußen war es wieder knallig heiß, bestimmt 32 Grad oder wärmer. Ich arbeitete zwar drinnen, wo es etwas kühler war, hatte aber einen Blaumann an und trug die vorhin erwähnten Schützer. Um 16.30 Uhr hatte ich genug und packte alles weg. Ich hatte einiges geschafft, der Maurer könnte auf jeden Fall den Ringanker bauen und das Loch in der Decke war auch bis auf Feinarbeiten fertig. Ich schloss die alte Haustür ab und fuhr mit meinem Bulli nach Hause. Ich ging hinter das Haus, zog mir sämtliche Sachen aus und duschte unter dem Gartenschlauch. Die ersten Sekunden war das Wasser brühwarm, dann wurde es extrem kalt. Ich hielt es aus.
„Was machst du denn da?“, tönte es plötzlich hinter mir. Es war meine Frau, die ebenfalls bereits Feierabend hatte. „Ich dusche draußen - ich habe noch zwei Pfund Mörtel auf der Haut gehabt." Tatsächlich hatte ich überall Mörtel, selbst an den Stellen, denen man sich bei körperlichen Durchsuchungen von Personen nur widerwillig nähert.
„Soll ich dir helfen?“, wollte Britta wissen. Ich reichte ihr den Gartenschlauch, natürlich

sehr vorsichtig, um sie nicht mit dem kalten Wasser zu benetzen und wies sie an, diesen im Bogen auf mich zu richten. Ich genoss noch einen Moment lang die Dusche, dann umarmte ich zum Dank meine Frau. „Iiihh, du bist doch ganz nass! Und ganz kalt!“ Ich musste laut lachen. Kalt war mir nicht, aber ich war äußerst erfrischt. Britta war nun auch zumindest befeuchtet. Wie üblich folgte sofort die Strafe für meine Ausgelassenheit, denn ich trat erst barfuß in ein paar Bucheckern und setzte mich auf Grund des Pieksens mit meinem nackten Hintern auf einen Plastikgartenstuhl, der schon seit Stunden in der Augustsonne stand. Dann reichte es mir und ich schlich auf Zehenspitzen ins Haus und vollendete die Körperreinigung in der Dusche.

Dann gestand ich meiner Frau, dass ich mich von ihrer Mama hatte bekochen lassen, was natürlich nicht wirklich negativ bewertet wurde. Wir beschlossen, trotzdem zu kochen, nämlich Nudeln und dazu die Tomatensoße aus dem Thermomix. Als das Essen fertig war, kam zufälligerweise auch Toby nach Hause. Er hatte nasse Haare, war folglich zum Baden gewesen. Ich begrüßte ihn. „Hi, wart ihr im Freibad oder in der Aue?“, wollte ich wissen. „Im Freibad, ich hab schon geduscht. Was essen wir?“, erkundigte er sich. „Nudeln und Thermomix-Tomatensoße. Ist in zehn Minuten fertig", erläuterte ich. „Wem gehörten gestern eigentlich die kleinen Sneaker im Flur?“ Ich konnte meine Neugier doch nicht ganz zurückhalten. Toby grinste. „Die waren von Marie.“

„Ist das deine Freundin?“, verhörte ich ihn weiter. „Weiß ich noch nicht so genau“, kam als Antwort. Ich nickte und lachte in mich hinein. Dann stellte ich die Fragerei aber ein, denn ich wusste, dass er das genau so wenig mochte, wie ich es selbst früher gemocht hätte. Obwohl ich mich nicht erinnern konnte, selbst mal in der Art spontan Übernachtungsbesuch mitgebracht zu haben.

Wir unterhielten uns am Tisch über unsere Baustelle. Toby war erstaunlich gesprächig, was mich sehr freute. Ob es an der Geschichte mit den Sneakern im Flur lag oder ob sich die Pubertätszeit langsam dem Ende näherte, wusste ich noch nicht. Ich freute mich einfach. Nach dem Essen überkam mich eine gewisse Müdigkeit. Ich gönnte mir noch eine große Portion Vanilleeis mit Ahornsirup vor dem Fernseher. Als ich die verzehrt hatte, wählte ich das Bett als weiteren Aufenthaltsort.

Am nächsten Morgen, als ich ziemlich früh zur Dienststelle radelte, schlief mir mehrmals die rechte Hand ein - wohl eine Nachwirkung vom stundenlangen, ungewohnten Arbeiten mit dem Abbruchhammer. Ich erlaubte es mir, auf längeren Wegabschnitten, die nur geradeaus führten, freihändig zu fahren und ein paar Dehnübungen zu machen, was letztlich sogar half. Wieder war ich als Erster da, kümmerte mich um frischen Kaffee und öffnete die Fenster. Dann ging ich in mein Büro, fuhr den PC hoch und wartete gespannt, bis ich mich im E-Mailprogramm anmelden konnte. Ich schaute in unseren Moko-Account und fand sofort, was ich suchte: Frau Dr. Gorssen hatte geschrieben. Ich leitete die E-Mail samt Anhang an meine Adresse weiter und wechselte in meinen Account. Frau Dr. Gorssen war im Umgang immer sehr locker, aber ihre E-Mails verfasste sie im Behördendeutsch. Allerdings hatte sie gar keinen großartigen Text verfasst, sie verwies lediglich auf den Bericht im Anhang, vermutlich war dieser um so ausführlicher. Ich öffnete die PDF-Datei, scrollte über die allgemeinen Anmerkungen und die Beschreibung der untersuchten Gegenstände, nämlich T-Shirt und Knüppel.

Dann wurde es spannend, und zwar richtig spannend. Mir fiel wieder ein, dass Frau Dr. Gorssen nicht alle Untersuchungen selbst vornahm. Die DNA-Untersuchungen führten Molekularbiologen im Labor durch, aber Frau Dr. Gorssen leitete die Abteilung und berichtete in solchen Fällen gerne selbst.

Zunächst hatte man den Stock untersucht. Die Anhaftungen am unteren Ende waren Blut, wie

wir vermutet hatten. Blut einer weiblichen Person. Vergleiche hatte man noch nicht anstellen können, dazu hatte die Zeit nicht gereicht, aber das würde heute geschehen. Ich ging jetzt schon davon aus, dass es sich um das Blut von Tanja handelte.
Am oberen Stockende hatten die Biologen im Labor eine männliche DNA festgestellt, sicher die von Robert. Interessanterweise war dort auch eine weibliche DNA nachgewiesen. Also musste eine Frau den Stock in der Hand gehabt haben. Wie sonst sollte an das Griffstück DNA einer Frau gelangen? Ich schaute genauer nach, da stand etwas von Sekret, aber nichts über Blut oder Hautzellen. Schließlich las ich den Befund über das T-Shirt. Dort waren Blutspritzer nachweisbar, ebenfalls mit weiblicher DNA. Auf der Vorderseite waren weitere Spritzer, wie Frau Dr. Gorssen schon gesagt hatte. Diese trugen auch weibliche DNA. War es die selbe DNA? Das konnte ich nicht herausfinden, auch da fehlte noch die vergleichende Untersuchung.
Die Spritzer auf dem T-Shirt sollten vermutlich Speichel sein, vielleicht aber auch Nasensekret. Eine genauere Aussage konnte ich dazu im Bericht nicht finden, nur dass es sich um eine weibliche DNA handelte. Soweit war das schon interessant, doch ohne Vergleichsuntersuchungen half es uns kaum weiter. Robert konnte immer noch der Täter

sein, wir mussten unbedingt wissen, wer zu welcher Spur gehörte.
Ich lehnte mich zurück und ließ meine Gedanken kreisen. Bei dem Stock war ich mir ziemlich sicher, dass er die Tatwaffe war. Eine männliche DNA befand sich am Griff, das war logisch, denn Robert hatte ihn angefasst. Warum befand sich weibliche DNA an dem Griff? Hatte es eine Übertragung von Tanja auf den Griff gegeben? War sie es, die den Stock zuerst in der Hand gehabt hatte? War der Stock gedreht worden? Verdammt, ich musste mich gedulden, vermutlich würden wir schon mittags Genaueres wissen.
Ich ging nach unten. Jan und Angela waren inzwischen da. Ihnen berichtete ich, dass ich den ersten DNA-Befund gelesen hatte. Eine Frage musste ich anbringen, die mich schon die ganze Zeit beschäftigte. „Angela, habt ihr alle Vergleichsproben von den Männern nach Hannover gebracht? Von Sven Schirtek, Robert Herken, dem Adligen und dem Jäger?“ Sie sah mich entrüstet an. „Natürlich, was denkst du denn wohl?“ Ich hob beschwichtigend meine Hände.
„Entschuldigung, das klang blöd, ich mache mir nur die ganze Zeit Gedanken. Ich bin eigentlich einfach nur ungeduldig , obwohl ich ja schätze ja, dass wir mittags schon deutlich mehr wissen werden.“ „Genau“, bestätigte sie mich. „Also gedulde dich.“

Sie hatte recht, es nützte ja nichts, jetzt zu nerven wie ein kleines Kind, das auf den Weihnachtsmann wartet. Ich beschloss, abzulenken. „Hat es sonst irgendwelche Hinweise gegeben?", fragte ich. Jan kramte ein paar Zettel hervor. „Ja. Das, was man erwarten kann. Eine ältere Dame hat angerufen und ein Kennzeichen mitgeteilt. Das Auto hat sie letzte Woche irgendwo in der Marsch stehen sehen, aber ganz woanders. Ist ein auf die Landwirtschaftskammer zugelassener Wagen. Lege ich zu den ganz unwichtigen Hinweisen. Ein Mann hat angerufen und darauf hingewiesen, dass wir die Angler überprüfen sollten, die immer an der Weser sitzen. Da sollen auch welche ohne Schein dabei sein. Ein Hinweis ist vielleicht interessant. Ein Mann, wohl ein Angler, hat letzte Woche ein Auto gesehen, das seiner Meinung nach ungewöhnlich schnell die Panzerstraße Richtung Schinna gefahren sein soll. So, wie das hier steht, könnte der Wagen aus der Richtung des Tatortes gekommen sein. Der Mann kann sich allerdings nicht an den Tag erinnern."

Das fand ich vielversprechend und wollte mehr wissen. „Gibst du mir den Hinweis mal? Vielleicht ist der wirklich mehr Wert. Ich meine, wir sollten den Herrn vernehmen. Das könnten Andre und ich übernehmen." Die beiden stimmten mir zu. Ein Auto, das sich schnell

entfernte, war auf der sogenannten Panzerstraße nichts Besonderes. Die lange Gerade, die vom Ortskern Schinna bis an den Rand der Weser führte, wies guten Fahrbahnbelag auf und wurde gerne für kleine Geschwindigkeitstests genutzt. Und die Strecke vorbei am Tatort war auch eine Abkürzung für diejenigen, die sich für Durchfahrverbote nicht interessierten. Bei Einsatzfahrten Richtung Landesbergen wurde die Route ebenfalls gerne genommen.
Ich schnappte mir das Hinweisblatt und ging nach oben. Kurz danach traf Andre ein. Ich berichtete ihm, was ich schon erfahren hatte und machte mich daran, den Hinweisgeber zu überprüfen. Es gab keine polizeilichen Einträge zu ihm. Er wohnte in Leese, in einem normalen Wohngebiet und war Ende 60, also Rentner. Das ließ die Hoffnung aufkeimen, dass wir ihn spontan vernehmen konnten. Wir beschlossen, direkt loszufahren.
Der Hinweisgeber hieß Wilfried Schmidt. Wir trafen ihn an seiner Anschrift an und schilderten ihm, was wir von ihm wollten. Er bat uns herein und führte uns in die Küche. Das Haus war klein, ein dunkelroter Ziegelbau mit grauem Dach. Innen vermittelte es Gemütlichkeit, die Decken waren mit Fichtenholz vertäfelt und es gefiel mir. Es hatte ein bisschen 80er Jahre Charme, mit ein paar älteren Möbeln dazwischen. In der Küche

befand sich ein gut gepflegter massiver Bauernküchenschrank neben einer Sitzecke mit gepolsterter Eckbank. Dort setzten wir uns. Nach den üblichen Erklärungen und Belehrungen fing ich an, die Fragen zu stellen.
„Herr Schmidt, wir kennen die Panzerstraße nach Schinna und wissen, dass die gerne mal als Rennbahn oder Teststrecke genutzt wird. Trotzdem kann Ihr Hinweis wichtig, vielleicht sogar entscheidend sein. So etwas weiß man in einem derartigen Fall meistens erst später. Ganz wichtig wäre der Zeitpunkt, wann Sie die Beobachtung gemacht haben. Können Sie sich genauer erinnern?“ Er kratzte sich am Kinn. „Sehen Sie, das ist das Problem. Ich habe einen Fischereischein und sitze öfter dort an der Weser. Letzte Woche von Sonntag bis Mittwoch jeden Tag. Ich kann nicht mehr genau sagen, welcher Tag es war. Aber ich weiß noch, dass ich mich geärgert habe, weil der so losraste, dass ich dieses Knirschen hörte, als ob die Räder durchdrehen. Wissen Sie, in der Kurve dort liegt ja immer Sand von der Ausfahrt vom Kiessee. Manche Spinner fühlen sich dadurch wohl zum sportlichen Driften animiert.“
Ich hob die Hand, um ihn zu unterbrechen. „Lassen Sie uns versuchen, die Tage insgesamt Revue passieren zu lassen. Manchmal gelingt es, dadurch den richtigen Tag herzuleiten. Fangen wir doch mit etwas ganz anderem an.

Zum Beispiel mit Ihrem Fangerfolg. Können Sie das verknüpfen?“, leitete ich ein. Er zog die Stirn in Falten. „Ja, das ist eine gute Idee, lassen Sie mich überlegen. Sonntag habe ich einen Hecht gefangen, den habe ich mit nach Hause genommen und wir haben ihn Montag gegessen. Montag und Dienstag hatte ich ein paar kleine Friedfische, mehr nicht. Mittwoch habe ich einen Zander gefangen, gerade groß genug, um ihn zu behalten.“
„Stopp“, sagte ich. „Versuchen Sie bitte, sich an die Fänge zu erinnern und Ihre Gefühle dazu nochmal aufleben zu lassen. Das mag albern klingen, doch lassen Sie sich bitte darauf ein. Versuchen Sie, sich an das jeweilige Gefühl zu dem Fischfang zu erinnern. Und dann prüfen Sie, ob das eher negativ belegte Gefühl zu dem Raser auf der Panzerstraße einen zeitlichen Bezug zu einem der Fänge hat.“
Er sah mich groß an, aber er legte die Stirn in die Hand und atmete tief durch. Dann stahl sich ein Lächeln auf sein Gesicht. „Sie haben recht, das funktioniert. Ich kann ziemlich sicher den Mittwoch ausschließen, ich meine als den Tag ausschließen, an dem ich das Auto sah. Beschwören kann ich es nicht, doch ich bin mir recht sicher.“
Ich hakte nach. „Das ist doch schon einmal sehr gut. Versuchen wir nun, den Montag und den Dienstag näher zu betrachten. Was geschah

dort sonst? Haben Sie andere Leute getroffen?“ Wieder dachte er nach, bevor er antwortete. „Ich habe einen Bekannten getroffen, auch einen Angler, der aber nur einen Tag da war. Er hat weiter weg gesessen und wir sahen uns an dem Tag auch nicht wieder. Wenn ich so überlege, meine ich, dass ich den Wagen an einem Tag gesehen habe, als ich niemanden getroffen habe. Aber ich weiß nicht, an welchem Tag ich meinen Bekannten getroffen habe. Ich könnte ihn anrufen, vielleicht weiß er es noch.“

Ich sah Andre an. Mir gefiel die Idee. Andre nickte zustimmend. „Es wäre vielleicht eine große Hilfe, wenn Sie ihn anriefen“, riet ich. „Wenn ich darf“, sagte er mit fragendem Blick. „Natürlich, sehr gern“, ermunterte ich ihn. Während er sein Handy holte, diktierte ich kurz das aktuelle Geschehen auf das Gerät.

Er wischte auf seinem Handy herum, dann hielt er es ans Ohr. Nach einigen Klingeltönen meldete sich jemand. Herr Schmidt begrüßte die Person. „Hallo Axel! Hör mal, kannst du dich erinnern, welchen Tag wir uns letzte Woche unten beim Kieswerk an der Weser gesehen haben?“ Es ertönte eine Antwort, doch ich verstand sie nicht. Herr Schmidt sprach weiter. „Sicher Montag? Die Polizei ist hier, ich habe da einen Hinweis auf ein Auto gegeben, das mir auffiel. Das muss dann wohl

Dienstag dort gewesen sein." Der Gesprächsteilnehmer sagte wieder etwas, dann leitete Herr Schmidt das Ende des Telefonats ein. „Axel, vielen Dank, ich ruf dich später nochmal an. Die Herren von der Polizei sind ja noch hier. Ja. Bis nachher. Tschüss!"

Zu mir gewandt sagte er: „Es muss der Dienstag gewesen sein, als das mit dem Auto gewesen ist." „Können Sie sagen, zu welcher Tageszeit es passierte?", wollte Andre wissen. „Ich bin an allen Tagen nach dem Mittag zur Weser gefahren und ich war auf dem Weg zu meinem Platz. Es müsste zwischen 13 und 14 Uhr gewesen sein. Genauer kann ich es nicht sagen. Meine Frau arbeitet ein paar Tage in der Woche nachmittags in der Gastronomie, dann fahre ich oft zum Angeln. Meistens fahre ich nach dem Mittagessen los."

„Das ist schon sehr gut, Herr Schmidt. Nun würde ich gerne auf das Auto zu sprechen kommen. Können Sie sich an Details erinnern? Marke, Farbe, Kennzeichen?", fragte ich weiter.

„Es war ein Mercedes, den Stern habe ich deutlich erkannt", erklärte er spontan. „Aber mehr kann ich nicht sicher sagen, es war eine eher dezente Farbe, kein knallrot oder gelb oder Ähnliches. Und vom Typ her würde ich auf ein kleineres Modell tippen, eher sportlich. Das Kennzeichen konnte ich nicht erkennen. Das ging ja auch ziemlich schnell."

„Das glaube ich“, sagte ich. „Erlauben Sie mir trotzdem der Vollständigkeit halber die Frage nach Personen im Wagen. Konnten Sie etwas erkennen?“ Er schüttelte den Kopf. „Nein, tut mir leid, gar nichts.“ „Ist Ihnen später noch etwas aufgefallen?“, fragte ich. Wenn es der Tattag war, hatte er vielleicht etwas von den Einsatzkräften bemerkt.
„Nein. Nichts. Ich muss dazu sagen, dass ich beim Angeln oft Kopfhörer benutze und Radio oder Hörbücher höre. Ich schalte dann ziemlich ab. Das habe ich mir so angewöhnt, weil man dort leider weniger die Natur hört, als vielmehr das Kieswerk, die Schiffe oder, je nach Wind, den Verkehr auf der Bundesstraße.“
Dafür hatten wir beide Verständnis. Auch so waren das sehr wertvolle Informationen gewesen. Für eventuelle Rückfragen ließ ich mir von dem Axel noch die vollständigen Daten und die Telefonnummer geben. Offenbar gefiel es Andre auch bei Familie Schmidt. Wir verbrachten nach Ende der Vernehmung noch eine halbe Stunde dort und unterhielten uns über die Auskiesung in der Wesermarsch und die Angelei. Dann verabschiedeten wir uns und beschlossen, die Strecke am Tatort entlangzufahren, um uns die Situation noch einmal zu vergegenwärtigen. Andre sprach im Auto das aus, was ich auch schon seit der Vernehmung dachte. Wir hatten vor einigen

Tagen einen sportlichen Mercedes in eher dezenter Farbe gesehen. Sollte es doch so kommen, dass wir einen Adligen einsperren würden?

19. Eine neue Wendung

Wir fuhren zurück zur Dienststelle und trafen alle anderen dort an. Andre und ich hatten auf der Rückfahrt von der Vernehmung etwas ersonnen, was wir unbedingt jetzt diskutieren wollten. Andre bat die anderen, sich bereit zu machen und ich sorgte für frischen Kaffee. Ein paar Minuten später saßen wir in unserer Runde zusammen und ich erlaubte mir, das Wort zu ergreifen. „Was der Zeuge gesagt hat, ist nach unserer Einschätzung sehr wichtig, vielleicht ist es sogar der entscheidende Hinweis. Letztlich konnten wir den Tag eingrenzen, an dem er den Wagen gesehen hat, der so zügig um die Ecke beim Kieswerk gebogen war. Es war mit ziemlicher Sicherheit der Dienstag, also der Tattag und es war am frühen Nachmittag. Er meinte, es sei ein sportlicher Mercedes gewesen."
Ich machte eine verheißungsvolle Pause und schaute Andre an, der den Ball annahm und weiterredete. „Der Adelige von Davenstedt fährt einen sportlichen Mercedes. Allerdings hat er behauptet, er sei am Dienstag bis auf eine Flächenbesichtigung am Vormittag im Büro

gewesen. Das müssen wir also genauer prüfen. Nun kommt aber neben von Davenstedt noch eine weitere Person ins Spiel, die wir bisher noch nicht auf dem Schirm hatten, nämlich seine Verlobte. Sie heißt Mareike von irgendwas, den Namen haben wir in seiner Vernehmung. Sie wusste von dem Tod von Tanja, sie hat es sogar dem von Davenstedt gesagt. Sie wusste es angeblich von ihrer Physiotherapeutin."

Andre hatte sich die Akte geschnappt und blätterte. Dann redete er weiter. „Hier steht es. Mareike sagte, sie habe es von einer Physiotherapeutin gehört, einer Kollegin von Steffi, die wir schon vernommen haben. Steffi ist eine Exfreundin von Sven und hatte sich mit Tanja erst später angefreundet, wenn ich mich jetzt richtig erinnere. Jedenfalls ist diese Mareike eifersüchtig. Und sie hat frühzeitig von dem Tod der Tanja gewusst. Außerdem wir haben eine weibliche DNA auf dem Stock und auf dem T-Shirt. Hinzu kommt, dass der von Davenstedt zumindest so getan hatte, als ob er öfter sein Handy im Auto liegen ließe, so war das auch tatsächlich, als wir zur Vernehmung dort waren. Wir wissen allerdings nicht, auf welches Auto Mareike zugreifen kann. Paul und ich finden diese Mareike jedenfalls sehr interessant. Die Frage ist nur, wie wir jetzt vorgehen wollen? Wir meinen, wir sollten uns nicht nur auf die

DNA verlassen, vor allem, solange wir nicht wissen, von wem sie stammt."
Alle schwiegen und grübelten. Auf den ersten Blick schien diese Feststellung ziemlich eindeutig zu sein, doch auf den zweiten Blick mussten wir aufpassen, die Spuren nicht zu zerstören. Gerhard von Davenstedt hatte ein Zeugnisverweigerungsrecht hinsichtlich seiner Verlobten. Davon würde er ganz sicher Gebrauch machen und wir mussten ihm in Anbetracht der jetzigen Situation auch schon mit offenen Karten entgegentreten. Es war also sinnvoll, mit Bedacht vorzugehen. Ich wollte noch ein paar Dinge hinzufügen.
„Ich denke, wir sollten als Erstes checken, welche Telefonnummern wir von Mareike, sie heißt von Hollhausen, herausfinden können. Vielleicht war ihr Handy in der Funkzelle. Außerdem halte ich es für angebracht, Steffi nochmal zu vernehmen, um zu sehen, ob die überhaupt mit einer Kollegin gesprochen hat. Wir brauchen eine Zeitleiste, um alles übersichtlich zu halten. Freitag waren wir bei dem von Davenstedt und der hatte am Tag davor von seiner Verlobten von Tanjas Tod erfahren, also schon am Donnerstag. Steffi wiederum hatte von Vanessa Polewski von dem Tod Tanjas erfahren, das kann unter Umständen schon am Dienstag passiert sein, wobei ich mir eigentlich nicht vorstellen kann, dass die das sofort weitererzählt hat. Steffi

hatten wir weder gefragt, ob sie es weitererzählt hat, noch haben wir uns nach weiteren Bekanntschaften und Zusammenhängen im Freundeskreis erkundigt. Der langen Rede kurzer Sinn ist, dass ich vorschlagen würde, Steffi Möller sehr zeitnah nochmals zu vernehmen. Des Weiteren ist die Frage, ob Gerhard von Davenstedt nun auch als Tatverdächtiger angesehen werden sollte. Wenn ja, sollten seine Leitungen angezapft werden. Was meint ihr?"

Tommi zog die Stirn in Falten. „Telefonüberwachung? Wenn es sein muss. Klären wir mit Dr. Gassmüller. Wenn wir jetzt den von Davenstedt und seine Verlobte verdächtigen, haben wir beim ersten Vernehmungsversuch einen Anwalt auf dem Plan, vermutlich auch keinen allzu schlechten. Wenn, dann müssen wir sie vor vollendete Tatsachen stellen. Und wenn ich das jetzt richtig verstehe, könnte es sein, dass Mareike für die Tat in Frage kommen könnte. Es könnte also sein, dass sie mit dem Auto von dem Adeligen nach Schinna gefahren ist. Das würde erklären, warum sein Handy in der Funkzelle war, während er im Büro gesessen hat. Irgendwie klingt das so, als wäre es ganz einfach. Wir haben es aber nicht mit irgendwelchen Idioten zu tun, sondern mit Adeligen und die können mit allen Wassern gewaschen sein. Ich schätze, es kann

passieren, dass die am Ende nicht mit einem, sondern gleich mit mehreren Anwälten anrücken und die jede kleinste Kleinigkeit ausnutzen werden, um Beweise untauglich zu machen. Wir müssen also höllisch aufpassen, dass wir keine Fehler machen. Ich denke auch, als allerserstes müssen wir Steffi vernehmen. Wenn da etwas Verdächtiges herauskommt, bekommen wir schnell einen DNA-Beschluss für Mareike, der könnte schon helfen. Wann wollt ihr los?"
Andre und ich sahen uns an, wir mussten beide grinsen.
„Gleich", meinte Andre. „Haben wir die Adresse von der Praxis in der sie arbeitet?", wollte er wissen. „Nein", stellte ich fest. „Das haben wir definitiv nicht nachgefragt."
„Macht nichts, finden wir raus", sagte Tommi grinsend. „Fahrt ihr mal los."
Ich übermittelte noch schnell das Diktat der Vernehmung von Herrn Schmidt an die Schreibkräfte, danach machten wir uns zügig auf den Weg. Andre fuhr und ich bewachte das Handy, in der Hoffnung, dass Tommi sich melden würde. Wir waren schon fast auf der A2, als es endlich klingelte. Tommi hatte mehrmals auf Steffis Handy angerufen und sie hatte soeben zurückgerufen, weil sie zwischen zwei Behandlungen glücklicherweise auf ihr Smartphone gesehen hatte. Sie hätte um 12 Uhr Mittagspause und würde in der Praxis auf uns warten. Ich gab die Adresse in das Navi ein.

Letztendlich war es so, dass wir noch knapp 20 Minuten auf sie warten müssten. Wir fuhren also sehr gemächlich und hielten in Herford beim nächsten Discounter an, um ein paar Flaschen Wasser zu besorgen und als wir an der Praxis eintrafen, war es nur noch wenige Minuten vor 12 Uhr. Ich hatte eine Idee.
„Wir sollten sie gleich fragen, wer die Kollegin ist, die mit dieser Adeligen befreundet sein muss. Oder wir fragen das direkt an der Rezeption, falls da jemand sitzt." Andre stimmte mir zu. Wir stellten den Wagen auf dem Praxisparkplatz ab und betraten die Räume. Drinnen war es kaum kühler als draußen, es roch nach Desinfektionsmittel. Der Eingangsbereich war freundlich gestaltet. Rechts war ein offener Wartebereich, geradezu urwaldartig, mit unzähligen kleineren und größeren Topfpflanzen ausgestattet. Dort saß niemand. Links befand sich der Rezeptionstresen, an dem auch niemand saß. Dort stand ein Schildchen mit der Aufschrift: „Bitte haben Sie etwas Geduld und nehmen Sie im Wartebereich Platz".
Wir kamen der Aufforderung nach und setzten uns in die Zimmerwildnis. Einige Blumenampeln hingen von der Decke herab. Alles war so gestaltet, dass die Pflanzen wie ein fast undurchschaubarer Raumteiler funktionierten. Es dauerte nicht lange, bis eine Tür aufging

und eine ältere Dame in den Flur trat, die sich freundlich von jemand anderem verabschiedete. Wir hörten die Stimme von Steffi Möller, die den Abschiedsgruß erwiderte. Ich war so dreist, aufzustehen und mich in Richtung der offenen Tür zu begeben. Im Raum war unsere Zeugin gerade dabei, eine Behandlungsliege abzuwischen und ich klopfte vorsichtig gegen den Türrahmen. Sie sah auf.
„Hallo, Frau Möller, ich wollte uns nur kurz anmelden. Bitte lassen Sie sich nicht hetzen, wir warten im Dschungel auf Sie." Sie lächelte. „Ist gut, ich bin gleich bei Ihnen."
Ich setzte mich nicht wieder hin, sondern betrachtete die Pflanzen aus der Nähe genauer. Eine gefühlte Minute später kam Frau Möller aus dem Raum heraus und begrüßte uns beide. Ich wollte umgehend nach der Dame fragen, die mit Mareike von Hollhausen bekannt war. „Frau Möller, eine Frage möchte ich sofort stellen. Laut unseren Ermittlungen soll es eine Kollegin hier in der Praxis geben, der sie bereits letzte Woche von dem Tod Tanja Schirteks erzählt haben sollen. Das ist überhaupt nicht schlimm, keine Sorge, wir müssten nur wissen, um wen es sich handelt."
Sie überlegte kurz. „Ja, ich habe das meiner Kollegin Iris Beyer erzählt. Die ist aber heute nicht hier, weil sie ihren freien Tag hat." Ich nickte. „Das ist gut. Wir müssen

vermutlich noch mit ihr sprechen. Das können wir aber auch später machen. Wir werden heute nicht lange brauchen. Gibt es hier einen Raum, den wir nutzen können?“
Sie überlegte kurz, dann deutete sie auf eine Tür am Ende des Flures. „Wir können unseren Geräteraum nehmen, da ist es am kühlsten und wir können alle sitzen, allerdings auf den großen Sitzbällen. Und wir müssen die Schuhe ausziehen.“ Dagegen hatten wir nichts einzuwenden, ganz im Gegenteil. Der Raum war ziemlich gut mit Trainingsgeräten ausgestattet, aber es gab auch eine kleine freie Fläche auf der mehrere Sitzbälle lagen und so suchte sich jeder einen Platz. Ich setzte an, weiter zu fragen.
„Warum wir mit Ihrer Kollegin sprechen wollen, darf ich Ihnen nicht sagen, aber es ist nötig, dass Sie uns sagen, wo sie wohnt und es wäre wichtig, wenn Sie sich erinnern könnten, wann Sie es ihr erzählt haben.“ Sie schaute kurz an die Decke, dann begann sie zu reden. „Ich weiß noch genau, dass es am Donnerstag war. Vanessa hatte mich nämlich am Mittwoch angerufen und mir von Tanja erzählt und ich habe dann in der Nacht ganz schlecht geschlafen und auch geweint. Iris hat mir das angesehen und mich gefragt, was los sei. Dann habe ich es ihr erzählt. Aber Iris kannte Tanja gar nicht. Was kann sie denn wissen?“

„Nun", holte ich aus, „detailliert kann ich Ihnen nichts dazu sagen, aber vielleicht wird es deutlicher, wenn ich Sie frage, ob Iris in irgendeinem Kontakt zu Gerhard von Davenstedt steht?" Sie zeigte ein angedeutetes Lächeln. „Ach so, dann geht es wahrscheinlich um Mareike, das ist die Freundin von diesem Gerd, dem Exfreund von Tanja. Iris kennt sie irgendwoher und hat mir mal von ihr erzählt. Die muss aber ziemlich abgehoben und eingebildet sein. Ich hab die ein einziges Mal gesehen, auf einer Feier bei Iris. Aber so dicke befreundet sind die, glaub ich, nicht. Ich weiß, dass Mareike schon einige Male hier zur Behandlung bei Iris war. Aber mehr weiß ich nicht."
Also soweit passte die Story von dem Adeligen schon mal. Im Grunde war das ja schon alles, was wir wissen wollten. Ich hatte aber noch ein paar weitere Gedanken beziehungsweise Fragen, denen ich gerne nachgehen wollte. „Frau Möller, wir möchten Ihnen noch ein paar allgemeine Fragen zu Tanja Schirtek stellen. Das erscheint vielleicht auf den ersten Blick banal, manchmal sind es aber Kleinigkeiten, die uns sehr weiterhelfen. Kennen Sie die Gewohnheiten der Verstorbenen hinsichtlich des Wechselns von Kleidung, auch von Oberbekleidung und wissen Sie etwas über ihre Waschgewohnheiten?" Sie schaute mich schräg an. „Meinen Sie, wie oft sie ihre Sachen

gewaschen hat?“ Ich musste jetzt grinsen, das hörte sich in der Tat merkwürdig an. „Ja, tatsächlich. Ob sie ihre T-Shirts und Hosen täglich gewechselt hat, wie oft sie ihre Oberbekleidung gewaschen hat. Das kann für Spurenuntersuchungen erheblich sein.“
„Ach so“, lenkte sie ein. „Also Tanja war kein Modepüppchen, aber ziemlich reinlich, was Körperhygiene angeht. Sie hätte ein verschwitztes T-Shirt kein zweites Mal angezogen. Bei Hosen weiß ich es nicht so genau. Unterwäsche hat sie jedenfalls ganz sicher täglich gewechselt. Also ich gehe davon aus, dass das so war. Wir haben uns aber nie explizit über unsere Waschgewohnheiten unterhalten.“
„Okay, vielen Dank. Und Sie hatten uns erzählt, dass Sie sich ab und zu mit Tanja getroffen haben, um spazieren zu gehen oder zu wandern. Hatte sie die Angewohnheit, Dinge einzusammeln oder mit sich zu tragen? Hat sie gerne mal einen Holzstock als Wanderstock benutzt?“ Sie stutzte. „Nein, ist mir nicht aufgefallen. Soweit ich weiß, hat sie nicht einmal Nordic Walking Stöcke.“ Ich musste einen Moment überlegen. Dann fiel mir noch eine weitere Frage ein.
„Ist Ihnen bekannt, ob Tanja Schirtek und die Freundin von Herrn von Davenstedt sich kannten?“ Sie blies die Wangen auf. „Puh, da muss ich mal überlegen, haben wir über die

gesprochen? Tanja hat mir zwar von Gerd erzählt, ich wusste aber nicht mal seinen Nachnamen. Ich kann mich nicht erinnern, ob wir mal über dessen Freundin geredet haben. Ich weiß gar nicht, ob Tanja die überhaupt persönlich kannte.“ Mehr Fragen hatten wir nicht. Wir dankten Frau Möller und notierten uns noch die Adresse und die Telefonnummer ihrer Kollegin Iris Beyer.
Wir beschlossen, sie gleich aufzusuchen, in der Hoffnung, dass sie zu Hause wäre. Die Fahrt dauerte nur wenige Minuten. Wir hatten überlegt, ob wir zuerst eine Mittagspause machen wollten. Dann entschieden wir uns dagegen, weil wir einfach zu neugierig waren. Andre fasste unsere neuesten Erkenntnisse zusammen. „Am Mittwoch hatte Vanessa Polewski bei Steffi angerufen, am Donnerstag hat diese es dann ihrer Kollegin in der Praxis erzählt und ebenfalls am Donnerstag hat Gerhard von Davenstedt es von seiner Verlobten erfahren. Das ist schon ein komischer Zufall, oder?“
Ich zuckte mit den Schultern. „Hmm, vielleicht klärt sich das ja gleich auf. Mit komischen Zufällen kennen wir uns doch aus, oder? Was denkst du eigentlich von dem Adeligen, kannst du ihn dir als Täter vorstellen?“
Andre presste die Lippen zusammen. „Nee, eigentlich nicht. Ich habe da die ganzen Tage auch schon drüber nachgedacht, der wirkt mir

doch sehr authentisch.“ Wir schwiegen eine Weile und kamen kurz darauf bei Iris Beyer an. Sie wohnte in einem Mehrfamilienhaus, der Nachname stand auf dem Klingelschild. Ich drückte die Klingel. Es geschah nichts. Ich drückte noch zweimal, kurz hintereinander. Niemand öffnete. „Lass uns etwas essen und nochmal wiederkommen. Vielleicht ist sie nur einkaufen und in einer halben Stunde wieder da“, schlug Andre vor.

Ich war einverstanden und ahnte, was ihm vorschwebte. „Döner?“, fragte ich. Andre grinste nur, zückte sein Smartphone und googelte. Zwei Minuten später hatten wir ein neues Ziel und setzten uns in Richtung Döner-Imbiss in Bewegung. Dort war wenig los und ich bestellte mir einen Dönerteller. Andre tat es mir nach. Wir genossen die ziemlich großen Portionen und redeten wenig dabei, weil wir gut erzogen waren und mit vollem Mund nicht sprachen. Als wir unser Mahl beendet hatten, quatschten wir noch ein wenig über innerdienstliche Querelen, bis wir wieder den Bogen zu unserem Fall schlugen.

Wir beschlossen, noch einmal zu der Adresse von Frau Beyer zu fahren, ohne sie vorher anzurufen. Nach meiner Erfahrung hatte es sich bewährt, Zeugen direkt aufzusuchen, ohne sie vorher in Kenntnis zu setzen. Wir kannten Iris Beyer nicht. Es war zwar höchst unwahrscheinlich, dass sie etwas mit der Tat

zu tun hatte, doch konnten wir nicht ausschließen, dass sie sich nach einem Anruf von uns direkt bei Mareike von Hollhausen meldete und dadurch irgendetwas beeinflusst wurde, was sich für unsere Ermittlungen nachteilig auswirkte.
Wir hatten Glück. Als wir das zweite Mal an der Adresse eintrafen, stand ein Kleinwagen mit den Initialen „IB“ auf dem Kennzeichen vor dem Haus an der Straße. Wir vermuteten, dass es ihr Auto war und klingelten. Kurz darauf öffnete uns eine Frau mit kurzem, roten Haar und einer grün gefassten Brille. Ich schätzte sie auf Mitte Vierzig. Wir stellten uns vor und zeigten unsere Dienstausweise. „Hab ich was verbrochen?“, fragte sie erschrocken. „Nein, Frau Beyer“, erklärte Andre freundlich, „wir müssen Sie nur kurz sprechen, weil Sie nach unserem Wissensstand Kontakt zu einer Person hatten, die für unsere Ermittlungen von Interesse ist.“
„Okay, kommen Sie herein. Ich bin gerade vom Einkaufen zurück, heute ist mein freier Tag.“ Sie lotste uns in eine geräumige Wohnküche, die ähnlich mit Pflanzen dekoriert war, wie das Wartezimmer in der Praxis. Ich konnte mir eine Frage nicht verkneifen. „Haben Sie das Wartezimmer in der Praxis mit Pflanzen ausgestattet? Ich frage, weil wir vorhin dort waren.“ Sie lächelte. „Ja, ich mag es gerne

grün in der Wohnung, deshalb ist es bei uns ein bisschen wie in der Wildnis und das habe ich im Wartezimmer in der Praxis auch so umgesetzt.“ Tatsächlich entstand dadurch eine angenehme Atmosphäre, auch wenn ich Pflanzen eigentlich lieber draußen sah. Aber so, wie es in dieser Gegend aussah, gab es draußen wenig Raum für Pflanzen.
Wir nahmen an einem Esstisch auf unbequemen Ikea-Stühlen Platz. Wir hatten besprochen, dass Andre die Fragen stellte. Er begann auch ohne weitere Umschweife, wie üblich nach einer ordentlichen Belehrung. „Frau Beyer, wir möchten wissen, ob Ihnen Tanja Schirtek bekannt war und wenn es so ist, was Sie über sie erzählen können.“ Sie nickte mehrfach. „Ich kannte sie beiläufig. Sie war mit meiner Kollegin Steffi Möller befreundet. Von der weiß ich, dass sie umgebracht wurde. Eine schreckliche Sache. Ich glaube, ich habe sie ein einziges Mal gesehen, das müsste bei uns in oder an der Praxis gewesen sein. Warum sie da war, weiß ich nicht mehr, bestimmt hat sie sich mit Steffi getroffen oder sie abgeholt. Ich weiß von Steffi, dass die beiden öfter mal zusammen unterwegs waren, spazieren oder walken. Ja, aber sonst...“
Sie überlegte einen Augenblick, bevor sie fortfuhr. „Ich weiß noch, dass sie Vogelforscherin und ziemlich naturverliebt war. Das weiß ich aber auch nur von Steffi.

Steffi redete ab und zu mal von ihr beziehungsweise von den gemeinsamen Unternehmungen. Das war dann aber auch definitiv alles, was ich von ihr weiß.“ „Wann und wodurch haben Sie von Tanjas Tod erfahren?“, fragte Andre weiter. „Das war letzte Woche, ich glaube Donnerstag oder Freitag. Steffi kam zur Arbeit und sah ziemlich fertig aus, ich glaube, sie hatte ganz dicke Augen vom Weinen. Ich fragte sie, was los sei und da erzählte sie mir davon. Schlimm, was da passiert ist. Haben Sie schon jemanden unter Verdacht? „

Andre lächelte. „Das dürfen wir nicht verraten. Ich kann nur soviel sagen, dass wir zuversichtlich sind, den Fall in absehbarer Zeit aufklären zu können. Dafür müssen wir aber viele Puzzleteile zusammensetzen. Das, was Sie uns berichten können, gehört vielleicht dazu. Für uns ist auf jeden Fall wichtig zu erfahren, wie die Nachricht von Tanjas Tod andere Personen erreicht hat, um dann wieder deren Handlungsweisen einordnen zu können. Das ist zum Teil viel Kleinarbeit und auch nicht immer für jeden Zeugen plausibel, aber manchmal muss man sich die Straße eben aus vielen kleinen Steinchen bauen. Können Sie an irgend etwas festmachen, wann genau Sie es von Steffi gehört haben? Vielleicht haben Sie es selbst danach irgendwem erzählt oder geschrieben? Oft ist

es möglich, solche Zeitpunkte aus Chats bei WhatsApp oder Facebook zu ersehen."
„Warten Sie, ich hole mal eben mein Handy", sagte sie und stand auf. Sie ging an die Küchenarbeitsfläche, auf der ein Smartphone lag, kam damit zurück und tippte und wischte. Dann sprach sie weiter. „Hier habe ich es. Ich habe es einer Bekannten erzählt, Mareike von Hollhausen. Die hatte mich angerufen. Das war am Freitag, den 07.08., um kurz nach 19 Uhr. Sehen Sie?" Sie zeigte Andre das Telefon und er nickte. Ich bat darum, mir das auch kurz zu zeigen, um die Daten abschreiben zu können. Dann redete Andre weiter. „Ah ja, das ist gut. Ich weiß nicht, wie relevant das für uns sein kann, aber es ist eine Möglichkeit, technisch eine Zeit zu fixieren. Können Sie davon einen Screenshot machen und mir das Foto dann per E-Mail schicken?"
Frau Beyer tippte konzentriert auf ihrem Telefon herum. „Klar, kein Problem, einen Moment. So, Bildschirmfoto ist gemacht, jetzt als E-Mail verschicken. Jetzt hab ich es. Dann sagen Sie mal die E-Mail-Adresse." Andre diktierte ihr die äußerst lange dienstliche E-Mail-Adresse und schaute auch einmal auf das Handydisplay, um zu sehen, ob alles stimmte. Dann schickte Frau Beyer das Foto ab. Sie blickte uns neugierig an. „Warum wollen Sie etwas über Frau von Hollhausen

wissen? Hat ihr Freund was mit der Sache zu tun? Der war mal mit der Tanja zusammen."
Andre wiegte den Kopf hin und her. „Die Tatsache, dass der Herr mal mit Tanja zusammen war, veranlasst uns eben, dass wir ihn beleuchten müssen, das haben Sie sehr gut erkannt. Letztlich müssen wir jede und jeden aus dem Umfeld beleuchten." Sie nickte wissend. „Ich verstehe schon, Sie dürfen nichts verraten."
„Genau", bestätigte Andre. „Lassen Sie uns bitte noch kurz auf dieses Telefonat eingehen. Können Sie sich daran erinnern und uns sagen, was gesprochen wurde?" Sie zog die Mundwinkel nach unten und stützte ihr Kinn auf die linke Hand. „Ich muss mal überlegen, weshalb rief sie mich denn an? Ich weiß nicht mehr genau, ich glaube, es war nichts wirklich Wichtiges, sie wollte wohl einfach quatschen. Ich kam dann schnell auf das Thema und sie war ganz erschrocken. Wir philosophierten herum, was wohl passiert sein konnte, aber wir wussten natürlich beide nichts Näheres. Sie meinte, dass ihren Gerd das ziemlich treffen würde, er hatte die Tanja sehr gemocht."
„Wissen Sie, ob Frau von Hollhausen und Tanja Schirtek sich persönlich kannten?", hakte Andre nach. „Nein, das kann ich nicht sagen. So gut kenne ich Mareike ja auch nicht. Ich habe sie als Patientin kennengelernt und sie

kommt ab und zu mal zur Behandlung beziehungsweise zu Anwendungen. Privat treffen wir uns nur selten mal auf einen Kaffee in der Stadt. Ich war noch nie bei ihr auf dem Gut. Sie ist ja auch eine Adelige, wissen Sie und die bilden sich dann schon ein bisschen was darauf ein. Ich glaube nicht, dass Mareike mich als echte Freundin ansieht."

Eigentlich hatten wir alles erfahren, was für uns interessant war. Zu viele Fragen über Mareike von Hollhausen zu stellen war sicher nicht unbedingt förderlich. Deshalb beendete Andre die Vernehmung und wir bedankten uns bei Iris Beyer. Einige Minuten später saßen wir im Auto. „Ist dir was aufgefallen?", fragte Andre mich. „Ja, die haben am Freitag telefoniert. Der Adelige hat aber behauptet, seine Mareike habe ihm am Donnerstag von Tanjas Tod berichtet. Entweder lügt er oder er irrt sich oder sie wusste es schon vor dem Telefonat. Bloß, wen von beiden macht das jetzt verdächtiger?"

Andre wiegte wieder den Kopf hin und her. „Ich befürchte, das wird noch sehr spannend. Und ich habe das Gefühl, dass wir bei denen richtig sind. Aber wer von beiden ist es gewesen? Er, weil er eine späte Rache genommen hat oder anders keinen Abschluss finden konnte? Sie, weil er Tanja vielleicht einfach nicht vergessen wollte? Ein Motiv haben beide.“ Ich blies meine Wangen auf und pustete die Luft aus. „Ja, ich bin gespannt, wo das jetzt hinführt. Wir müssen aufpassen. Am liebsten würde ich sofort nach Bielefeld fahren und sie vernehmen. Ganz unverfänglich, schön doof tun, so als wüssten wir von nichts.“ Andre lachte. „Das sollte uns nicht schwerfallen.“

Wir fuhren pflichtbewusst erst einmal zurück nach Stolzenau. Ich rief kurz mit dem Handy an und erreichte Jan. Ich verriet nur, dass wir spannende Neuigkeiten hatten. Er meinte geheimnisvoll, dass es in Stolzenau auch welche geben würde. Wir besprachen das am Telefon nicht weiter, verabredeten aber unsere übliche Runde. Wir hielten noch kurz direkt bei Lidl an und kauften eine Packung Eis am Stiel, Vanille mit Schokoüberzug. Das kam bei allen gut an und sorgte außerdem dafür, dass wir uns zügig versammelten.

Tommi begann zu berichten. „Wir haben Ergebnisse von Frau Dr. Gorssen bekommen, ihre Leute haben sich ins Zeug gelegt. Ich fange mal mit dem T-Shirt an. Alles, was daran festgestellt wurde, stammt von Tanja selbst. Das Blut am Stock ist auch von Tanja, es handelt sich also definitiv um die Tatwaffe. Die DNA am Griff ist einmal von Robert Herken und darüber hinaus eine weibliche, die aber definitiv nicht von Tanja ist. Und da wird es interessant, es gibt

Übereinstimmungen mit der DNA von Gerhard von Davenstedt. Diese können tatsächlich rein zufällig sein, könnten aber auch von einer nahen Verwandten stammen."

„Die Mutter", warf ich spontan ein. „Die Mutter hat uns so unwillig angesehen, als wir auf dem Gut aufgekreuzt sind." Andre schaute mich mit gerunzelter Stirn an. „Aber die ist doch zu alt für so eine Tat. Und eine Adelige gehobenen Alters…"

„Entschuldigung, entgegnete ich, „so meinte ich das nicht. Die Dame wirkte ja rüstig, aber den Gedanken würde ich auch verwerfen. Aber es bringt uns ein Stück näher an die von Davenstedts. Sorry, ich habe dich unterbrochen, Tommi." Der grinste mich breit an. „Macht nichts, viel mehr gibt es nicht. Nur, dass sie den Abdruck am Schienbein inzwischen auch analysiert haben. Das ist tatsächlich ziemlich sicher ein Abrieb von einer Schuhsohle, den man sogar mit einem passenden Schuh vergleichen könnte. Das war es von Frau Dr. Gorssen. Was habt ihr mitgebracht?"

Ich sah Andre an und er begann zu berichten. Er fasste es sehr kurz zusammen und so hatten wir die Fakten auf dem Tisch. Steffi Möller hatte am Mittwoch von der Tat erfahren, es am Donnerstag ihrer Kollegin Iris erzählt und die hatte es am Freitag an Mareike von Hollhausen weitergegeben. Außerdem hatten wir

dank des Screenshots auch die Nummer vom Handy der Frau von Hollhausen.
Wir beratschlagten eine Weile weiter und kamen zu dem Schluss, dass wir Telefonverbindungsdaten zu allen uns bekannten Nummern der von Davenstedts und von Hollhausens brauchten. Außerdem sollte das auch für einen Durchsuchungsbeschluss reichen. Tommi wollte sofort bei Dr. Gassmüller anrufen und wählte die Nummer. Gefühlt klingelte es ein halbes Mal und schon nahm der Staatsanwalt das Gespräch entgegen. Tommi schaltete den Lautsprecher an und Dr. Gassmüller begrüßte uns alle freundlich. Dann trug Tommi gebündelt alle Erkenntnisse vor. Es trat kurzes Schweigen ein. Wir wussten, dass Dr. Gassmüller bereits Notizen machte.
Einen Moment später meldete er sich wieder zu Wort. „Das klingt für mich ziemlich eindeutig. Ich beantrage noch heute die Beschlüsse und gehe davon aus, dass Sie die heute noch bekommen werden, nämlich Durchsuchungsbeschlüsse für das Auto und die Wohnung des Gerhard von Davenstedt und der Mareike von Hollhausen. Außerdem Verbindungsdaten zu den Rufnummern."
Ich hob den Arm, weil mir etwas eingefallen war, Tommi machte Dr. Gassmüller darauf aufmerksam. Ich durfte sprechen. „Ich glaube, wir sollten neben den Schuhen auch nach Handschuhen suchen. Ich kann mir vorstellen,

dass welche getragen wurden, es würde unter Umständen auch eine DNA-Übertragung im Hinblick auf die Mutter erklären."

„Guter Hinweis", sagte Dr. Gassmüller. „Das nehmen wir mit auf." Viel mehr wurde nicht besprochen, Tommi legte auf. Wieder einmal wussten wir, dass Dr. Gassmüller nun in kürzester Zeit einen Antrag formulieren und dem zuständigen Richter vorlegen würde. Den weiteren Tag verbrachten wir mit Büroarbeit. Alles, was sich aus den Vergleichen der Aussagen ergab, musste herausgeschrieben werden. Am späten Nachmittag trafen per E-Mail die Beschlüsse für die Durchsuchungen sowie die Erhebung der Telefondaten ein. Um die Datenbeschaffung kümmerten sich Jan und Tommi.

Nun musste die Durchsuchung geplant werden. Wir besprachen, ob wir das ohne unterstützendes Personal zustande bringen würden oder ob wir noch einige Leute brauchen würden. Das Gutshaus war ziemlich groß und es musste selbstverständlich alles sorgfältig dokumentiert werden. Wir beschlossen, in der Dienststelle Stolzenau um Unterstützung zu bitten und noch fünf weitere Kolleginnen und Kollegen mitzunehmen. Zwei Zweier-Teams für die Durchsuchung selbst und eine Person für die Fotodokumentation. Eine Sache war auch klar. Sollte nur die kleinste Kleinigkeit

gefunden werden, würde es eine Festnahme geben. Das mussten wir ebenfalls bedenken.
Frau von Hollhausen arbeitete in leitender Funktion für eine Werbeagentur. Wir hatten erfahren, dass sie viel im Homeoffice arbeitete, sich also oft auf dem Gut aufhielt. Deshalb nahmen wir an, dass wir sie dort antreffen würden, wenn wir nur rechtzeitig begännen. Die Unterstützungskräfte waren schnell gefunden, darunter auch Kollege Carsten Ziller, der absolut fit in Sachen Fotografie und Kriminaltechnik war. Als Dienstbeginn wurde 5.30 Uhr auserkoren und um 7.30 Uhr wollten wir am Gut der von Davenstedts beginnen.
Als ich nach Hause radelte, war ich ziemlich aufgewühlt. Ich hatte ein gutes Gefühl und war mir sicher, dass wir vor dem entscheidenen Schritt standen. Irgendwie musste ich die Aufregung loswerden und griff auf die bewährte Methode des Umwegs zurück. Als ich zu Hause ankam, hatte ich knapp 30 Kilometer recht zügig zurückgelegt, der Schweiß lief mir in Strömen vom Kopf und tropfte vom Verschluss meines Fahrradhelms auf das Rahmenoberrohr. Jetzt war ich körperlich kaputt, aber geistig entspannt.
Ich gestand meiner lieben Ehefrau, dass ich zum Mittag bereits einen Dönerteller genossen hatte und deshalb wenig Bedarf an einem opulenten Abendessen hatte. Ihr war das ganz

recht und Toby war es vermutlich, wie üblich, egal. Ich hatte lediglich das Problem, dass ich gar nicht mehr aufhörte zu schwitzen. Deshalb verließ ich das Haus in meinen Radlerklamotten, zog mir Badelatschen an und folterte mich mit einer Ladung kaltem Wasser aus dem Gartenschlauch. Anschließend hielt ich mich noch eine ganze Weile nass draußen auf. Da es noch immer gut 25 Grad draußen hatte, dauerte es eine ganze Weile bis ich mich abgekühlt fühlte. Um dem Ganzen die Krone aufzusetzen, spülte ich mich noch einmal mit dem Schlauch ab und hängte die Fahrradklamotten draußen auf. Da ich mich nicht abtrocknete, wurde es mir schließlich doch einigermaßen kalt und ich beschloss, ins Haus zu gehen und zu duschen. Das Duschwasser stellte ich auch nur gerade so warm, dass ich es noch ertragen konnte. Damit hatte ich es geschafft. Ich hatte mich so stark abgekühlt, dass ich mir im Wohnzimmer tatsächlich eine Decke nahm.

„Du bist doch bekloppt“, sagte meine Frau mir voller Überzeugung in Anbetracht meiner Körpertemperaturreduzierung. „Meine Maßnahmen haben keine relevanten Auswirkungen auf die Körperkerntemperatur. Es ist gesund, das mal so zu machen, der Effekt ist so, wie bei einem Saunagang“, erläuterte ich ihr, ohne auch nur ansatzweise eine Ahnung zu haben, ob mein Tun nicht völlig ungesund war. Da ich mich nun aber in meinem Sessel pudelwohl fühlte, konnte es nicht schlecht gewesen sein. Ich hatte eine größere Menge Wasser getrunken, deshalb hielt sich auch mein Hungergefühl in Grenzen. Drei Tomaten, geviertelt und ordentlich gewürzt und dazu ein schönes Stück Gouda genügten mir völlig. Auf das mit Kohlenhydraten belastete Brot verzichtete ich ganz bewusst. Letztlich bewährten sich das Radeln, das Kühlungsprogramm und das leichte Abendessen, denn schon kurz vor 9 Uhr fielen mir die Augen zu. Ich schaffte es gerade noch ins Bett und vergaß nicht, den Wecker auf 4.30 Uhr zu stellen. Das löste bei meiner Frau die typischen neugierigen Fragen aus, die ich freundlich lächelnd gänzlich unbeantwortet ließ. Sie nahm das grummelnd hin.

Ich schlief sehr tief und wachte schon vor dem Klingeln des Weckers auf. Leider vergaß ich, ihn auszuschalten und so piepte er los, als ich gerade im Bad war und nicht spontan heraus konnte. So zog ich frühmorgens den Zorn meiner Gattin auf mich. Sie riss einfach das Batteriefach auf und legte das Teil komplett still. Zum Glück war das egal, es stellte sich ja von selbst wieder. Britta fluchte und grunzte vor sich hin und verkroch sich dann wieder vollständig unter der Bettdecke. Da mir bekannt war, dass Entschuldigungen jetzt sowieso unerwünscht waren, verzog ich mich in die Küche und machte mir einen Kaffee, ohne den ich es auch nicht bis ins Auto schaffen würde. Wieder einmal war ich zu faul, zu so früher Stunde das Rad zu nehmen und schindete so etwas Zeit heraus.

Um 5.20 Uhr war ich auf der Dienststelle und damit der letzte des Teams. Mir war das recht, ich war ja vorbereitet, musste nur meine Tasche schnappen und konnte sofort starten. Carsten Ziller und die anderen Kolleginnen und Kollegen saßen bereits am großen Besprechungstisch und warteten. Ich hatte ein kleines Déjà-vu, denn da saßen Olli, Nathalie und Sarah mit einem jungen Studenten der Polizeiakademie. Die vier waren als Unterstützungskräfte für uns eingeteilt worden. Das war sehr praktisch, denn die drei kannten den Fall relativ gut.

Als alle am Tisch Platz genommen hatten, begann Tommi mit der Einweisung. Sie dauerte nicht allzu lange, wir hatten keine Unterlagen von dem Haus und ich war auch der Meinung, dass sie unnötig waren. Letztlich ging es um die Handys, die Computer und Tablets und dergleichen und natürlich noch um Schuhe mit dunkler Sohle. Leider hatte es am Tatort wegen des extrem trockenen Bodens überhaupt keine verwertbaren Schuhspuren gegeben, sodass wir vielleicht mehr Schuhe beschlagnahmen mussten, als uns lieb war. Im

Stillen hoffte ich, Mareike von Hollhausen würde nicht die üblichen Klischees erfüllen.
Um 6 Uhr saßen wir in den Autos und starteten Richtung Bielefeld. Wir hatten abgesprochen, nicht im Konvoi zu fahren, sondern uns auf dem Parkplatz eines Supermarktes in der Nähe des Gutshofes zu treffen. Das gelang uns auch ganz vorzüglich und um 7.20 Uhr standen wir in den Startlöchern, um das Gut der von Davenstedts einzunehmen. Jan und Angela hatten einen Herrn der örtlichen Verwaltung abgeholt, der als Zeuge der Durchsuchung beiwohnen musste.
Wenige Minuten später trafen wir dort ein. Der sportliche Mercedes stand am gleichen Platz wie vor einigen Tagen, daneben stand der kleinere SUV von Porsche, wie auch immer der Modellname lautete. Kennzeichen Bielefeld mit den Initialen VH, wie von Hollhausen. Das sah nach einem Treffer aus, vermutlich waren sowohl Gerhard von Davenstedt als auch Mareike von Hollhausen im Haus. Wir teilten uns auf, Siggi und Angela klingelten bei Frau von Davenstedt senior und Andre und ich an der anderen Tür, die der Eingang von unseren Verdächtigen war. Nach dem ersten Klingeln verging ein wenig Zeit, die wir geduldig abwarteten. An unserer Tür öffnete eine Dame von vielleicht Anfang Vierzig, mit streng zusammengebundenem, dunklem Haar und bekleidet mit einem edlen und sehr engen

Sportdress. Sie war dezent geschminkt, trug schwarzen Lidstrich, was ihren Augen etwas raubkatzenartiges verlieh. Sie sah mich mit zusammengekniffenen Augen an, die schlagartig größer wurden, als sie auf unsere Dienstausweise sah.
„Kriminalpolizei. Sind Sie Mareike von Hollhausen?“, fragte ich in wesentlich bestimmterem als höflichem Ton. Intuitiv hatte ich mich schon vorher entschlossen, nicht zu freundlich aufzutreten, da eine als hochnäsig beschriebene Adelsdame dies vermutlich als Schwäche auslegen würde. „Ja, was wollen Sie?“, fragte sie mit nicht ganz selbstsicherer Stimme.
„Es liegt ein Beschluss zur Durchsuchung Ihrer Person, des Hauses und der Fahrzeuge vor. Wir ermitteln gegen Sie und Ihren Lebensgefährten wegen Verdacht des Mordes an Tanja Schirtek. Sie haben das Recht, zu schweigen und einen Verteidiger hinzuziehen. Dies hat keine aufschiebende Wirkung im Hinblick auf die jetzt anstehenden Maßnahmen. Haben Sie das verstanden?“
Sie schaute mich mit offenem Mund an, offenbar war sie einen solchen Ton nicht gewohnt. „Ich verstehe nicht ganz. Würden Sie bitte...“, stotterte sie. „Frau von Hollhausen“, fiel ich ihr ins Wort und hielt ihr eine Beschlussausfertigung hin. „Aufgrund dieses gerichtlichen Beschlusses werden wir

jetzt dieses Haus betreten. Sie haben nun die Gelegenheit, den Beschluss zu lesen, wenn Sie Fragen stellen möchten, wenden Sie sich bitte an mich. Vorerst begleiten Sie uns unverzüglich zu Herrn von Davenstedt, der sich sicherlich im Hause aufhalten wird. Ich gehe davon aus, dass es nicht notwendig ist, zwangsweise vorzugehen."
Diese Ansage schien sie zu verstehen, denn sie bat mich, ihr zu folgen. Andre, Sarah und der junge Kollege begleiteten uns. Auf dem langgezogenen Flur begegnete uns Gerhard von Davenstedt, bekleidet mit einer leichten olivfarbenen Cargohose und einem grauen Polohemd. Er schaute uns fragend an. „Herr Voss, was ist denn hier los? Gehören diese Leute zu Ihnen?"
Sein Tonfall war erschrocken, nicht aggressiv, deshalb sprach ich ganz ruhig. „Guten Morgen, Herr von Davenstedt. Die Erkenntnislage hat sich insoweit verändert, dass gegen Sie und Ihre Verlobte ein Tatverdacht begründet wird, auf dessen Grundlage ein Durchsuchungsbeschluss erlassen wurde. Sie haben das Recht, zu schweigen und einen Verteidiger hinzuzuziehen. Ich weise Sie beide darauf hin, dass Sie zudem als Beschuldigte das Recht haben, Beweisanträge zu stellen. Ich will das gerne später noch erläutern. Aufgrund des Beschlusses sind Sie verpflichtet, die Durchsuchung Ihrer

Personen, des Hauses sowie der Pkw zu dulden. Draußen warten noch weitere Kollegen sowie ein unabhängiger Zeuge. Die Kollegin Siebenstein wird sich gleich um Frau von Hollhausen kümmern, ich werde sie während der Maßnahme begleiten. Sofern Sie oder Frau von Hollhausen oder Sie beide sofort einen Verteidiger hinzuziehen möchten, werden wir dies unterstützen, allerdings werden wir für die Dauer der Maßnahme keine weiteren Telefonate zulassen."
Gerhard von Davenstedt sagte nichts mehr, er nahm seine Beschlussausfertigung zur Hand und begann an Ort und Stelle, sie zu lesen. Mareike von Hollhausen wollte ihren Rechtsanwalt anrufen, sie nannte auch sofort den Namen. Andre begleitete sie vor die Tür und übergab sie dort an Angela, die ihm berichtete, dass an dem anderen Eingang die Mutter des Verdächtigen geöffnet habe. Die Dame befände sich in der Küche, sie habe Siggis Ansprache sehr gefasst aufgenommen. Ich beobachtete die ganze Zeit über Gerhard von Davenstedt beim Lesen. Sein Gesicht war sehr ernst, ab und zu zog er die Stirn in Falten, ab und an nickte er unbewusst. Als er offenbar geendet hatte, entfuhr ihm ein „Das darf alles nicht wahr sein". Er atmete einmal tief durch. Dann sah er mich an. „Herr Voss, ich kann die Beschlussbegründung sehr wohl nachvollziehen. Ich bitte um Verständnis,

dass ich von meinem Schweigerecht ab jetzt Gebrauch machen werde. Ich werde mit meinem Rechtsanwalt sprechen, doch dies erst später tun. Wir werden die erforderlichen Maßnahmen nicht behindern. Wenn Sie gestatten, werde ich auch meine Mutter auffordern, dies zu tun. Die Dinge, die Sie zu beschlagnahmen haben, werde ich Ihnen übergeben.“ Damit sah er mich fragend an.

„Ich danke Ihnen für die Kooperationsbereitschaft“, erklärte ich. „Lassen Sie uns zunächst zu Ihrer Mutter gehen. Wir werden allerdings nicht umhin kommen, die Räumlichkeiten und Fahrzeuge gründlich zu durchsuchen. Im Einzelfall können bestimmte Maßnahmen jedoch vermutlich abgekürzt werden, wenn konkret gesuchte Sachen direkt herausgegeben werden.“

Wir gingen nun durch den Flur bis zu einer verschlossenen Tür, die offenbar den Bereich der Mutter vom Bereich des Sohnes und der Verlobten abtrennten. Mutter und Sohn wechselten nur ein paar wenige Worte. Beide verhielten sich standesgemäß ruhig und korrekt. Wir konnten es so organisieren, dass Sarah mit Frau von Davenstedt senior an einem Tisch im Flurbereich Platz nahm und dort das Protokoll ausfüllte. Auf diese Weise hatten wir ausreichend Personal für die Durchsuchungsmaßnahmen verfügbar. Zunächst wurden die Räumlichkeiten in Angriff

genommen. Allerdings blieb die Gebäudeseite, die der Mutter unterstand, außen vor. Herr von Davenstedt wünschte, der Durchsuchung seines Büros und auch weiterer Räume beizuwohnen. Dies tat er in zurückhaltendem Schweigen. Das Büro von Mareike von Hollhausen befand sich schräg gegenüber. Ich hatte die Gelegenheit, einen kurzen Dialog zwischen Angela und Frau von Hollhausen mitzuhören. Die Verdächtige hatte etwas von ihrer Souveränität zurückgewonnen und war offenbar der Ansicht, sie könne dirigieren, wie die Durchsuchung im Einzelnen abzulaufen habe. Unweigerlich folgte darauf eine der Ansagen, die ich bereits von Angela kannte, mit denen man jedoch als Außenstehender von ihrer Seite wohl nicht rechnete. Angelas Stimme klang ruhig, aber fast bedrohlich. „Sehr geehrte Frau von Hollhausen ich weise Sie einmalig darauf hin, dass Sie die polizeilichen Maßnahmen hier zu dulden und nicht zu behindern haben. Sollten Sie dem nicht Folge leisten, werde ich Zwangsmittel anwenden, um einen störungsfreien Ablauf zu gewährleisten. Haben Sie das verstanden?“
Ich hörte das Klicken einer Metallhandfessel, offenbar unterstrich Angela ihre Worte mit dem typischen Geräusch. Eine Antwort erfolgte danach nicht, doch es herrschte völlige Ruhe und ich hörte das Quietschen von Schubladen

und das Öffnen und Schließen von Schranktüren.
Im Büro Gerhard von Davenstedts hatten sich Andre und Olli des PCs angenommen und diesen abmontiert. Derweil erläuterte ich dem Verdächtigen, warum es sinnvoll wäre, uns die erforderlichen PIN und Codes zum Smartphone und zu etwaigen Sperren auf den Festplattenspeichern zu nennen. Er zögerte nicht lange und diktierte mir die gewünschten Daten. Tatsächlich handelte Herr von Davenstedt so umsichtig, dass er in einem mit Leder eingebundenen Adressbuch alle für ihn erforderlichen Telefonnummern und Adressen eingetragen hatte. Diese Liste konnten wir ohne weiteres bei ihm belassen. Eine Notiz auf seinem Schreibtisch weckte meine Neugier. Ich las da etwas von der Bestellung des Aufgebots beim Standesamt. Offenbar war für übermorgen ein Termin zur Vorbesprechung geplant. Eine bittere Wendung der Ereignisse.
Die weitere Durchsuchung im Haus verlief zügig und ohne Behinderungen. Ein Rechtsanwalt erschien nicht. In einer der Schubladen im Büro des Adeligen fand Andre ein älteres Foto, das Gerhard und Tanja Hand in Hand an einem See zeigte. Offenbar eine alte Erinnerung. Andre legte es wieder zurück. Die anderen beschlagnahmten einige Paare Sneaker von Mareike von Hollhausen.

Dann ging es an die Durchsuchung des Autos. Es dauerte nicht lange und Carsten fand unter dem Beifahrersitz ein paar Arbeitshandschuhe. Leichte, gummierte Handschuhe in Männergröße. An Zeige- und Ringfinger des rechten Handschuhs waren dunkle Flecken zu erkennen. Ich teilte Herrn Davenstedt dies mit und rief danach sofort Dr. Gassmüller an.
Nach dem Telefonat wandte ich mich an Gerhard von Davenstedt. „Herr von Davenstedt, nach Rücksprache mit dem zuständigen Staatsanwalt verhafte ich Sie wegen des Verdachts des Mordes an Tanja Schirtek. Ihre Rechte habe ich Ihnen bereits vorhin erläutert. Wir werden Sie mit auf die Dienststelle nehmen, eine Vorführung beim Haftrichter wird noch heute erfolgen. Vorsorglich werden wir mit Ihnen einige persönliche Gegenstände einpacken und mitnehmen."
Niemand hatte etwas zu sagen. Gerhard von Davenstedts Miene versteinerte. Mechanisch begleitete er uns in das Schlafzimmer, packte einige Kleidungsstücke ordentlich in eine Tasche und verschloss diese. Er sprach kein Wort. Wir beendeten die Maßnahmen vor Ort und fuhren zurück nach Stolzenau. Als wir dort ankamen klebte an der Tür zum Moko-Raum eine Haftnotiz mit der Aufschrift: „Rechtsanwalt Dr. Ravensburg bittet um Anruf seines Mandanten." Ich wandte mich an den Beschuldigten. „Ist Ihnen Herr Dr. Ravensburg

bekannt?“ Herr von Davenstedt nickte. „Sollen wir ihn anrufen? Sie haben Anspruch darauf“, wies ich ihn hin. „Ja, bitte lassen Sie mich mit ihm sprechen“, sagte er niedergeschlagen. Ich wählte die Nummer und sprach selbst kurz mit dem Anwalt, erläuterte ihm, dass wir aktuell kein Gespräch in unserer Abwesenheit zugestehen konnten. Dann übergab ich den Hörer. Das Gespräch dauerte nicht lange. Herr Dr. Ravensburg wollte zu dem Termin beim Haftrichter erscheinen, den ich noch nicht bekommen hatte. Bis dahin sollte Herr von Davenstedt schweigen. Kurze Zeit später meldete sich Dr. Gassmüller und erklärte, der Termin beim Haftrichter sei um 15 Uhr in Verden. Wir hatten also noch gute drei Stunden Zeit, in denen wir zumindest noch routinemäßig Fotos machen und Fingerabdrücke nehmen würden. Herr von Davenstedt lehnte das Angebot einer Mahlzeit ab, bat lediglich um Mineralwasser. Ich kämpfte innerlich mit mir. Die Spurenlage war so eindeutig. Arbeitshandschuhe mit dem vermeintlichen Blut an den Fingern in seinem Auto. Doch eine innere Stimme wollte es nicht wahrhaben, dass er der Mörder war. Doch warum schwieg er? Natürlich wollte er auch seine Verlobte nicht belasten. Vielleicht hatte er einfach Angst, etwas falsch zu machen. Eventuell irrte ich aber auch einfach und meine Intuition strafte mich Lügen.

Während wir noch die Fingerabdrücke nahmen, hatte Tommi sich an seinen Rechner gesetzt und verkündet, es seien schon Daten eingetroffen. Als Erstes widmete er sich der Handynummer von Mareike von Hollhausen. Wir hatten Gerhard von Davenstedt in einen fluchtsicheren Raum gesetzt und hörten uns den ersten Bericht von Tommi an. Zu der Zeit, in der das Handy des Beschuldigten in der Funkzelle befindlich war, telefonierte Mareike gute fünf Minuten lang mit einer Handynummer. Ihr Handy war zu der Zeit in einer Funkzelle im Südwesten von Bielefeld, was dafür sprach, dass sie auf dem Gut gewesen war. Mit wem sie da telefonierte, wussten wir nicht, Tommi notierte sich sofort die Daten. Jan und Angela waren von Bielefeld aus direkt nach Hannover aufgebrochen, um die Sachen zur Untersuchung ins Labor von Frau Dr. Gorssen zu bringen.

Gegen 13.30 Uhr brachen wir mit dem Beschuldigten nach Verden auf. Er sprach kein einziges Wort, machte einen gebrochenen Eindruck. Wieder stieg dieses seltsame Gefühl in mir auf, dass etwas nicht stimmte. Wir waren kurz vor 15 Uhr am Landgericht und wurden am Eingang von Rechtsanwalt Dr. Ravensburg erwartet, der sich höflich vorstellte. Der Wachdienst meldete uns bei Dr. Gassmüller an, der sofort zu uns kam.

Mein Diensthandy klingelte. Es war Tommi und was er nun erklärte, war mehr als spannend.
„Pass auf, Paul, das wird halbwegs kompliziert. Die Anschlussinhaberin der Handynummer, mit der Mareike telefoniert hat, ist eine Violetta Kalinska, Adresse irgendwo in Duisburg. Wir kriegen jetzt nicht so schnell eine Echtdatenprüfung hin. Jedenfalls dauert der Anruf auf Mareikes Handy ungefähr fünf Minuten. Das Krasse ist, dass das anrufende Handy in der Funkzelle in Schinna war und zwar zur gleichen Zeit, wie das von Gerhard. Wenn das ein Zufall ist, bin ich die Putzfrau der Dienststelle." Ich notierte mir diese Handynummer und den Namen samt Adresse. Das war tatsächlich sehr interessant.
Dr. Gassmüller hatte eben gestattet, dass Dr. Ravensburg und Gerhard von Davenstedt sich in das Anwaltszimmer begaben, um kurz zu beraten. Ich nutzte die Zeit, um diese neue Erkenntnis weiterzugeben. „Dr. Gassmüller, ich bin tatsächlich überzeugt, dass wir das gleich ansprechen sollten. Irgendetwas steckt dahinter und der Zufall ist einfach zu groß. Entweder, der Kerl hat etwas mit dieser Violetta oder es sieht alles ganz anders aus. Vielleicht müssen wir auch nochmal schleunigst nach Bielefeld für eine weitere Festnahme."
Dr. Gassmüller nickte nur. Neben uns ging die Tür auf und der Beschuldigte und sein

Verteidiger traten wieder in den Flur. Fast zeitgleich öffnete der Richter den kleinen Saal und bat alle herein. Dr. Gassmüller beriet sich kurz flüsternd mit dem Richter, dann wurde ich aufgefordert, die soeben erwähnten Erkenntnisse preiszugeben. Das tat ich und nannte die Namen und Daten. Dr. Ravensburg notierte eifrig. Das Gesicht von Gerhard von Davenstedt war ein einziges großes Fragezeichen. Der Anwalt ergriff das Wort.
„Herr Richter, ich erbitte noch einmal fünf Minuten Beratungszeit mit meinem Mandanten ob dieser Information. Ich denke, danach werden wir uns kurz einlassen.“ Der Bitte wurde stattgegeben und Andre und ich gingen mit hinaus und hielten angemessenen Abstand, um nicht zu lauschen. Es dauerte keine fünf Minuten, in denen Herr von Davenstedt mehrfach nickte oder seinen Kopf schüttelte.
Im Sitzungssaal begann wieder der Verteidiger zu reden. „Mein Mandant möchte Folgendes zu Protokoll geben. Violetta Kalinska ist ihm persönlich bekannt, die Dame stammt aus Polen und arbeitet zeitweilig auf dem Gut. Sie ist definitiv seit Mitte Juli in Polen, weil die Kinder dort Ferien haben. Mit Duisburg hat diese Dame gar nichts zu tun. Frau von Hollhausen kennt diese Dame ebenfalls, pflegt aber keinen Kontakt zu ihr. Mein Mandant hält es für äußerst unwahrscheinlich, dass es sich

um korrekte Daten handelt. Auch ist ihm unbekannt, dass es eine weitere Violetta Kalinska im Umfeld seiner Verlobten gibt."

Der Richter sah den Beschuldigten eine Weile an. Dann stellte er eine Frage. „Herr von Davenstedt, Sie haben nun die Gelegenheit, etwas Licht in die Angelegenheit zu bringen. Tun Sie das nicht, werde ich aufgrund der vorliegenden Erkenntnislage Untersuchungshaft anordnen und die wird sicherlich einige Wochen andauern."

Gerhard von Davenstedt ließ den Kopf nach vorn fallen, dann warf er seinem Verteidiger einen Blick zu, den dieser mit einem leichten Nicken quittierte. „Also gut, es hat doch keinen Sinn, zu schweigen. Ich gehe davon aus, dass meine Verlobte am Dienstag der vergangenen Woche mit meinem Wagen gefahren ist. Ich selber konnte mit einem polnischen Mitarbeiter rekonstruieren, dass ich nach dem Mittag an dem Tag auf dem Gut bei einem Reifenwechsel an einem der Getreidewagen mithelfen musste, weil der Mann das alleine nicht konnte. Diesen Mann kann ich als Zeugen benennen. Hinzu kommt, dass meine Verlobte jederzeit meinen Wagen benutzen darf, sie fährt ihn sehr gerne. Nun berichte ich etwas, was mir sehr schwerfällt. Ich war am vergangenen Donnerstag mit meiner Verlobten intim und nannte dabei versehentlich Tanjas Namen."

Nun stiegen ihm Tränen in die Augen. „Ich habe Tanja immer geliebt und konnte sie nie ganz aus meinem Herzen verdrängen. Meine Verlobte hasste sie dafür. Es ist schon länger her, da äußerte sie, sie würde Tanja lieber tot sehen. Am Donnerstag, als mir im Bett dieser Fehltritt unterlief, erzählte sie mir spontan von Tanjas Tod und in ihrer Stimme klang eine Befriedigung mit, die mir Angst machte. Die Handschuhe, die Sie vorhin im Auto gefunden haben, können durchaus von mir sein, doch ich habe niemals solche Handschuhe in meinem Wagen gehabt. Das ist alles, was ich sagen kann. Ich verdächtige Mareike, dass sie Tanja umgebracht hat."
Nun weinte er, weinte bitterlich, als ob all seine adelige Standhaftigkeit mit einem Male brach. Dr. Gassmüller hatte noch eine Frage zu stellen. „Herr von Davenstedt, besitzt Frau von Hollhausen Erfahrungen im Kampfsport?" Er schniefte, schnäuzte seine Nase und antwortete dann. „Sie hat früher Taekwon Do betrieben, hat auch so einen farbigen Gürtel, ich weiß nicht, welche Bedeutung der hat, ich verstehe nichts davon."
Zeit, zu telefonieren, dachte ich für mich. Dr. Gassmüller hatte schon das Handy am Ohr und nickte uns zu. Er gab sich keine Mühe, leise zu sprechen. „Herr Schmäding? Neuer Plan: Frau von Hollhausen ist unverzüglich zu

verhaften. Können Sie das umsetzen? Gut, bis dann.“ Er beendete das Gespräch. Gerhard von Davenstedt hatte sich gesetzt, er war nur noch ein Häufchen Elend.
Der Richter verkündete seinen Beschluss: Es wurde kein Haftbefehl erlassen. Gerhard von Davenstedt wurde eine Meldeauflage erteilt, allerdings von einfacher Art. Er hatte sich dreimal wöchentlich werktags beim Kommissariat Stolzenau per Telefonanruf vom Festnetz aus zu melden. Wir bekamen den Auftrag, ihn zurück nach Bielefeld zu bringen und dort die tatsächliche Telefonnummer der Violetta Kalinska zu notieren, wenngleich diese auch in den Kontaktdaten des Handys von Herrn von Davenstedt hinterlegt sein müsste. Kurz bevor wir den Bereich Bielefeld zum zweiten Mal an diesem Tag erreichten, klingelte wieder mein Diensthandy. Zu meiner Überraschung war es Sarah, die Tommi begleitete. Sie berichtete, sie säße gerade neben Frau von Hollhausen, die eisern schweigen würde. Bei ihrem Eintreffen am Gut habe Frau von Hollhausen gerade das Büro ihres Verlobten auf Links gedreht und auch ein Foto von diesem und Tanja gefunden, es hatte zerrissen auf dem Boden gelegen. Ich bedankte mich bei Sarah und wünschte gutes Gelingen. Anschließend berichtete ich Herrn von Davenstedt, dass Mareike von Hollhausen festgenommen wurde und nun ziemlich sicher

die U-Haft verhängt würde. Weiter sprachen wir nicht über die Sache.
„Wie werden Sie nun weitermachen?“, wollte ich von ihm wissen, während ich neben ihm hinten im Dienstwagen saß. Er schüttelte den hängenden Kopf. „Ich weiß es noch nicht genau, es ist ja noch sehr viel Arbeit zu erledigen, bis die Ernte beendet ist. Ich werde mich bei Sven Schirtek melden. Ich würde mir wünschen, mit ihm ein Gespräch zu führen. Vielleicht sieht er in mir auch einen Mitschuldigen, wer weiß, aber ich bin es Tanja und ihm schuldig, mich dem zu stellen. Es wird eine schwere Zeit.“
Auf dem Gut angekommen, nannte er mir die Personalien seines Entlastungszeugen und auch die polnische Anschrift und Handynummer von Violetta Kalinska. Wir wünschten ihm alles Gute zum Abschied und Andre bestätigte mir anschließend im Auto, dass er genau so erleichtert war wie ich. Es war ein sehr ereignisreicher Tag gewesen und viele Fragen waren längst noch nicht geklärt. Vielleicht schwiegen wir deswegen den Rest des Weges zurück nach Stolzenau. Es verging noch eine gute Stunde, bis wir alles notwendige erledigt hatten. Kurz vor unserem Dienstschluss meldete sich Tommi. Der Richter hatte die U-Haft über Mareike von Hollhausen verhängt. Diese hatte bis zum Schluss kein einziges Wort gesagt. Nun mussten sie

allerdings noch nach Vechta zum Frauengefängnis fahren, also würde es ein später Feierabend. Tommi meinte, er würde morgen etwas später zum Dienst kommen. Daran hatte ich allerdings meine Zweifel - Tommi war ein echter Workaholic.
Andre und ich machten offiziell Feierabend und gönnten uns dann noch ein kühles Helles. So richtig hatten wir noch gar nicht registriert, dass wir heute tatsächlich den Fall aufgeklärt hatten.

20. Beweise

Die nächsten Tage waren wie das Wetter nach einem Sommergewitter. Eben hatte man noch durch einen Schleier von Regen geblickt und nichts erkennen können und plötzlich lag alles klar vor uns. Wir konnten die Handynummer ziemlich sicher Mareike von Hollhausen zuordnen. Es gab nur wenige Verbindungsdaten dazu, das Handy war immer in der Funkzelle in Bielefeld gewesen, bis auf den Tag, an dem die Tat geschah. Danach war es nie wieder aufgetaucht.
Offenbar hatte die Dame es ähnlich wie manche Berufsverbrecher gemacht und sich das Handy schlichtweg zur Ablenkung besorgt. Leider konnte man Handys mit Prepaid Karte auch mit Fantasiepersonalien anmelden, was hier wohl

geschehen war. Das Telefon lag mitsamt Karte vermutlich irgendwo in einem Fluss oder im Müll.
Die Untersuchung der Handschuhe ergab, dass daran tatsächlich das Blut von Tanja haftete. Im Inneren der Handschuhe wurde älteres DNA-Material von Gerhard von Davenstedt und jüngeres von Mareike von Hollhausen gefunden. Selbst für die weibliche DNA-Spur an der Tatwaffe gab es eine schlüssige Erklärung. Herr von Davenstedt hatte sich erinnert, dass er die Handschuhe eigentlich ausschließlich zu Gartenarbeiten getragen hatte. Dabei hatte er Geräte, wie Harke, Hacke oder Spaten benutzt, die ansonsten meist von seiner Mutter benutzt wurden, die grundsätzlich nie Handschuhe zur Gartenarbeit anzog. So war es zu einer Übertragung von den Gartengeräten auf die Handschuhe und von dort auf die raue Oberfläche des Knüppels gekommen.
Der polnische Mitarbeiter auf dem Gutshof konnte bestätigen, dass sein Chef ihm bei dem Reifen geholfen hatte, er zeigte uns bei dem Termin vor Ort sogar den kaputten Reifen. Es gab auch einen Lieferschein von einem Landmaschinenhandel, ausgestellt am Tattag.
Tage später hatte ich ein Telefonat mit Sven Schirtek. Er erzählte mir, dass Gerhard von Davenstedt sich bei ihm gemeldet habe. Sie hätten sich zu einem Gespräch verabredet und

Herr Schirtek stand dem Treffen positiv gegenüber.
Beim Auswerten des Smartphones von Mareike von Hollhausen stellten wir fest, dass sie in den Wochen vor der Tat mehrmals im Bereich Schinna gewesen war. Plausible Gründe dafür gab es nicht, es sprach dafür, dass sie Tanja schon Wochen vor ihrer Tat beobachtet hatte.

Epilog

Mareike von Hollhausen wurde von der ersten großen Strafkammer des Landgerichts Verden wegen Mordes zu lebenslanger Freiheitsstrafe verurteilt. Bis zum Ende des Prozesses hatte sie geschwiegen.
Robert Herken bekam einen engagierten Betreuer an die Seite gestellt, der seine medikamentöse Einstellung streng überwachte. Das Haus, in dem er gewohnt hatte, wurde komplett entrümpelt und verkauft, der Erlös auf einem Depotkonto festgelegt. Robert wurde in einem Wohnheim aufgenommen, von wo aus er seine Wanderungen und Radtouren weiter wahrnehmen konnte.
Ich selber hatte in den nächsten Wochen Gelegenheit, die Abbrucharbeiten zu Ende zu bringen. Zum Ende des Sommers konnten wir Richtfest feiern und hatten das Dach fertig

eingedeckt, noch bevor der nächste Fall das Team und mich wieder voll beanspruchte.

Danksagung

Als Erstes möchte ich mich bei allen Leserinnen und Lesern bedanken, die mir nach „Mord im Klosterwald“ so viel positives Feedback gegeben haben. Das hat mir Mut gemacht, mit „Mord am Kiessee“ nun auch den ersten Fantasie-Fall zu Ende zu bringen.
Ganz lieben Dank möchte ich wieder Silke G. sagen für die vielen mühevollen Stunden des Lesens und Korrigierens.
Mein ganz herzlicher Dank gilt auch wieder meiner Frau, Nadine, Anke und Jule für das Mitfiebern und immer weitere Einfordern des nächsten Abschnitts.
Und am Ende möchte ich mich bei Frank bedanken, Käpt'n Blaubär, du weißt, wer gemeint ist. Unsere gemeinsamen Erlebnisse in dem Cold Case aus 1969 sind mir in schöner Erinnerung geblieben und werden mich auch in Zukunft bestimmt zu weiteren heiteren Dialogen motivieren.

Ende

ISBN 978-3-7529-4474-7
www.epubli.de